LE BERKELEY
À CINQ HEURES

DU MÊME AUTEUR

L'AGENT TRIPLE, *roman* (Julliard).
LES MOUSQUETAIRES DE LA RÉPUBLIQUE, *roman* (La Table Ronde).
VERS UNE MÉTRIQUE FRANÇAISE (French Literature Publication Company).
LE RETOURNEMENT, *roman* (L'Âge d'Homme), *Prix Chateaubriand 1979*
LES HUMEURS DE LA MER, *roman* (L'Âge d'Homme).
OLDUVAÏ
LA LEÇON D'ANATOMIE
INTERSECTION
LES MAÎTRES DU TEMPS.
LE COMPLEXE DE PROCUSTE (L'Âge d'Homme).
UNE HISTOIRE SURANNÉE QUELQUE PEU, *récit* (L'Âge d'Homme).
VLADIMIR, LE SOLEIL ROUGE (L'Âge d'Homme).
LE MONTAGE, *roman* (L'Âge d'Homme), *Grand Prix du Roman de l'Académie française 1982.*
LE TRÊTRE, *roman* (L'Âge d'Homme).
L'AMOUR TUE, *comédie* (L'Âge d'Homme).
YALTA, *tragédie* (L'Âge d'Homme).
TCHAÏKOVSKY, *biographie* (L'Âge d'Homme).
LAWRENCE LE MAGNIFIQUE, *essai sur Lawrence Durrell et le roman relativiste* (L'Âge d'Homme).
LECTURE DE L'ÉVANGILE SELON SAINT MATTHIEU (L'Âge d'Homme).
LE PROFESSEUR D'HISTOIRE, *roman* (L'Âge d'Homme).
LA DÉSINFORMATION, ARME DE GUERRE, *textes de base présentés par Vladimir Volkoff* (L'Âge d'Homme).
NOUVELLES AMÉRICAINES (L'Âge d'Homme).
DU ROI (L'Âge d'Homme).
L'INTERROGATOIRE, *roman* (Éditions de Fallois/L'Âge d'Homme).
LES HOMMES DU TSAR, *roman* (Éditions de Fallois/L'Âge d'Homme).
LE BOUCLAGE, *roman* (Éditions de Fallois/L'Âge d'Homme).
LE MISTÈRE DE SAINT VLADIMIR, *théâtre* (L'Âge d'Homme) *Prix Alfred de Vigny 1988.*
VLADIMIRIANA, *recueil d'articles* (L'Âge d'Homme).
L'ENFANT POSTHUME, *roman* (L'Âge d'Homme).
LA CHAMBRE MEUBLÉE, *roman* (L'Âge d'Homme).
LA TRINITÉ DU MAL (Éditions de Fallois/L'Âge d'Homme).
LA BÊTE ET LE VENIN (Éditions de Fallois/L'Âge d'Homme).
LES FAUX TSARS, *roman* (Éditions de Fallois/L'Âge d'Homme).
ŒDIPE, *théâtre* (L'Âge d'Homme).

Science-fiction :

MÉTRO POUR L'ENFER, *roman, Prix Jules Verne 1963* (Presses Pocket).
LE TIRE-BOUCHON DU BON DIEU, *roman* (Presses Pocket).
LA GUERRE DES PIEUVRES (Presses Pocket).

Avec Jacqueline Bruller :
L'EXIL EST MA PATRIE, *entretiens* (Le Centurion).

Bande dessinée :
VLADIMIR LE SOLEIL RADIEUX (Le Lombard).

VLADIMIR VOLKOFF

LE BERKELEY À CINQ HEURES

roman

Editions de Fallois

L'Age d'Homme

ISBN 2-87706-135-3

Quand un vicomte rencontre un aut' vicomte,
Qu'est-c'qu'i's'racontent ?
Des histoir' de vicomtes !

(Mireille et Jean Nohain)

AU LECTEUR

Le Berkeley à cinq heures est ce que Graham Greene appelait *an entertainment :* un divertissement.

Qu'on n'y cherche donc ni information ni désinformation.

Cependant il est difficile de traiter un sujet touchant au monde du renseignement sans qu'il y ait d'interférences avec les événements réels, et il est impossible pour un romancier de ne pas les arranger à sa façon.

On n'a pas à le prendre plus au sérieux qu'il ne s'y prend lui-même. Je revendique seulement pour lui le droit de raconter les choses non pas telles qu'elles se sont passées, mais telles qu'elles auraient pu se passer — telles qu'elles auraient dû se passer... si l'Histoire avait été romancière.

V.V.

LE BERKELEY À CINQ HEURES

Il est cinq heures passées, largement passées, et je ne vois pas un visage connu. Un hasard ? Peut-être. Cela arrivait quelquefois. C'est tout de même angoissant. Je n'aime pas les usages qui se perdent.

★

Certains prétendent que celui du *Berkeley à cinq heures* date de l'ancien Berkeley, cossu et rembourré, où des producteurs de cinéma et des gangsters en feutres mous, accompagnés de leurs hétaïres, assuraient les revenus d'une noble famille du Périgord. Possible. A cette époque-là, je n'avais pas les moyens de fréquenter le Berkeley, et d'ailleurs je n'étais pas initié au rite des cinq heures. Je n'ai jamais connu que l'actuelle brasserie de luxe au personnel extraordinairement complaisant : une fois, j'ai vu toutes les vestes noires et blanches, sans compter la dame du vestiaire, abandonner momentanément leur service pour chercher un cardigan qu'une amie d'un mien cousin avait égaré.

Peu importe, d'ailleurs, que la tradition soit née à l'époque du Deuxième [1], du BCRA ou de la Zdèke : toutes les versions

1. Pour les expressions techniques, les sigles peu usuels, les mots étrangers, les termes d'argot militaire ou empruntés à l'arabe maghrébin dialectal, voir le glossaire en fin de volume.

concordent sur l'essentiel, c'est-à-dire l'origine, d'ailleurs sûrement imaginaire.

Voici l'histoire.

Le chef d'un service moustache avait donné rendez-vous au chef d'un autre service moustache au Berkeley, pour déjeuner. Les deux hommes ne se connaissaient pas. Le premier arrive et s'annonce au maître d'hôtel sous le pseudonyme le plus fréquent dans ces milieux :

— J'ai fait réserver une table au nom de M. Martin.

— M. Martin vous attend, répond le maître d'hôtel luisant d'hospitalité.

— Je ne comprends pas. Je suis M. Martin.

— On demande M. Martin ? Me voici, fait l'invité en se levant.

— Ah ! non ! Martin, c'est moi.

— Je vous dis que c'est moi.

Ils s'affrontent, imaginant je ne sais quel piège d'un organe ennemi, quelle farce d'un service concurrent. Soudain ils devinent qu'ils ont utilisé le même pseudo. Mais comment se tirer de ce mauvais pas ?

— Messieurs, fait le maître d'hôtel impassible — il en a vu d'autres et ne demande qu'à obliger —, vous pouvez être Martin tous les deux si vous voulez. Qu'est-ce qui vous ferait plaisir comme apéritif ?

Rassérénés, les deux Martin prennent place et passent commande.

A partir de ce jour, le Berkeley aurait été entouré pour ces messieurs les moustaches d'une aura favorable et ils auraient pris l'habitude d'y donner leurs rendez-vous discrets, sinon les secrets.

Le Berkeley offrait plusieurs avantages. Situé aux antipodes de la Piscine et à bonne distance de la Base Paris, pas trop loin des cousins de la rue des Saussaies qu'il fallait bien rencontrer quelquefois en terrain neutre, il était commode pour les moustaches qui appartenaient à un club, le Jockey, le Travellers, France-Amérique et l'Interallié se trouvant à deux pas. Qu'on pût y déguster ou y savourer au choix était pratique, de même que les boxes à deux ou à quatre permettant des conversations insaisissables pour les voisins. Une acoustique feutrée, un piano peu envahissant ajoutaient au confort professionnel des lieux. Et puis — il n'y a pas de motifs négligeables — le nom même de « Berkeley » permettait de se distinguer rien qu'en le prononçant : les Parisiens l'appelaient le *bêrklê*, les provinciaux le *beurklé*, les méridionaux le *beurreucleille* ; nos amis du Bundesnachrichtendienst prononçaient *bérkelé*, ceux de la CIA *beuklé*, et ceux du MI6, imités par les plus snobs d'entre nous, *bâkli*. Il me semble avoir toujours dit *berclé* : c'est ce qui me vient naturellement.

Malgré ces séductions variées, le Berkeley serait sans doute passé de mode s'il n'arrivait pas aux moustaches ce qui arrive aux autres militaires : ils atteignent la limite d'âge et sont « autorisés à faire valoir leurs droits à la retraite », c'est-à-dire, en bon français, jetés dehors. A mesure que ces messieurs vieillissaient, le Berkeley à cinq heures retrouvait une seconde jeunesse. Car, ayant pratiqué, pendant trente ou quarante ans, le véritable plus vieux métier du monde (pour l'autre, il faut, comme on dit, savoir l'adresse), ils en étaient pénétrés comme un hareng de saumure, et avaient besoin de se retrouver entre eux pour évoquer, en connaisseurs et à mots couverts, les montages qu'ils avaient agencés de leur temps, les agents qu'ils avaient traités, les adversaires qu'ils avaient retournés — ou auraient sûrement retournés si les pékins ne s'en étaient pas mêlés —, les salopards qu'ils avaient coxés — ou avaient failli coxer, mais les Amerloques étaient intervenus —, les situations désespérées qu'ils avaient sauvées — ou manqué sauver à la dernière minute —, bref leurs coups les plus vicieux et les plus fumants.

D'autres retraités, bien sûr, s'étaient fixés en province, respiraient des airs salins ou balsamiques, greffaient des poiriers, fabriquaient des meubles d'époque, dirigeaient les services de sécurité de grandes usines, créaient leurs propres compagnies ou devenaient conseillers des princes du tiers-monde. Ceux-là avaient autre chose à faire à cinq heures que prendre du thé ou boire du whisky. Ils affectaient même de mépriser ces réunions nostalgiques. Le prestigieux colonel Beaujeux surnommé Ks ks se montra une fois, peu après l'amnistie, jeta un regard circulaire par-dessus ses besicles, marmonna qu'on pouvait se saouler la gueule plus gaiement qu'à des réunions d'anciens combattants et ne reparut plus.

Il ne faut pas s'imaginer pour autant qu'il ne vînt là que des ratés. Au contraire. M. d'Ocran qui avait prédit, entre autres, l'accession d'Andropov au pouvoir, l'invasion de l'Afghanistan et l'attentat contre le Pape, daignait quelquefois s'arrêter au Berkeley entre l'hôtel de la Païva et celui de la rue Rabelais ; il est vrai qu'il venait sans doute à la pêche, jetant quelque appât mystérieux dans la vase, laissant voguer au fil du courant quelque flotteur qui pouvait être un signal ou un rappel à l'ordre. Le colonel Montferrand traînait quelquefois sa jambe de bois jusqu'au bar sans jamais nous raconter ses exploits, mais toujours ceux d'un jeune officier qu'il avait formé et qui, à l'entendre, était la version revue et corrigée de James Bond. Les lunettes glauques de l'inquiétant Constantin Meunier miroitaient de temps à autre sous les abat-jour orangés en forme de coupoles à frange.

De toute manière, même les plus ternes parmi nos clubmen observaient le décorum. Ils ne vous fourraient pas sous le nez leur carte de l'amicale des anciens des services spéciaux, et, si profond qu'ils eussent trempé dans les grands secrets du siècle, ils n'en soufflaient mot. Qu'ils eussent ou non publié leurs mémoires — toujours décevants par discrétion —, ils gardaient bouche à peine décousue, et, en ma présence du moins, n'expectoraient presque rien de ce qui leur pesait le plus lourdement sur le cœur.

Ils échangeaient des brindilles de souvenirs qu'ils n'avaient pas besoin d'expliciter (« Ah ! Colomb-Béchar ! Qu'est-ce qu'on leur a mis ! »), rappelaient des personnages désignés par des sobriquets (« Quel beau salaud c'était, Aucune-Gueule ! »), ne racontaient qu'exceptionnellement une anecdote de bout en bout, et, pour cela, baissaient la voix, si bien que j'avais de la peine à saisir le mot de la fin.

Mais l'écrivain est *pantophage*, et tout me semblait bon à ingurgiter. Déjà la façon dont ces combattants de l'ombre se taisaient me passionnait, et, s'ils laissaient tomber de temps en temps des graines de vérité, je les engrangeais avec gratitude. Pour un scribouillard qui avait réussi un roman — non pas *d'*espionnage mais *sur* l'espionnage — et à qui l'on avait fait la réputation inquiétante et flatteuse d'un agent triple, il était précieux de se pénétrer d'un ton, d'un style, de recueillir une semence de petits faits vrais qui lui permettraient de prolonger l'ambiguïté.

★

Un jour, par exemple, quelqu'un évoqua les diverses manières dont les agents se font prendre. Untel, qui avait opéré en Hollande pendant la Deuxième Guerre mondiale, nous apprit que les Hollandais faisaient prononcer aux suspects le nom de lieu *Scheveningen*, et qu'aucun Allemand n'étant capable d'y réussir à la perfection, plusieurs avaient été en conséquence terminer leurs jours au fond d'un canal. Cela fit s'esclaffer un autre, qui avait travaillé en France contre l'Abwehr :

— Nous, on leur faisait prononcer *vingt-deux*. A tous les coups, avec un Fritz, c'était *vingd-teux* qui sortait. Vingd-teux une fois, vingd-teux deux fois, vingd-teux trois fois. Adjugé. Au poteau.

— C'est comme cet espion allemand, parachuté en Angleterre avec le chapeau melon, le parapluie et l'accent d'Oxford, et qui a voulu prendre le train. “ *Two and six* ”, fait le préposé. L'Allemand donne deux livres et six shillings. Les bobbies accourent. C'était naturellement deux shillings et six pence... Ils l'ont pendu, conclut avec sobriété un troisième clubman.

— Il y a mieux, dit encore un autre. (J'ai horreur des gens qui disent “ il y a mieux ” ou “ j'en connais une meilleure ”.) Les Américains, avant l'opération Torch, avaient envoyé des agents en AFN. Parlant parfaitement le français, portant le béret basque et sachant réclamer une baguette de pain bien cuit. Des gars d'OSS, naturellement. Vous savez comment ils se sont fait ramasser ? A table, pour manger, ils gardaient l'avant-bras gauche sur les genoux comme de bons Yankees bien élevés. Si jamais j'avais fait ça devant mon père... Il paraît que c'est Darlan qui les a fait fusiller.

— Le procédé est ancien, dit le prince Comnène, qui, sans appartenir au club, y venait quelquefois avec l'un de ses amis, lequel était de la partie. On appelle cela un *shibbolet.*

Nous voulûmes savoir pourquoi. Il s'étonna poliment de notre ignorance.

— Voyons, c'est dans la Bible ! Juges XII 6. Les hommes de Galaad avaient occupé le gué du Jourdain et coupé la retraite des hommes d'Ephraïm à qui ils faisaient la guerre. Si quelqu'un demandait le passage en affirmant qu'il n'était pas d'Ephraïm, ceux de Galaad lui faisaient prononcer *shibbolet*, qui veut dire rivière en hébreu. S'il disait *sibbolet* comme un Ephraïmite, il était égorgé sur le coup. L'Ancien Testament nous apprend que quarante-deux mille hommes périrent ainsi.

*

Un autre jour, la conversation tomba sur les méthodes d'interrogatoire.

Pour une fois, j'avais quelque chose à raconter : comment j'avais dépendu du plafond un malheureux Kabyle que deux gendarmes rouaient de coups en hurlant : « Tu vas nous dire, fumier, combien il y a de *mintaqas* dans une *katiba* ? » — quelque chose comme : combien il y a de départements dans un escadron.

A vrai dire, je n'étais pas admis là pour parler mais pour me taire. Néanmoins on ricana grivoisement. Les moustaches ricanent grivoisement quand ils parlent de « tremper un client », de lui « donner des bonbons », ou de le « perdre par excès de zèle ». Il y a une polissonnerie de la torture comme il y en a une de l'amour.

Le vieux commandant Michel évoqua alors le stage de résistance à la torture qu'il avait subi dans sa jeunesse.

— Très dur, nous confia-t-il. Très dur. Physiquement. Et puis de se faire insulter, humilier par les copains. Evidemment, on leur faisait la même chose ensuite.

Lui-même n'avait connu que deux échecs dans sa vie : un vieux musulman qui, à force de réciter qu'il n'y a de Dieu que Dieu, s'était mis dans un état de catalepsie où plus rien ne prenait sur lui, ni les coups, ni la gégène, ni le baquet, ni le chalumeau à soudure sous lequel sa chair émettait une odeur de méchoui ; et une jeune Italienne qui, contrainte de parler, n'avait plus cessé : elle racontait n'importe quoi pendant des heures, des jours, des nuits. On avait beau relayer les équipes et tenter de la ramener à l'objet de l'interrogatoire, elle criait, infatigable : « *Ma... Un po* de patience !... Je vais vous *esplicare* » et recommençait à battre la campagne. Cela dura des semaines...

— A la fin, on était jeunes, on s'est un peu énervés. Elle a clamecé au milieu d'un mot. Elle n'avait toujours rien dit.

— Oui, les femmes, quand elles en ont, elles en ont,

reconnut paradoxalement le général du Foyer. J'étais lieutenant en Indo. Une bande de Viets nous harcelait. Commandés par une fille. Incroyable mais vrai. Impossible à coincer. Nous glissait entre les mains. Un serpent. Tireur d'élite avec ça. M'avait dégringolé dix ou douze bonshommes au fusil. Sans compter les mines, bien sûr, et les fils d'acier tendus à la bonne hauteur en travers du chemin : ça vous décapitait le chauffeur et le chef de voiture d'un seul coup d'un seul. La population terrorisée. Si la fille arrivait dans un village où nous avions été bien reçus, tous les mâles, la tête au coupe-coupe. Ensuite plantée sur un pieu.

« Elle s'est laissé prendre bêtement. A faire une liaison qu'elle aurait pu confier à n'importe qui. Sur le terrain, les petits gars essayent de la faire parler pour exploiter en vitesse. Rien à faire. Bigophone. " Amenez-la-moi. "

« On me l'amène dans mon bureau. Pas mal amochée déjà. Les yeux comme ça. Des brûlures de cigarettes sur les seins.

« — Où sont tes amis ?

« Elle répond en bon français :

« — Je ne vous le dirai pas.

« Je lui ris au nez :

« — Toi ? A moi ? Avec moi, tout le monde parle.

« — Moi, monsieur, je ne parlerai pas.

« Polie avec ça : " Monsieur " ! Je me lève. Elle laissait baller sa tête, l'air de se payer ma gueule. J'avais, je me rappelle, une règle d'acier à la main, graduée en centimètres et en millimètres.

« — Tu parleras.

« — Je ne parlerai pas.

« Je m'approche d'elle. Les gars la tenaient chacun par un bras. Alors la voilà qui se gonfle d'air, qui pousse le *kiai* comme en arts martiaux et qui me crache quelque chose de mouillé et de flasque à la figure.

« C'était sa langue. Qu'elle s'était coupée d'un coup de dents.

« Le plus embêtant, acheva le général du Foyer d'un ton maussade, c'est qu'elle ne savait pas écrire.

★

Où trouver de semblables tableautins sinon au Berkeley à cinq heures, tant qu'on m'y tolérait ? Et l'on m'y tolérait assez volontiers. J'avais fait un peu de renseignement en Algérie et un séjour honorable au GEST. Le roman que j'avais consacré aux moustaches était suffisamment véridique, narquois sans être irrespectueux. On s'y reconnaissait caricaturé avec déférence. D'ailleurs j'avais été présenté par Tolstoï, dont la caution aurait suffi.

Tolstoï avait pris sa retraite comme général de brigade. Il faisait de l'élevage de moutons sur les terres de sa femme, prospérait et ne dédaignait pas néanmoins de venir taquiner les anciens quand il « montait » à Paris. Il avait gardé ses yeux de loup de mer, ses petites dents rondes bien aiguisées, son aptitude à consommer d'incroyables quantités d'alcool sans sourciller et son talent pour mettre les gens mal à l'aise par plaisir.

Son dédain à mon égard s'était mué en une considération qui ne lui allait pas. Il me parlait sur un ton d'humilité ironique pas entièrement jouée :

— Vous, mon petit Volsky, qui fréquentez les grandes fripouilles... Vous que ma femme a vu à la téloche et voudrait avoir à dîner...

Lorsqu'il m'avait amené au Berkeley à cinq heures — « Messieurs, j'ai l'honneur de vous présenter un moustache foiré tourné en gens-de-lettres réussi » — tout le monde avait senti que le sarcasme n'était là que pour la forme, et le petit lieutenant quinquagénaire Kiril Volsky avait vu avec stupéfaction amiraux et généraux se lever avec empressement pour lui serrer la main. La littérature en impose encore en France. Plus pour longtemps, sans doute. Assez longtemps pour moi.

Tolstoï ne racontait rien ; il s'amusait des histoires des autres, et surtout de m'observer, moi qui écoutais en tapinois, n'osant pas prendre de notes de peur d'effaroucher les rares orateurs, et tremblant à l'idée d'oublier le détail-clou.

— Ah ! faisait Tolstoï en me narguant de son œil métallique, c'est dur, le métier de littérateur !

Moi, à force de rester tapi à l'affût, je finissais par entendre des histoires presque complètes, ou du moins à les reconstituer. Pour une raison indéterminée — le verglas dehors, un whisky de plus, une compagne quinteuse — les clubmen abandonnaient quelquefois leurs sibyllins « Quel salaud, le patron du 7 » ou « Ce crétin-là avait oublié qu'on n'utilise pas la pierre d'alun en URSS » pour me fournir toutes les pièces du puzzle — de préférence dans le désordre. Il ne m'importait pas que le puzzle fût d'un grand intérêt en soi, mais que, simple ou complexe, il contînt des parcelles de vérité qu'aucun écrivain n'aurait su inventer.

Exemple. Le colonel Pompée, avec un accent provençal aillé à souhait :

— Je devais cambrioler le consulat d'Allemagne à Madrid. Tout était réglé au quart de tour, au quart de poil. Le garage s'ouvrirait à l'heure dite. J'avais le plan des locaux. Pas de gardien. Je n'avais qu'à opérer. Je me pointe comme prévu. Le garage : ouvert. J'entre. La disposition des lieux correspondait au plan. C'était vraiment l'opération Doigts-dans-le-nez. J'arrive dans le bureau du consul. Du bruit. Une ombre. Dans ces cas-là, c'est à qui tire le premier. Ce coup-là, ç'a été moi. Je donne un coup de torche. Qu'est-ce que je trouve ? Un copain anglais avec qui j'avais fait mon stage en Ecosse. Il avait dû recevoir le même ordre que moi de sa boutique à lui. Ce sont des choses qui arrivent. En tout cas, avec une balle de 5,5 deux doigts sous le téton gauche, il n'a pas souffert.

Je ne pus m'empêcher de poser une question d'amateur :

— Et après ?

— Après ? Quoi après ? J'ai tournicoté les bitoniaux du coffre. Pas difficile : j'avais la combinaison. J'ai fait main basse sur les papelards demandés et j'ai dégagé. Tiens, vous me rappelez un mauvais souvenir. D'ordinaire, je suis plutôt honnête, Dieu sait pourtant que j'ai eu des occasions, mais ce jour-là la pendulette du consul m'a fait envie : une jolie pendulette de voyage, revêtue de cuir rouge. Je l'ai fourrée dans ma poche, comme ça, sans y penser. En souvenir. C'est la seule fois que je me suis sucré et aujourd'hui j'aimerais bien ne pas l'avoir fait. Remarquez, elle marche toujours. C'est même étonnant, parce que ça fait près de quarante ans. Ils ne fabriquaient pas de camelote, les Boches.

Autre exemple : l'agent soviétique infiltré au Maroc sous un déguisement de rabbin.

Que dis-je déguisement ? Il avait subi, dans un hôpital du Guébé, l'amputation indispensable, avant de faire, dans les meilleures écoles, les études nécessaires : la Tora, les prophètes, la Mischna, la Guémara, la Kabbale. Pas question, dans les circonstances, de parler de légende ; Rabbi Youssouf était devenu ce qu'il était censé être, et n'en assurait pas moins sa mission : diriger un réseau qui le renseignait sur les essais d'engins français. Loin de rechercher cet homme, le CE français ne soupçonnait même pas son existence : le rabbin ne dut sa perte qu'à un incident dérisoire et imprévu.

Il avait trouvé un logement chez un confrère marocain, ébloui par sa science et sa piété. La chambre de l'étage, aux murs chaulés, sans un angle droit, mais très propre, avait été mise à sa disposition pour y dormir et y méditer. Elle avait l'avantage de dominer la ville, et, lorsque la nuit du désert descendait sur la casbah blanche devenue bleue, Rabbi Youssouf tirait son poste radio d'une valise fermée à clef, déroulait son antenne et transmettait ses messages. On apprit ensuite que des voisins, qui prenaient le frais sur leur terrasse, avaient vu un point rouge s'allumer et s'éteindre dans sa chambre sur un rythme irrégulier. Ils ne s'en étaient pas plus étonnés que s'ils avaient vu le vénérable rabbin léviter. Quoi de surprenant si les chéroubs aux yeux innombrables rendaient visite au saint homme ?

La chambre polygonale, ai-je dit, était propre : la petite Rebekkah avait été chargée par son père de l'épousseter, la balayer, la ranger, et elle y mettait tous ses soins. Dès que Rabbi Youssouf sortait pour aller prier, ou prêcher, ou circoncire, ou pour telle autre occupation de rabbin, elle grimpait à l'étage avec brosses et balais.

Or, il arriva que Rebekkah tomba malade, et que son père, qui l'aimait, bien qu'elle fût une fille, s'en inquiéta. Ce n'était pas qu'elle souffrît, mais elle grossissait à vue d'œil et avait des troubles gastriques inexplicables. Le brave homme conduisit sa fille chez le médecin français des AI. Les analyses ne donnèrent rien. La petite paraissait monstrueusement suralimentée alors que, d'après ses parents, elle avait perdu l'appétit.

Le médecin, qui s'ennuyait de ses propres enfants, entreprit d'interroger Rebekkah. Il devina bientôt qu'elle lui cachait quelque chose, mais ni les explications médicales ni la menace d'une fessée à la française ne la firent sortir de son silence. Essayons la douceur. Le médecin venait de recevoir des calissons d'Aix de sa femme, et il en offrit à la petite fille :

— C'est bon ?

— Presque aussi bon, dit-elle la bouche pleine, que ceux de Rabbi Youssouf.

Et elle plaqua sa petite main sur sa bouche, comme si elle voulait retenir le mot qui venait de s'échapper !

Ce ne fut plus qu'une question d'usure. Entre le père courroucé et le médecin compatissant, l'enfant avoua qu'en faisant la chambre de l'étranger elle avait découvert un paquet de bonbons au fond d'un sac contenant du linge, et qu'elle s'en octroyait deux ou trois tous les jours.

— Voleuse ! Malheur à moi ! Je suis déshonoré ! vociférait le Marocain.

Le médecin, lui, fait preuve de présence d'esprit. Il appelle le chaouch, commande que ni le père ni la fille ne sortent du bordj et se précipite chez le capitaine des AI, qui ne fait ni une ni deux : une section de moghaznis encercle la maison du rabbin. Perquisition chez Rabbi Youssouf. On trouve les bonbons. C'étaient des pilules nutritives comme en emportaient les premiers cosmonautes, à utiliser parcimonieusement dans les cas de fuite urgente ou de clandestinité totale. Modèle Kominform.

Ainsi périt, par la faute d'une enfant gourmande, un des meilleurs illégaux soviétiques.

★

Ayant recueilli ces histoires, je rentrais chez moi et je les notais à la hâte, malgré la répugnance que j'ai toujours eue à pétrifier ainsi le cours de la réalité. Quelquefois j'oubliais le nom du conteur, comme pour cette anecdote-ci, que je retrouve dans mon carnet.

« C'était pendant la guerre d'Algérie. Les renseignements concordaient. Une katiba qui grenouillait à la frontière marocaine était sans cesse alimentée en armes et les acheminait dans toute la mintaqa. On avait beau surveiller la frontière, dresser des barrages sur les routes, fouiller les camions et les voitures, les armes passaient, toujours aussi nombreuses. Elles passèrent jusqu'au jour où le capitaine Antoine eut une idée simple. Il fit peser les camions aux points de départ, d'arrivée, et en chemin. Cela n'éveilla pas les soupçons : on pèse les camions à des fins fiscales. Eh bien, les chargements de marée, de marée, vous m'entendez, pesaient une demi-tonne de plus en chemin qu'à l'arrivée ou au départ. Les armes passaient, démontées, dans les thons, les chargeurs dans les rougets. Résultat : un coup nos hommes se sont empiffrés de poisson, on se serait cru vendredi saint... et puis les armes ne sont plus passées. »

Je reconstituais, naturellement, car je n'ai jamais osé cacher de magnétophone sur moi. Cela m'aurait paru indécent : j'étais traité comme un camarade ou presque. Et puis, si j'avais été pris par ces as du renseignement, quelle déconfiture ! Et si je ne l'avais pas été, quelle déception !

Une fois Tolstoï lui-même se départit de son silence. Nous étions au bar ce jour-là, et il parlait juché sur un tabouret et accoudé au comptoir, ses yeux de marin attachés au verre de whisky qu'il tenait entre ses deux pattes, comme un ours. De temps en temps, il coulait un regard ironique à l'un ou à l'autre de ses voisins, et quelquefois même à moi, qui me tenais en retrait, adossé au bar.

— J'étais sous-lieutenant, commença-t-il. On m'avait envoyé en poste au fin fond de l'Allemagne de l'Est, où j'étais censé débaucher des officiers soviétiques. Mes compétences étaient indéniables : je parlais russe mieux qu'eux et je pouvais boire plus qu'eux. Je n'avais encore recruté personne, mais l'enfant ne se présentait pas trop mal. Mon chef, que je ne nommerai pas parce que ma chère maman m'a appris à être charitable, et qui s'appelait quelque chose comme de La Porte du Four du Moulin, n'avait qu'une qualité : il était si poltron qu'il ne quittait jamais son bureau de Pankow et par conséquent ne venait pas nous les casser sur le terrain. Pour le reste, il avait de la culture russe des notions approximatives, du style " Mettez vodka dans samovar ", il croyait que le servage avait été supprimé par la Révolution et confondait les Mig avec les Iliouchine. Comment avait-il obtenu ce poste ? Je crois qu'il devait être allié par les femmes à la tante du marquis de Custine, je veux dire à cette tante de marquis de Custine, ce qui faisait de lui le plus grand spécialiste vivant de l'Armée rouge. Quoi qu'il en soit, les ordres que je recevais de lui étaient délirants. Il ne lisait pas mes comptes rendus, mais il exigeait qu'ils fussent noués de faveurs de couleurs diverses d'après le thème qu'ils traitaient. J'ignore s'il dénouait ces faveurs et où il se les mettait ensuite.

« Je souffris quelque temps en silence, puis je protestai, puis je m'insurgeai, toujours par correspondance, car à chaque demande d'audience, mon chef m'enjoignait de demeurer à mon poste, si bien que je ne l'avais jamais rencontré.

« J'ai fait alors ce que je n'aurais pas été capable de refaire plus tard. Je me suis falsifié un ordre de mission et, court-circuitant Pankow, je me suis présenté à la Centrale, à Paris. Je me suis fait accueillir comme vous pensez : abandon de poste, cela valait soixante de forteresse sinon la cour martiale. Tout de même, je trouvais que le Grand Patron prenait l'air de plus en plus soucieux à mesure que je lui énumérais les bévues et les bourdes de mon chef. D'abord c'était " Je ne veux pas le savoir ", puis " Je ne peux pas le croire ", puis " Vous en êtes sûr ? " et finalement : " Prouvez-le-moi, et j'oublie que je vous ai vu aujourd'hui. "

« Comment prouve-t-on l'incapacité d'un chef ?

« Eh bien, voici comment.

« Quinze jours plus tard, un beau matin, le planton annonce au commandant de la Mare du Cochon qu'on le demande. Angoisse. Qui cela peut-il bien être ? Un assassin soviétique ? Ou, plus dangereux encore, un colonel français en tournée d'inspection ? Ouf, ce n'était qu'un transfuge : un officier de l'Armée rouge, qui se présentait avec une serviette pleine de documents tous plus *soverchenno sekretnyé* les uns que les autres. La chance d'une vie ! L'entrevue se passe le mieux du monde, parce que le transfuge parle lentement et que le descendant de Custine arrive à comprendre le quart de ce qu'il entend. Le transfuge, lui, plein de bonne volonté, comprend tout. C'est la joie. Une carrière faite. Les Américains seront fous de rage. Le commandant alerte Paris : " J'ai un défecteur ". Il réclame un avion militaire et y enfourne le Soviétique, qui continue à donner les effectifs des troupes massées sur la frontière polonaise, l'organigramme du GRU, et l'ordre de bataille du Guébé. Le commandant lui passe la main dans le dos, le gave de foie gras et s'efforce de parler russe : " Mais vous peut-êtrre prréférrez caviarr avec vodka ? " On arrive à Paris en pleine nuit. Une planque a été prévue pour le débriefing, elle est gardée par les gars d'Action. Le Grand Patron attend en tambourinant des doigts sur le bureau. Voilà, ça y est, ils arrivent. Le transfuge a les yeux bandés. " Bandeau vous pouvez enlever ", proclame le commandant du Poulailler de La Basse-cour. Le transfuge enlève son bandeau et se pique au garde-à-vous devant le Grand Patron :

« — Mes respects, mon colonel.

« Le transfuge, c'était moi, et j'avais monté l'opération de toutes pièces avec des documents que nous possédions déjà. Je peux vous assurer que mon chef n'a pas fait long feu dans le service. Je lui dois ma deuxième ficelle.

« Mais j'ai l'impression, messieurs — cela, avec un regard insolent braqué d'abord à droite, sur un général, puis à gauche sur un colonel, puis de nouveau à droite, vers moi, avec, cette fois, un imperceptible clin d'œil —, que vous n'avez pas aimé mon récit ?

Tolstoï avait raison : les histoires d'insubordination jettent un froid dans certains milieux.

Une autre fois, mieux que d'une histoire complète, je bénéficiai d'un *happening*.

Le colonel Pompée déjà nommé était dévoré d'un remords plus grave que celui de la pendulette. Il avait, vingt ans plus tôt, envoyé dans un pays hostile un agent avec de faux papiers imparfaitement imités. L'homme ne lui était pas sympathique : une de ces prima donna qui ont réussi un coup et désormais se croient tout permis. Par méfiance, il l'avait logé chez lui avant de l'envoyer en mission, et, dès la première nuit, l'agent avait entrepris de fouiller le bureau de son hôte.

— Heureusement, moi, pas idiot, j'avais entrebâillé sa porte et disposé un cent de clous en équilibre sur la tranche du battant. Patatras ! Il se demandait encore ce qui arrivait quand il s'est retrouvé avec mon 5,5 sous le nez. J'avais beau pioncer comme un bienheureux, les réflexes fonctionnaient encore à cette époque-là.

Mais peu importe l'antipathie : l'agent n'était pas revenu et le colonel Pompée ne se pardonnait pas sa négligence.

— Il a dû passer à la casserole. C'est ma faute. J'en ai flingué des types, dans ma vie, et ils ne m'empêchent pas de dormir, et pourtant celui-là... J'avais bien vu que les cachets n'étaient pas corrects. J'aurais dû les faire refaire, retarder la mission.

Et voilà qu'un jour quelqu'un nous amène un personnage aux cheveux abondants, bouclés et très blonds malgré ses cinquante ans, le pif arrogant, le blouson mauve, le jean collant, des Adidas aux pieds, quelque chose du garde du corps expérimenté ou du julot débutant, pas du tout le style Berkeley à cinq heures. Il était censé s'appeler Watteau. Ni l'apparence ni le nom ne frappèrent le colonel Pompée qui buvait tranquillement un pastis. Mais voilà Watteau qui réclame un whiskey irlandais que le serveur n'avait pas.

— Comment ! Vous n'en avez pas ? Qu'est-ce que c'est que ce bazar ?

Reconnaissant la voix, ou l'outrecuidance, ou peut-être la marque du whiskey, Pompée lève un sourcil, se penche sur la table, tend la main comme pour toucher le bras de Watteau :

— Vous vous êtes appelé Nattier dans le temps, ou je débloque ?

Nous fûmes choqués. Mais Watteau dévisageait Pompée froidement :

— Ah ! c'est vous, mon capitaine. Vous fabriquez toujours des faffes aussi dégueulasses ?

— Comment vous en êtes-vous tiré, mon petit vieux ? demanda Pompée, dont les yeux luisaient d'attendrissement. Ils ne vous ont pas pris, ces manchots !

— Si, si, fit Watteau. A la frontière. Ça n'a pas fait un pli.

— Et alors ?

— Qu'est-ce que vous croyez ? Interrogatoire. Passage à tabac. Troisième degré.

Watteau écarta les doigts et regarda ses ongles comme s'il voyait encore des allumettes dessous.

— J'ai lâché un peu de lest, bien sûr, mais globalement je les ai intoxiqués jusqu'à la gauche.

— Et après ?

— Tiens ! Condamné à mort, mon capitainc. Pour un cachet mal fait. Je l'avais mauvaise !

Il ne quittait pas Pompée des yeux, jouissant de l'embarras qu'il créait.

— Enfin, vous êtes tout de même là, mon petit, fit Pompée pitoyablement.

Son amour-propre souffrait, alors que son bon cœur était soulagé d'un grand faix.

— Ouais. Apprivoisé un gardien avec des Bastos. Et puis un soir... le coup du père François. J'ai pris sa casquette. Le chef de poste coinçait la bulle. Les pouces sur la carotide. Le trousseau de clefs. Une petite amie en ville. Elle m'a caché entre les fondations de parpaings de sa villa. Pendant trois mois. Et elle m'a fait refaire des papiers. Corrects.

★

Imagine-t-on avec quels sentiments j'assistais à des scènes pareilles ? Je n'avais jamais étranglé personne, je n'étais parmi les clubmen qu'Homère aux pieds d'Agamemnon. Du moins les clubmen le croyaient-ils. J'en étais vexé — et d'autant plus que, en des circonstances que je n'avais pas le droit de révéler, l'action était revenue, récemment, me visiter.

— Plastronnez, messieurs, plastronnez, leur disais-je en moi-même. Vous ne savez pas exactement à qui vous avez affaire.

Et, bizarrement, cela ajoutait encore pour moi aux charmes poivrés du Berkeley à cinq heures.

LA POUPÉE RUSSE

On ne saurait dire que le Berkeley soit beau, mais on peut trouver du charme à son aspect hétéroclite.

D'abord il y a la terrasse, sous sa verrière, avec ses meubles de jardin tarabiscotés, ses chaises blanches à coussin rouge, ses fausses lampes à pétrole suspendues au-dessus des tables, et, au fond, la série de boxes surélevés qui a l'air d'un petit train circulant dans un parc à l'anglaise. Plus loin, on descend dans le bar, caverne ombreuse, avec sa moquette qui était alors léopard, ses sièges châtaigne, ses abat-jour pour lampes d'Aladin, ses tables de bistrot aux plaques de verre posées sur des fonds d'or tacheté, ses murs miroitants et mordorés. L'étage est loufoque : on dirait le cockpit d'un bateau-mouche avec les boxes disposés sur des passerelles et des hublots ronds placés bas dans le bordé blanc, pour qu'on puisse admirer d'en face les jambes des dîneuses. Rien ne rappelle Paris : on pourrait aussi bien être à Tokyo ou à Brisbane. Quant aux toilettes, mordorées elles aussi et comme blindées, elles me font penser à l'intérieur d'une chambre forte située à bord d'un sous-marin ou peut-être même d'un zeppelin. Dans ce décor passablement surréaliste, des plantes grasses débordent de pots suspendus, d'autres dégoulinent du plafond le long de la verrière, d'autres encore oscillent en rideaux à la lisse du cockpit. Il y en a de fausses, il y en a de vraies. Je peux en témoigner. J'ai cassé des rameaux juteux et d'autres en matière plastique. Il y a dans ce mélange et cette incertitude un attrait particulier pour certains esprits.

Pourquoi cinq heures, voulez-vous savoir ?

C'est — du moins c'était au temps dont je parle — la meilleure heure. Bonne pour les désintoxiqués honteux qui se réclament de l'horaire pour ne pas commander de gin ou de cognac ; bonne pour les parcimonieux, qui se satisfont d'un thé sans déchoir ; bonne pour les gourmands qui s'offrent des pâtisseries. Bonne pour les subalternes, qui carottent une heure ou deux et ne retournent pas au bureau ; bonne pour les supérieurs qui y retournent après avoir coupé leur journée de travail. C'est une bonne heure parce qu'elle ne préjuge pas de la soirée, que l'on pourra encore consacrer à la famille ou aux bonnes fortunes ; heure innocente, non engagée, qui ne compromet pas, qu'on peut réduire au minimum si on s'ennuie et prolonger ad libitum si on s'amuse. C'est une bonne heure pour l'ambiguïté. Les Anglais, qui l'ont inventée, savaient ce qu'ils faisaient.

Ordinairement, notre club tenait ses assises quasi quotidiennes dans la pénombre feuille-morte du bar, mais, ce jour-là, nos tables au fond à droite, à l'opposé du piano, étant prises, nous nous étions installés dans un coin de la terrasse. A regret, car c'était l'hiver, et les flocons de neige cristallisée qui collaient aux vitres, comme dans une illustration naïve de Norman Rockwell, donnaient une impression de froidure.

C'était en 1990, quand l'URSS existait encore, et nous fêtions *sotto voce*, l'air de ne pas y toucher, la retraite du général Henguerrand, qui avait reçu cette retraite et ses deux étoiles par le même courrier. Quart de place s'il en fut, donc, mais quart de place se réjouissant ouvertement d'être propriétaire de son grade sans plus en avoir les obligations, visant délibérément l'avenir sans éprouver le besoin de couper les ponts avec le passé, acceptant même que l'un servît de piédestal à l'autre : Henguerrand allait en effet prendre en main le contre-espionnage d'un émirat et être payé en pétrodollars.

N'étaient présents ce jour-là que le sénile colonel Rat, qui venait au Berkeley pour échapper à Mme Rat, surnommée la Sorcière du Vésuve ; le vieux lieutenant de chancellerie Lionel, auquel personne ne prêtait jamais la moindre attention ; un officier sud-américain qui souriait de toutes ses dents de platine et semblait ne rien comprendre à rien ; et votre serviteur.

Les autres auditeurs n'étant guère dignes de son intérêt, il me semble qu'Henguerrand a voulu me faire un cadeau d'adieu en me donnant à raconter une histoire qu'il avait vécue et qu'il n'écrirait pas. C'est curieux comme nos lecteurs s'imaginent toujours que nous manquons de sujets, alors que notre grand souci est de trier ceux qui nous viennent pour en éliminer la plupart.

Henguerrand était un gaillard à la cinquantaine avancée mais guillerette, avec des cheveux jadis noir de jais, maintenant blanc de givre, frisant dur et encadrant un visage large et régulier au teint brique foncé. Ses costumes bleus presque noirs, ses chemises blanches, ses cravates grenat ressemblaient à un déguisement : on sentait qu'il avait dû être bien plus beau sous le képi noir ou le béret amarante, et qu'aujourd'hui encore il le serait nu, avec un matelas de poils sur la poitrine, l'aine hirsute et un dos de gorille. Général de brigade, soit, mais avant tout homme. Très homme, comme disent les Espagnols. Il parlait avec une préciosité qui n'allait pas jusqu'à l'affectation et un pittoresque qui s'arrêtait au seuil de la truculence.

Il commença en ces termes.

— Messieurs, j'ai lu ce matin un article dont l'auteur, trop aimable, se demande ce que nous allons faire, maintenant que la faillite du communisme rend nos activités caduques. Les espions de l'Occident, explique-t-il élégamment, ont perdu leur fonds de commerce, et il se demande avec charité si nous allons nous retrouver au chômage. Cela me donne envie de vous conter une petite opération que j'ai eu la satisfaction de mener à bien et qui ne devrait pas vous déplaire. Maître d'hôtel, la même chose pour tout le monde.

La même chose, c'était le Martini où le vieux Rat trempait interminablement son dentier, la Suze de Lionel, le thé à l'anglaise, avec beaucoup de lait, du Sud-Américain, mon whisky (« Ce que vous voudrez sauf du JB ») et la vodka blanche qu'Henguerrand sirotait, ce qui m'irritait, car enfin il aurait dû savoir qu'un verre de vodka, ça s'assèche cul sec avec une queue de hareng par-dessus ou ça se laisse tranquille.

— Oui, reprit-il, ce fut une assez jolie petite opération bien roulée, bien enveloppée, fertile en rebondissements contrôlés, presque un roman (cela : sans doute à mon intention), et que ma retraite me permet enfin de vous livrer.

Il jeta un regard autour de lui comme pour voir si aucun d'entre nous n'allait lui disputer le podium — il se serait effacé avec courtoisie mais sans enthousiasme — et, le regard perdu au loin, leva son verre glacé en direction de la vitre constellée de neige.

— A cette époque-là, j'étais...

Et il s'arrêta.

— Non, je vais vous raconter ça autrement. D'un autre point de vue.

Je souris, parce que tout romancier, qu'il s'ignore ou non, se préoccupe d'abord du point de vue, mais j'essayai de me rendre invisible derrière mon White Horse.

— Je vais, dit Henguerrand, vous raconter ça du point de vue de Chto.

Sans doute savait-il à l'avance qu'il nous raconterait ça du point de vue de Chto ; sa fausse entrée à la première personne n'avait été là que pour aiguiser notre — mon — intérêt.

— Vous avez sûrement entendu parler du grand psychiatre soviétique Pierre Chto. Chto veut dire « quoi » en russe (par politesse, il chercha du regard mon approbation, et j'inclinai la tête). C'est un nom assez improbable, je dirais gogolien. Le bonhomme d'ailleurs est sorti tout droit de G*o*gol : un Ak*a*ky Ak*a*kiévitch avec fond de culotte doublé et bottes de feutre, au physique une espèce de gnome presque bossu, au fond un homme d'une humilité de saint, d'un courage de héros, d'une intelligence diabolique et, curieusement, d'un très grand charme. Il s'est d'abord fait un nom par des travaux dans la droite ligne de B*e*khteref, le fondateur de la psychiatrie russe, et ensuite, dès l'époque de Br*e*jnef et d'Andr*o*pof, par ses prises de position publiques contre l'utilisation policière des hôpitaux psychiatriques, en particulier de l'Institut S*e*rpsky, ce qu'on a appelé les psykh*ou*chkas.

Le slavisant averti ne nous faisait grâce d'aucun accent tonique tombant sur une pénultième ou une antépénultième, d'aucune sonore devenant sourde.

— Lorsque des brises nouvelles soufflèrent sur les plaines glacées de l'Urse, l'ami Chto, bien qu'il fût un dissident de l'intérieur, un *inakomysliachtchy*, un pense-autrement comme disent les Russes, devint membre de l'Académie des sciences. Comme tel, je vous laisse à penser s'il était fiché par nos services.

Henguerrand nous montra ses dents, qu'il avait larges et fortes, aptes à croquer des noix et à faire craquer des carapaces.

— A l'époque où commence mon histoire, Chto était illustre à cause d'une méthode de thérapeutique des couples qu'il avait inventée et qui reposait sur l'utilisation de deux marionnettes à main en costume russe, appelées Pétr*ou*chka et Mari*ou*chka. Pétr*ou*chka avait une perruque blond filasse, Mari*ou*chka un foulard rouge noué sous le menton. Si je comprends bien, moi qui suis un profane, la méthode consistait à simplifier les problèmes des couples à l'extrême, de manière à les rendre jouables par les marionnettes. Riant de ces caricatures, les patients apprenaient à rire d'eux-mêmes et à se pardonner leurs divergences. En tout cas, Chto a fait école en Occident, et plus d'un psy français, américain ou allemand se promène encore avec deux guignols en poche : Jeannot et Marion, Jim *and* Jill, Hans *und* Gretel. Personne évidemment ne paye de royalties à l'inventeur.

« Comment Chto était-il devenu si compétent en matière de couples ? C'est ce que nous ne savons pas. Lui-même n'était pas marié, mais ce handicap n'a jamais empêché les padres d'être des conseillers matrimoniaux pas plus désastreux que les autres. Le petit homme approchait de la soixantaine et on ne lui connaissait pas de liaison, lorsqu'un jour ses étudiants, qui l'adoraient, l'invitent à un pique-nique. Il y va, il s'amuse beaucoup. Il donne des représentations de marionnettes sur le gazon. On saucissonne, on boit du cognac qu'on fait descendre avec de la bière, et puis les couples qui n'ont pas besoin de thérapeutique commencent à s'égailler dans la nature.

« Il y avait là une belle blonde nommée *I*ya. Au cours de Chto, elle s'asseyait toujours au premier rang. Elle avait les mains fines, longues, et les jupes étroites, courtes. Elle entraîne l'académicien Chto dans les bois. Ils arrivent à une petite rivière au milieu de laquelle il y avait une île. Elle dit :

« — Je veux aller dans l'île.

« Quand une femme russe dit " Je veux ", on a intérêt à obtempérer. Le vieux prof ôte ses chaussures, ses chaussettes trouées, roule son pantalon. Elle enlève son collant. Ils franchissent le gué. La légende dit que, ce jour-là, le collant ne fut pas remis. Une semaine plus tard, ils étaient inscrits au Zags, comme qui dirait mariés.

« Un vieux chnoque de professeur qui épouse une gamine, ce n'est pas rarissime. Cependant, à la différence d'autres jeunes femmes qui se lassent vite, *I*ya était en adoration devant son géronte : elle admirait le savant, elle vénérait le médecin, elle bichonnait l'homme. Un détail : elle affirmait descendre d'une famille noble, ce qui ne laissait pas Chto indifférent, non qu'il fût snob, mais il attachait de l'importance au passé collectif et il pensait que la noblesse forme la mémoire incarnée d'un peuple. Ils vivaient comme deux pigeons, lui faisant la vaisselle pour qu'elle ne s'abîmât pas les mains, elle lui tapant ses cours à la machine, corrigeant les épreuves de ses bouquins.

« C'est à ce moment que Chto entrevit la grande idée de sa vie. Je simplifie, bien sûr : grosso modo elle consistait en ceci.

« L'*homo sovieticus* n'est pas une fiction d'écrivain, mais une réalité scientifiquement observable. En effet, si nous ne croyons plus à l'hérédité des caractères acquis, nous reconnaissons l'existence de mutations fondées sur la sélection naturelle. Seuls les hommes et les femmes adaptables à un régime totalitaire ont survécu à la terreur de masse inventée par Lénine et, les citoyens de l'Urse s'étant reproduits pendant trois générations sous ce régime, le Soviétique moyen est un *mutant régressif*, apte à vivre sans trop souffrir dans un milieu d'oppression, de propagande à jet continu, de langue de bois et d'alcoolisme où nous crèverions, mais ayant perdu les attributs supérieurs de l'homme : le civisme, la spiritualité, l'aptitude à la sublimation des pulsions sexuelles, le sens du sacrifice, celui du pardon. Chto démontrait cela fort bien avec tests, expériences, statistiques, Rohrschach et tout le tremblement. Naturellement, malgré la gl*a*snost, il n'enseignait pas cette doctrine à l'Université : il en faisait secrètement un livre " pour son tiroir ", *v iachtchik* comme ils disent.

« Personne n'écrit longtemps pour son tiroir : ce n'est pas vous, cher monsieur Volsky, qui me démentirez. L'écriture réclame le candélabre, pas le boisseau. Autre chose : la documentation manquait à Chto, il avait sans cesse besoin de consulter telle ou telle autorité occidentale (vous savez que Freud n'est même pas traduit en russe). Enfin, malgré son humilité, Chto commençait à se sentir investi d'une mission :

le messianisme russe, vous connaissez. Il sentait que les Occidentaux commettaient sottise sur sottise, que leur stéréotype colombe-faucon compromettait la paix du monde, qu'il était de son devoir d'avertir l'humanité de cette chose très simple : qu'un mutant n'est plus tout à fait un homme.

« Je ne dis pas qu'il ait eu entièrement tort. Mutation ou non, des gens qui ont vécu dans le mensonge systématique pendant soixante-dix ans, à rabâcher des contre-vérités patentes et à s'en convaincre mutuellement sous peine de Goulag, ne peuvent pas raisonner comme vous et moi ; il y a une naïveté criminelle à croire, ou à feindre de croire, qu'ils le peuvent, à seule fin de leur vendre du Coca-cola ou des micro-ordinateurs. Bref — c'était prévisible — Chto a commencé à envisager de quitter pour un temps la petite mère Russie qu'il adorait.

« Sur ces entrefaites — qu'est-ce au juste qu'une entrefaite ? — il fait une rencontre inopinée. Il est en train de jeter du sarrasin aux pigeons du parc Gorky quand une jeune femme l'aborde. Vêtue d'une robe de jersey noir, chic, la peau olivâtre et les yeux comme d'énormes olives noires dans un blanc à peine jaune, délicatement veiné de bleu.

Je remarque :

— On dirait, mon général, que vous l'avez connue.

Il montre ses dents puissantes et reprend.

— Sophie est psychiatre, d'origine française, établie aux Ussa. Elle a pratiqué les marionnettes et se considère comme une disciple de Chto. Les siennes s'appelaient Pete *and* Marge. Maintenant elle travaille à la Fondation Van Pops en Oregon, sous le célèbre professeur Baum. Elle est en voyage d'études en Urse et enchantée des sucettes de glace qui pendent aux pignons ouvragés. Chto est réticent ; Sophie, coquette. Ils finissent par en venir aux prénoms :

« — Mais Pierre n'est pas un prénom russe, Pierre.

« Il bougonne :

« — Le héros de *Guerre et Paix* s'appelle Pierre.

« De fil en aiguille, Sophie fait comprendre à Chto que, s'il réussissait à quitter l'Urse, la Fondation Van Pops lui ferait un pont d'or. Vous savez naturellement quelle est la spécialité de la Fondation Van Pops.

Je l'ignore et je m'en confesse. Le Sud-Américain sourit : sait-il ? ne sait-il pas ? Rat mastique sa langue et s'endort. Le chancelier Lionel a posé ses deux mains bien à plat sur la table pour économiser sa Suze ; de toute manière, il est comme impalpable, comme invisible, à son ordinaire. Une bourrasque lance un paquet de neige mouillée contre la vitre.

— La Fondation Van Pops, cher monsieur Volsky, installée en Oregon, est la grande spécialiste mondiale des privations sensorielles, méthode d'interrogatoire qui a fait ses preuves dans la lutte contre le terrorisme. En Irlande un peu, surtout en Allemagne et en Italie. On vous enferme dans un œuf douillet, tout blanc, et on vous passe du bruit blanc en permanence. On ne vous torture pas, on vous nourrit par voie intraveineuse, et vous ne résistez pas longtemps à la monotonie des ondes électro-magnétiques perçues. C'est comme cela, dit-on, que les Allemands ont suicidé Baader *and Co.*

« A la Fondation Van Pops, les études se font sur des volontaires payés tant de l'heure, avec un tarif progressif pour rester des heures debout face à un mur ou mettre un scaphandre et s'immerger dans une piscine. A la première semonce on les libère, et la plupart se font libérer au bout de très peu de temps, sans pouvoir expliquer pourquoi cette station ou cette immersion leur a paru si pénible. On connaît des exceptions : un moinillon grec du Mont Athos est resté une semaine dans la piscine. En prière. Il a rapporté un joli magot à son couvent.

« Chto connaissait cela. Il savait aussi que la bibliothèque de la Fondation est la plus complète du monde pour la psychiatrie, et les privations sensorielles n'étaient pas étrangères à ses préoccupations : un pays où on ne peut pas écrire une symphonie sans l'appeler *Journée d'un stakhanoviste*, où l'information est monopole d'Etat, où le lavage de cerveau est un sujet académique et le bourrage de crâne une routine, où toute idée d'une orthodoxie marxiste douteuse est immédiatement rejetée non pas dans l'interdit mais dans l'inimaginable, un tel pays ne vit-il pas dans un état de privation intellectuelle, et l'intelligence étant renseignée par les sens, de privation sensorielle aussi ? Vous voyez le rapport avec le thème du mutant régressif.

« Voilà les rêves d'émigration de mon Chto qui se précisent.

« Il consulte sa femme. *I*ya est prête à tout. Elle végétera avec lui à Moscou. Elle le suivra au bout du monde. Comme il voudra. Le génie, c'est lui. Il est vrai que l'Amérique... *Amiérika ! Amiérika !* Le russe palatalise le *m* devant le *é* et cela rend l'Amérique encore plus poétique et appétissante. Le soir, Pierre Chto et la belle *I*ya rêvent : lui, de la bibliothèque Van Pops ; elle, des *drive in*. L'idée qu'on puisse aller à la poste, à la banque, au restaurant sans descendre de voiture l'excitait :

« — En Amérique, Pierre, on peut littéralement se marier en Cadillac !

« Ils pensaient aussi l'un à l'autre :

« — En Amérique, tu ne feras plus quatre heures de queue par jour.

« — En Amérique, il y a du papier et tu pourras publier tes *Mutants régressifs* à des millions d'exemplaires. (Elle pensait aux tirages soviétiques.) Tu ne vas pas t'enterrer dans le samizdat !

« Bref les époux Chto se transforment en personnages de Tchèkhof : ce n'est pas " A Moscou, à Moscou ! " mais " En

Amérique, en Amérique ! " En rêve, ils ne voient plus que palmiers-dattiers et rouleaux gris du Pacifique. Et ils commencent les démarches.

« Ne vous plaignez d'aucune bureaucratie tant que vous ne connaissez pas la soviétique. La demande devait être faite en je ne sais combien d'exemplaires accompagnés d'innombrables formulaires avec une case pour le prénom de l'arrière-grand-mère maternelle et une autre pour le premier devoir supplémentaire à l'école primaire, l'ensemble appuyé d'attestations domiciliaires, médicales, professionnelles, académiques, juridiques, policières, militaires, que sais-je. Pour les obtenir, des queues et encore des queues. Pour déposer la demande, la queue, et, après toutes ces queues, on finissait, après avoir fait la queue une fois de plus, par se trouver en face d'un fonctionnaire glabre et blême qui vous regardait comme si vous étiez Judas réincarné :

« — Pourquoi n'aimez-vous pas la patrie ? vous demandait-il.

« Certains sachant encore prendre un ton inexpressif et un regard terne qui vous glaçaient les sangs.

« Dans la mesure du possible, Chto fit les démarches à la place de sa femme. Il souffrait moins que d'autres peut-être de ces avanies : son métier lui avait racorni l'âme, il connaissait scientifiquement les méthodes d'intimidation, il riait ouvertement au nez des fonctionnaires, qui se rebiffaient :

« — Vous ne nous auriez pas parlé de cette manière il y a trois ans.

« — Il y a trois ans, je ne vous aurais pas parlé du tout.

« Tout cela aurait été plus simple si Chto ou sa femme avaient eu du sang juif. C'était l'époque où les Juifs et conjoints de Juifs sortaient à peu près à la demande, si bien que les mariages blancs foisonnaient et que les Soviétiques s'amusaient de la devinette : " Une Juive est-elle un être humain de sexe féminin ? — Non, c'est un moyen de locomotion. » Hélas, si loin qu'ils remontassent dans leurs arbres généalogiques respectifs, ni Pierre ni *I*ya ne se découvraient une goutte du sang de la race élue.

« Convocations écrites. Renvois. Récépissés. Mesures dilatoires. Hostilité des voisins, mis au courant par les enquêtes que menait la milice. Des mois d'un enfer kafkaïen. Et, un jour, une convocation par téléphone. Place Dzerj*i*nsky. Au siège du Guébé. Les époux Chto se regardent. A moins de travailler à la Loubi*a*nka, on n'en passe guère la porte qu'une seule fois, dans le mauvais sens. Chto, notez bien, est convoqué seul.

« — N'y va pas, mon faucon d'azur.

« A quoi servirait de n'y pas aller ? L'académicien ne peut se cacher. Il glisse à tout hasard une brosse à dents et une paire de chaussettes de laine dans sa poche et il prend le plus magnifique métro du monde.

« Il est reçu par un major à liserés bleu ciel qui lui offre du thé et lui fait la morale. Comment lui, le professeur Pierre Chto, qui doit ses connaissances et sa carrière à la mère patrie, peut-il aller se mettre au service de l'étranger ?

« — Major, ce n'est pas à cause de la mère patrie, c'est à cause du père Parti. *Né izza rodiny matoucki a izza partii batiouchki*, prononce Henguerrand avec brio.

« — Pourquoi voulez-vous partir ? Dites-moi la vérité.

« — Pour pratiquer ma profession librement.

« — Ici vous n'êtes pas libre de la pratiquer ?

« — Libre de la pratiquer, mais pas librement.

« Le chat et la souris. L'académicien se lasse :

« — J'ai des gens à soigner, vous avez des gens à torturer. Ne perdons pas le temps l'un de l'autre.

« Il se lève pour partir en tâtant la brosse à dents dans sa poche : on ne sait jamais.

« — Bon, dit le major. Je vois que vous êtes un homme résolu.

« Il prend un tampon et le brandit au-dessus de la demande :

« — Un coup de ce tampon et vous l'avez, votre visa, puisque vous préférez l'Amérique à votre femme.

« — Ma femme vient avec moi.

« — Hors de question. Votre demande est acceptée ; la sienne, non.

« — Idoles païennes que vous êtes, dit Chto. (Injure russe assez appropriée, si vous voulez mon avis.) Si elle ne part pas, je ne pars pas non plus.

« — Comme il vous plaira, professeur. On déchire tout.

« Et, cric crac, le major déchire les papiers.

« Chto rentre chez lui.

« — Nous n'irons pas voir les rouleaux gris du Pacifique, *I*yetchka, ni les palmiers-dattiers.

« La belle *I*ya pleure. Elle demande des détails.

« — Tu aurais dû partir sans moi. Tu as une œuvre à faire. Tu es responsable devant l'humanité. Divorçons. Je ne veux pas être une femme néfaste.

« — Tu es folle. Ce n'est pas si grave. Un autre, peut-être, écrira *Les Mutants régressifs* mieux que moi.

« Assaut de générosité. La brave petite bonne femme n'en démord pas. Bon sang ne peut mentir. Elle est prête à se sacrifier. D'ailleurs qui sait ? Cela se déverrouille en ce moment. Peut-être qu'une deuxième demande... ? *Amiérika*, les palmiers-dattiers, la bibliothèque Van Pops, les rouleaux gris du Pacifique... Chto soupire et recommence les démarches.

« Il faut de nouveau remplir les formulaires et ne pas se tromper sur le prénom de l'arrière-grand-mère qu'on avait inventé l'autre fois. Retourner voir le capitaine de la milice, le chef d'îlot, le directeur du personnel, passablement goguenards. Ecrire encore une fois à son école, à son lycée, à son université... Les soirées y passent. Convocations.

Queues. Attentes. Queues. On se croirait l'an passé. Et, un soir, le téléphone :

« — Place Dzerj*i*nsky, tel jour, telle heure, bureau numéro tant.

« — Tous les deux ?

« — Pierre Chto seulement.

« Les époux tombent dans les bras l'un de l'autre : l'histoire se répète.

« Cette fois-ci, Chto n'emporte rien. Il est d'un fatalisme absolu. Un colonel le reçoit, moins réfrigérant que le major, et lui offre du cognac arménien.

« — Robespierre Iv*a*nytch, commence-t-il — car c'est là le vrai prénom de Chto : ses parents l'ont appelé Robespierre par enthousiasme révolutionnaire (ou par couardise) et lui a fait sauter " Robes " dès qu'il a pu —, Robespierre Iv*a*nytch, vous tenez beaucoup à aller passer quelque temps en Amérique.

« — Oui, si je peux y aller avec ma femme.

« — C'est comme cela que nous l'entendons. J'ai vos deux visas prêts dans ce tiroir. Seulement je ne peux pas vous les donner gratis.

« — Vous plaisantez ? Avec toutes les pattes de communistes intègres qu'il a fallu graisser, j'en ai déjà eu pour plus de vingt mille roubles.

« — Vous allez comprendre rapidement. Dans la case réservée sur votre formulaire aux étrangers que vous avez eu l'occasion de rencontrer, vous mentionnez, entre autres, une Sophie Strada, psychiatre, employée à la Fondation Van Pops, la première institution dans le monde pour l'étude des privations sensorielles. Notre pays est en retard dans ce domaine, ayant pris l'habitude de méthodes plus expéditives d'interrogatoire. Vous nous aiderez à rattraper ce retard. Ne craignez rien : nous vous donnerons le temps nécessaire pour vous implanter dans ce milieu. Votre réputation mondiale vous servira. Lorsque vous aurez été engagé par la Fondation et que vous serez à même de nous fournir les renseignements dont nous avons besoin, un de nos officiers viendra vous voir. Il vous donnera un mot de passe et vous lui remettrez vos fournitures. Il continuera ensuite à vous guider sur les axes de recherche qui nous intéressent.

« — Supposons que je l'envoie chez la mère du diable.

« — Cela risquerait de nuire à la santé de la citoyenne Chto.

« — Supposons que je ne sois pas embauché par Van Pops.

« — Nous vous conseillons fermement de l'être.

« — Supposons que je vous dénonce au FBI.

« — Ne faites pas l'enfant, Robespierre Iv*a*nytch. Vous vous doutez bien que nous avons noyauté le FBI. Les conséquences d'un acte aussi irréfléchi vous seraient dommageables à tous les deux. C'est à prendre ou à laisser.

« Chto réfléchit un instant et demanda le mot de passe.

« — Facile à retenir, camarade académicien. Vous vous mettrez à la disposition absolue de l'officier qui vous dira : “ Je suis Hérisson ”.

« — Puis-je parler de cela à ma femme ?

« — Pas si vous tenez à elle.

« Vous êtes des professionnels, messieurs — vous aussi, dans une certaine mesure, cher monsieur Volsky (il avait le “ monsieur ” d'une urbanité excessive : *cedant arma togae* — et vous ne jetterez pas la pierre au pauvre Chto. L'important pour lui était de quitter pour un temps le territoire soviétique. N'oubliez pas qu'il était Russe, patriote, et que l'idée de travailler pour les services de sécurité de son pays ne devait pas le choquer en soi.

« Bref, les passeports sont tamponnés, les vieux meubles mangés des vers cédés à des voisins qui de hargneux se sont faits envieux, on n'emporte qu'une grosse poupée russe qui se dévisse et qui est dans la famille d'*I*ya depuis trois générations, le vieux chat noir V*a*ska, et en route pour *Amiérika*.

« Quelqu'un écrira un jour un roman sur l'arrivée des Soviétiques chez l'Oncle Sam. On s'arrête généralement à leur ébahissement devant les montagnes de fruits et les débordements de légumes dans les supermarchés. C'est vrai qu'ils s'imaginent parfois que tout ça n'est pas à vendre : la preuve, ce n'est pas déjà vendu. Mais le choc est beaucoup plus profond. L'excès de liberté les déconcerte. L'avalanche des salaires les subjugue, le gouffre des dépenses les confond. Ils sont atterrés par la peur quotidienne qu'a chaque Américain de perdre son emploi, choqués par le manque de respect des jeunes pour les vieux, par l'indifférence des familles, par l'ennui de la vie. Il y a là une déconvenue dramatique qui vient d'une confusion entre la géographie et l'histoire. Les Soviétiques s'imaginent que l'Amérique c'est la Russie d'avant la Révolution. Ils déchantent bientôt.

« Cette déception, qui va quelquefois jusqu'à la demande d'un visa de retour, fut épargnée à Chto. Sophie Strada le reçut chez Van Pops à bras ouverts. Le professeur Baum lui facilita son installation. Chto baragouinait déjà l'anglais. Il dut repasser des examens de médecine générale avant de pouvoir pratiquer, et essuya, ce faisant, quelques manifestations de la morgue yankee, mais sa supériorité intellectuelle d'un côté, son humilité naturelle de l'autre l'empêchèrent de s'apercevoir des fourches caudines sous lesquelles il passait. Bientôt il prospéra.

« Il partageait son temps entre les privations sensorielles, une pratique privée — bien des Américaines étaient impatientes de confier leurs déboires conjugaux à Pétr*ou*chka et Mari*ou*chka — et ses *Mutants régressifs*. Les sources étaient si pauvres en Urse et si riches à la bibliothèque Van Pops, toute en lambris de chêne et en vitraux, qu'il décida de récrire son étude, sur des bases plus solides.

« Nous entrons dans une période idyllique. Les Chto ont une maison de huit pièces juchée en haut d'une falaise, environnée de palmiers-dattiers, et entre les lamelles des stores de leur vivoir ils voient rouler les rouleaux gris du Pacifique. Ils ont une Oldsmobile dans un garage qui s'ouvre électroniquement, un four à micro-ondes, un VCR, c'est-à-dire un magnétoscope, un micro-ordinateur. Le chat noir V*a*ska, qui était un morceau vivant de Russie, est crevé, et ils ont pris un caniche nain qui s'appelle Cricket et à qui Chto apprend des tours.

« Chto a presque oublié — ou du moins rangé dans les profondeurs de sa mémoire — l'existence de Hérisson. C'est vrai qu'il fait des études passablement secrètes sur les privations sensorielles, mais le Guébé est si loin dans l'espace et, déjà, dans le temps... La nostalgie du pays natal lui point quelquefois le cœur ; le travail, " le travail paternel ", comme dit cet autre psychiatre, Debray-Ritzen, aide la plaie à cicatriser.

« Un soir, ils sont là, sur la véranda enclose de moustiquaires qui domine l'océan. Un ventilateur colonial à la mode brasse l'air chaud au plafond. *I*ya, qui s'est très vite adaptée, a préparé un dîner de fête à l'américaine. Ils ont d'abord pris des Martini, et maintenant les voilà attablés face à face, avec, sur une nappe blanche amidonnée, des chandeliers argentés, des bougies roses, des couverts Louis-XV et, sous des serviettes en dentelle, des petits pains chauds. Il y a une bisque et des huîtres parsemées de caviar de lump et de la poitrine de dinde avec du riz sauvage et une bouteille de beaulieu. *I*ya a insisté pour que Pierre garde sa cravate : ils fêtent le huitième anniversaire du pique-nique qui a changé leur vie. Un phalène se brûle à la flamme, et Pierre a un mot de compassion pour l'insecte grésillant. On entend les vagues de l'océan s'écraser sur la plage et le feuillage sec des palmiers crisser dans la nuit.

« Chto trouve l'occasion bonne pour annoncer que deux éditeurs lui réclament simultanément son manuscrit. *I*ya fait le tour de la table et, se perchant sur l'accoudoir du fauteuil de Pierre, elle l'embrasse longuement. Les cheveux d'*I*ya sentent bon le Revlon et son décolleté le Charlie qu'il lui a offert. Elle retourne à sa place à petits pas sautillants sur ses hauts talons. Quand Chto ne pense pas à la Russie, il est heureux. Il boit d'un trait son verre d'excellent vin californien.

« Alors *I*ya la blonde pose sa longue main fine, aux ongles roses, sur la main recroquevillée de son mari.

« — Pierre, j'ai quelque chose à te dire.

« — Oui, ma sansonnette ?

« — Je suis Hérisson.

★

Je mentirais si je disais que nous nous attendions à ce tour-là. Le général Henguerrand se renversa en arrière et passa une main dans les copeaux d'argent de sa chevelure crêpelée. J'avais soif depuis quelque temps et son verre aussi était vide, mais je suis vieux jeu et, comme tel, gêné d'offrir à boire à mes supérieurs.

— Ici, messieurs, reprit Henguerrand en gesticulant avec autorité pour entrer dans le champ de vision du serveur — il y réussit vite et fit un geste circulaire de l'index qui fut aussitôt compris, si bien que le chancelier Lionel se hâta de déglutir ce qui lui restait de Suze —, ici, messieurs, je suis obligé de changer de caméra et de vous raconter la suite du point de vue d'*I*ya.

— C'était une hirondelle ?

— Non, cher monsieur Volsky. C'était un major coopté du Guébé. Née Russe, et vidée de sa substance de Russe, de femme, d'être humain par l'idéologie totalitaire. *Mulier sovietica*. Non qu'elle y crût vraiment, à l'idéologie, mais elle savait de quel côté était le manche — et le beurre sur le pain. Une mutante régressive, si vous voulez. Pas sa faute : il faut aussi savoir la comprendre.

« Vidée, je vous dis. Des parents divorcés trois fois.

Brillante à l'école, se raccrochant aux pionniers, puis aux komsomols, choisie, écrémée, trouvée apte et systématiquement entonnée de marxisme-léninisme. Une bonne paye plus une explication pseudo-scientifique de l'univers : qui résisterait ? La probité, le respect, la pitié disparaissent aisément en milieu totalitaire. Dans un premier temps, on leur préfère sa foi communiste : on n'est pas une petite bourgeoise, on sait qu'on ne fait pas d'omelette sans casser d'œufs. Dans un deuxième temps, quand on ne voit pas venir l'omelette — du moins pour les autres, car on savoure la sienne — on constate qu'on vit beaucoup mieux sans toutes ces faiblesses humaines qu'on a si bien appris à mépriser.

« Mettez-vous à la place d'*I*ya. Elle n'est pas sotte. Elle a prononcé ces mots : JE SUIS HERISSON, et elle sait que, pour Chto, c'est la fin d'un monde, qu'il l'aimait comme une femme, comme sa femme, comme l'enfant qu'il chouchoutait, comme l'incarnation de l'ancienne Russie près de qui il venait parfois se réfugier. Elle sait qu'il avait confiance en elle et qu'elle l'a trahi, non pas aujourd'hui, mais depuis le début, et qu'il le sait, qu'il se rappelle sans doute en cet instant même le pique-nique au cours duquel elle a enlevé son collant sur l'ordre du Guébé, parce qu'on ne pouvait plus laisser l'académicien Chto sans une surveillance rapprochée. Elle sait qu'il voit en elle une ennemie, qu'il se sent seul au monde avec une démone dans son intimité.

« Pour elle JE SUIS HERISSON résonne autrement : elle redevient elle-même.

« Huit ans plus tôt, elle avait reçu sans enthousiasme la mission de séduire et d'épouser ce barbon de génie au charme duquel elle n'était pas sensible. Quand elle rendit compte qu'il songeait à partir pour l'étranger, on lui commanda de l'encourager dans cette voie : le Guébé trouvait habile d'utiliser un pense-autrement qui serait sûrement bien accueilli en Occident et rendrait d'autant plus de services. Enfin *I*ya s'était vue récompensée de ses efforts : à elle, la lingerie fine, les machines à laver, la belle vie ! Cependant il avait encore fallu jouer les aristocrates nostalgiques et les épouses dévouées. Maintenant qu'elle avait reçu l'ordre de réveiller le dormant et de commencer à l'exploiter, l'ensemble se mettait finalement en place : elle allait avoir les machines, la lingerie et la satisfaction d'exercer pour de vrai le métier qu'elle avait appris : le renseignement.

« Contre toute attente, le dîner se passa bien.

« Le premier choc passé, Pierre mangea de bon appétit, tandis qu'*I*ya lui expliquait quelles fournitures le Guébé attendait de lui. Elle avait reçu un premier questionnaire auquel il devait répondre au plus vite.

« — Fort bien, dit-il, fort bien, mon rouge-gorge, apporte-le.

« Il se mit à le dépouiller tout en avalant sa soupe à grand bruit. Elle, qui sortait d'une *finishing school* du Guébé, n'avait jamais pu le guérir de cette habitude de lapper sa soupe. " Pourquoi ce raffut ? " lui demandait-elle. Il répondait : " Pour un moujik comme moi, c'est meilleur. " Il approuva certaines questions, en critiqua d'autres, et, aussitôt la dernière cuillerée de glace à la banane avalée, se transporta dans son cabinet de travail.

« — Ce n'est pas si pressé, lui dit-elle, mise mal à l'aise par sa docilité : il acceptait vraiment trop facilement d'avoir été cocufié de la sorte avec le Guébé, de s'être cru aimé sans l'être, de se mettre, lui le libéral, au service d'un organisme d'oppression.

« — Mais si, ma bergeronnette, ce doit être très pressé.

« Quelques heures plus tard, il entra dans la chambre pour y reprendre sa *doumka*, sa " petite pensée " comme les Russes appellent le petit oreiller auquel ils sont si attachés. Cela n'avait en soi rien d'inhabituel : comme beaucoup d'époux russes qui ont assez de place, les Chto faisaient souvent chambre à part, elle couchant dans la *spalnia* et lui dans le *kabinet'*.

« Vous savez comment ces questionnaires sont composés. Le premier effleure à peine les secrets de l'adversaire et n'a d'autre objectif que d'amorcer la pompe en donnant à l'informateur le réflexe de répondre sans discuter. C'est aussi un premier contrôle de sa véracité : on pose des questions dont on connaît la réponse et on n'en pose aucune qui soit révélatrice, pour le cas où l'agent aurait été retourné.

« Chto répondit en détail. *I*ya transféra ses réponses, sous forme de micropoints, sur les points des *i* d'une carte postale représentant un des vieux tramways de San Francisco, l'expédia à une adresse connue d'elle seule, et reçut en retour des compliments. L'influence des bruits excessifs sur les glandes endocrines, et, à basse fréquence, l'effet du liquide cérébro-spinal sur la glande pituitaire étaient naturellement connus des Soviétiques et parfaitement décrits par Chto. On pouvait passer à des choses plus sérieuses.

« Mais, lorsque le deuxième questionnaire arriva, *I*ya commençait à s'inquiéter : Pierre n'était plus le même.

« Elle avait beau essayer de se rassurer en se disant qu'elle aussi avait changé, qu'on ne traite pas son Hérisson comme on traite sa femme, elle ne s'expliquait pas l'attitude de Chto. C'était toujours ma mésange par-ci et ma fauvette par-là, et il entassait la vaisselle sale dans le lave-vaisselle, mais il semblait répugner à toucher *I*ya, fût-ce du bout du doigt : un jour où cela lui était arrivé par mégarde, il avait sauté en arrière et s'était mis à sucer son médius. Personnellement, elle était plutôt soulagée par cette attitude : elle aimait les hussards, il était sucré et poussif. C'étaient d'autres singularités qui la dérangeaient. Chto le modeste, l'attentionné, prenait maintenant le plus gros bifteck. Quand il faisait froid, *I*ya avait beau mettre le thermostat à 72, comme elle l'aimait, il se relevait de table, du bureau ou même du lit pour le remettre à 68. Elle fit une scène. Il ne répliqua rien et mit le thermostat à 66, puis, comme elle l'avait remis à 72, il le baissa à 64, et, la fois suivante, à 62, ce qui fait 11 Celsius.

N'ayant plus à jouer les raffinées, elle ne se gêna pas pour hurler : “ Pourquoi as-tu fait ça ? ” Il répondit avec le sourire : “ C'est logique, non ? ” Depuis quelque temps, il terminait presque toutes ses phrases par “ C'est logique, non ? ”

« Il eut ensuite des bizarreries plus voyantes. Il se fit faire des chemises brodées, boutonnées sur le côté et n'en porta plus d'autres. La popularité du psychiatre russe augmenta, et il n'omit pas de hausser ses tarifs : logique, non ? *Les Mutants régressifs* en arrivaient au stade des premières épreuves, les éditeurs s'étant battus à coups d'à-valoir pour avoir le manuscrit. Est-il vrai, cher monsieur Volsky, que ce soit le rêve de tout écrivain ?

« Vous comprenez bien que cette promesse de succès n'inquiétait nullement le Guébé. Seuls les anti-communistes déjà convaincus liraient le livre. Dans son ensemble, l'Occident emmarxisé était encore incapable d'entendre ces vérités-là, et il valait mieux qu'elles fussent publiées maintenant que plus tard. Pour le moment, elles tomberaient dans le vide et ne feraient qu'accréditer encore plus Chto comme un dissident à qui l'on devait faire confiance.

« Tout changea lorsqu'on reçut les réponses de Chto au questionnaire N° 2. Elles étaient cohérentes mais inintelligibles. Il y était beaucoup question de l'apraxie de Lippman. Vous connaissez ?

Nous secouâmes la tête.

— Lippman, messieurs, a découvert que certains malades mentaux ne présentent qu'un seul symptôme de leur maladie : ils sont dans l'impossibilité d'accomplir un geste très simple, comme se boutonner, donner un baiser, faire un pied de nez.

« “ Reprenez agent en main. Se moque de vous. Auriez dû vous en apercevoir. Blâme envisagé. ” Tel fut le message que reçut *I*ya sur son petit poste à ondes courtes. Elle piqua une colère. Elle avait usé les huit meilleures années de sa vie à dorloter un vieux birbe, et voilà que, par la faute de ce monsieur, elle se faisait tancer par ses chefs. Elle se rua dans le *kabinet'* de Chto et le trouva en train d'essayer une perruque devant la glace. Oui, une perruque blond filasse, qui lui pendait sur les joues comme les deux pans d'une serpillière. Sa main gauche était passée dans le corps de la marionnette Pétr*ou*chka, et, avec la chemise de satin bleu qu'ils portaient l'un et l'autre, leur ressemblance était frappante. Vous n'avez pas oublié que Pétr*ou*chka est le diminutif de Pierre.

« *I*ya rendit compte au résident, dont j'imagine la perplexité.

« Aux Ussa, les diplomates de l'ambassade soviétique doivent demander une autorisation pour voyager. L'autorisation demandée, c'est difficile de gagner un rendez-vous sans être observé. Or, il devenait indispensable d'envoyer sur place un officier expérimenté. Après tergiversation et demande d'instructions à Moscou, on prit une décision peu orthodoxe : on confierait l'affaire à un illégal, le colonel Doundouk, à qui on avait fait une légende compliquée et qui vivait sous le nom de Dundee. Il travaillait dans une compagnie d'astronautique à cent miles de là ; la psychiatrie était hors de ses compétences ; mais il fallait, coûte que coûte, débrouiller l'opération Hérisson.

« Doundouk, bel homme sortant des Spetsnaz — notre 11e Choc en plus vicieux —, était doué d'astuce naturelle, d'une absence totale de compréhension d'autrui, et d'un don exceptionnel pour l'anglais dans sa forme américaine. Il ne grimperait sans doute pas très haut dans la hiérarchie ; au sien il était irremplaçable.

« Il se présenta chez les Chto à une heure où le psychiatre ne pouvait manquer d'être à la Fondation. Doundouk conduisait une Buick orange ; il portait une veste à carreaux, une chemise écossaise et un blue-jean. Il était violemment désodorisé.

« *I*ya lui ouvrit. Elle aussi portait un blue-jean avec une blouse de dentelle, ne cachant ni l'un ni l'autre ce que sa silhouette slave avait de robuste et de féminin. Ils se jaugèrent d'abord du regard. Puis ils se donnèrent les mots de passe nécessaires et elle le fit entrer. Je ne peux vous garantir à quel instant ils devinrent amants, mais j'ai l'intuition que ce fut là, sur la moquette, dans les quatre minutes qui suivirent. Ce fut évidemment une infraction au puritanisme de rigueur au Guébé — permettez-moi de vous dire que ce n'était pas la première. Grosse de conséquences, celle-là, néanmoins.

« Doundouk était arrivé avec une théorie en tête : Chto simulait la folie pour ne pas fournir les renseignements demandés. *I*ya n'était pas de cet avis : Pierre se conduisait d'une manière normale la plupart du temps, ce n'est pas comme ça qu'on se fait passer pour fou. Une enquête s'imposait.

« Dundee alla donc consulter le professeur Chto. Dundee ne s'entendait pas avec sa maîtresse Josie, il avait des cauchemars d'impuissance. " Moi, d'impuissance ! " ricanait-il sous cape. Chto, chemise russe et perruque à la gribouille, le reçut aimablement. Il lui prêta ses marionnettes et lui demanda de jouer une querelle entre concubins.

« — Très bien, conclut-il. Je vois ce que c'est. Vous souffrez d'une apraxie de Lippman qui vous empêche de gifler cette garce. Vous allez donc acquérir un punching-ball de luxe que vous baptiserez Josie et sur lequel vous vous exercerez matin et soir. Attention ! Pas de coups de poing ni de pied ! Des gifles, des gifles et des gifles. Coups droits, revers, aller-retour. Au bout d'une semaine, cela devrait aller mieux. Quand vous commencerez à vous en sentir capable, n'hésitez pas à allonger une mornifle à Josie elle-même. Attention seulement à ne pas vous piquer. Si vous réussissez, vos relations avec cette jeune femme s'amélioreront considérablement et vos cauchemars disparaîtront. Logique, non ? Ça fera cinq cents dollars.

« L'ordonnance n'était pas plus loufoque que celles de beaucoup de psychanalystes — elle aurait même pu, je suppose, donner des résultats — mais que signifiait la remarque sur la piqûre ? Doundouk retourna voir *I*ya.

« — Je crois, ma poulette, que ton époux est complètement zinzin. Heureusement j'ai une idée.

« — Moi aussi, répondit *I*ya. Qu'il simule ou non, ça va devoir se terminer par une affaire humide. Il serait capable de raconter n'importe quoi à n'importe qui.

« Doundouk, qui ne souffrait d'aucune apraxie, lui flanqua une claque amoureuse sur le popotin.

« — Sanguinaire, hein, ma vieille ? Tu aurais dû naître à la bonne époque. On n'en est plus là. Les gars du 13 n'y croient plus tellement eux-mêmes. Ils n'y trouvent plus de plaisir. Ils demandent des primes, figure-toi. Le métier se perd. On n'a pas tellement les budgets non plus. Basta : ce n'est plus la mode. On laisse ça aux Bulgares qui retardent d'une génération avec leurs pébroques. Maintenant, recommander une action humide, c'est avouer qu'on manque d'imagination, de chic. Non, écoute-moi. Il y a deux cas : ou ton cher et tendre fait le mariole, ou il est réellement azimuté. On m'a toujours dit que tous les psychiatres étaient frapadingues et je penche pour la deuxième hypothèse. Peu importe. Dans les deux cas, l'opération Hérisson est à l'eau. En principe, je sais bien, on devrait en faire un colis, de ton époux, mettre " Fragile " dessus et l'envoyer à l'Institut S*e*rpsky. Là, expertise : s'il est fou, on le fourre chez les fous ; s'il simule, va-t'en chez la mère du diable ! Mais le coût de l'opération, le scandale si on se fait prendre, tout ça pour quoi ? Pour qu'un expert nous dise " Il radote " et un autre " Il fait semblant " ? Non, non, ta mission est kapout.

« — Alors je vais être rappelée bientôt ?

« Elle voyait sa lingerie fine et ses machines à laver s'évanouir comme par enchantement.

« — Ça, ma petite fille, ça dépend de moi. Je pourrais trouver à t'employer. Mon idée, tu vois, c'est que, l'opération étant morte, il faut l'enterrer proprement et se garer des retombées. La solution élégante serait celle qui couvrirait les deux cas : la folie et la simulation. Cette solution, ma jolie, tu sais ce que c'est ? Le cabanon ! Une fois notre psy interné et déclaré irresponsable, il pourra raconter ce qu'il voudra sur toi et le Guébé, il pourra même publier ses *Mutants* à supposer qu'on les lui prenne encore, cela ne nous fera que du bien : " Voyez ce que les fous pensent de nous : il faut donc être fou pour le penser. " Pas mal combiné, hein ? Ton Doundouk, il carbure du ciboulot, hein ?

« — Mais comment le faire interner ? Il n'est pas violent.

« — Oh ! que si, ma mignonne, il est très violent. La preuve !

« Doundouk empoigne *I*ya par le cou et se met à l'étrangler. Elle veut crier. N'arrive qu'à pousser un piaillement. Au bout d'un moment, il la relâche.

« — Dans une heure ou deux, tu auras des hématomes. Tu iras voir son chef et tu lui diras que c'est Chto qui t'a fait ça.

« A la Fondation Van Pops, Mme Chto trouva bon accueil. Le psychiatre soviétique, dont récemment tout le monde était si fier, donnait des signes croissants de quérulence, essayant de créer des zizanies entre les médecins, les patients, les infirmiers, et gloussant de plaisir quand il avait réussi. D'abord le professeur Baum y avait attaché peu d'importance : il prétendait que tout être de quelque qualité est nécessairement un peu paranoïaque. Mais il commençait à s'inquiéter pour la paix dans son service. Le Russe arrêtait n'importe qui dans le couloir, professeur, infirmière ou balayeur, et leur expliquait longuement la supériorité de la psychiatrie soviétique, terminant ses démonstrations par

“ Logique, non ? ”. Si on ne reconnaissait pas que c’était logique, il trépignait littéralement de colère. Vous savez peut-être que cette préoccupation de logique est un signe de paranoïa avancée.

« Un jour, Sophie Strada avait essayé de prendre Chto par la main pour le calmer et il s’était rejeté en arrière en criant :

« — Vous piquez !

« Cela ressemblait fort à une hallucination.

« Ayant examiné, non sans quelque concupiscence, le cou dodu d’*I*ya qui portait des traces patentes de doigts, le professeur Baum décida de s’entretenir confidentiellement avec son collègue. Il se proposait de lui expliquer, avec tout le respect dû aux traditions culturelles des diverses ethnies du globe, qu’il n’était pas bien porté en Amérique d’étrangler sa femme.

« A peine avait-il commencé son discours, que Chto demeura la main levée, la bouche entrouverte, la langue arquée, et ne bougea plus. Son petit visage rabougri n’exprimait rien. Son pouls était normal. Au bout de quelques instants, la main s’abaissa, la bouche se referma — clac ! — et la transe fut terminée. Baum n’en croyait pas ses yeux : l’hébéphrénocatatonie était patente, mais ce n’est pas un symptôme généralement compatible avec la paranoïa. Baum se demanda s’il ne tenait pas là un cas exceptionnel et décida de s’occuper personnellement du malade.

« “ A l’essoreuse, le coco ! ” s’écria Baum, et il se mit au travail, avec l’aide de Sophie Strada. Vous imaginez les tests, les examens, les expériences qu’un psychiatre peut faire subir à un autre psychiatre. Chto se laissait faire, avec une complaisance sardonique.

« La plupart du temps, il réagissait comme un homme normal, d’une intelligence supérieure, d’une haute compétence en psychiatrie. Et puis, soudain, il prononçait des bouts de phrase surprenants : “ D’un guignol à l’autre, je peux vous assurer que… ” et la suite était cohérente, ou

“ C’est encore ce coquin de Lippman qui m’a embrouillé mes fils ”, et il était impossible de l’amener à expliquer ce qu’il voulait dire : il répliquait “ Logique, non ? ” et enchaînait sur un raisonnement en effet parfaitement logique.

« Bien entendu, Chto avait été relevé de ses fonctions à la Fondation, mais il gardait sa pratique privée, et ses malades ne le trouvaient pas plus bizarre qu’il ne sied à un Russe et à un psychiatre. C’est pourquoi Baum, bien qu’il se persuadât de jour en jour que Chto était sérieusement malade, hésitait à procéder à ce qu’on appelle un placement volontaire (et qui est en fait un placement forcé) en hôpital psychiatrique. Il fallut que Doundouk administrât à *I*ya une sévère et voluptueuse correction, pour que Baum, au vu des ecchymoses qui couvraient le dos de la malheureuse du haut en bas, surtout en bas, décidât d’agir.

« — N’aimeriez-vous pas, mon cher collègue, venir passer quelques jours parmi nous ? Vous avez besoin de repos. Sophie vous chatouillerait la plante des pieds. Il paraît que vous aimez ça, vous autres Russkofs.

« Chto ne se fit pas prier, sauf pour la chatouille : non merci, cela risquait de le piquer. Mais il serait ravi de voir plus souvent ses amis de la Fondation. Il entra à l’hôpital à cloche-pied, sa perruque flottant au vent.

« Dans l’entre-temps, *Les Mutants régressifs* étaient parus. Comme le Guébé l’avait prévu, ils déplaisaient. On voulait croire que l’Urse était en train de devenir une démocratie libérale, et Chto démontrait que c’était un zoo. On le soupçonna immédiatement de nationalisme russe, le soupçon le plus grave cette année-là.

« Néanmoins Doundouk insista pour que les mesures nécessaires fussent prises par *I*ya pour déclarer Chto irresponsable. Sophie Strada rendit de grands services de ce côté. *I*ya gardait le compte en banque, la maison, les meubles, la voiture, le caniche, sauf que le caniche n’aimait pas Doundouk et se sauva bientôt. Elle attendait, non sans angoisse, la nouvelle mission qui l'obligerait à quitter tout cela, et, pour le moment, servait au délassement de Doundouk ; il la préférait aux Américaines qu'il trouvait affectées ou négligées : “ Rien ne vaut nos belles génisses russes bien propres. ”

« C'est la nuit. Une nuit d'hiver, la chose n'est pas sans importance. *I*ya et Doundouk sont au lit, nus, épuisés. Un lit *king size*, notez bien. Ils dorment sous deux couvertures ramenées jusqu'au menton et soigneusement bordées. Cela aussi est important. La couverture supérieure est écossaise, rouge et verte. Ils n'ont pas éteint l'une des lampes de chevet, celle de gauche, côté Doundouk. A un moment, comme Doundouk a cessé de ronfler, le ronflement d'*I*ya le réveille. Il ouvre les yeux, se rappelle où il est, pense à éteindre la lumière, mais n'a pas envie de sortir le bras du lit où il fait si bon. Il va donc réveiller *I*ya et l'envoyer éteindre. Cependant rien ne presse. Doundouk a bu, il a la bouche pâteuse, il se demande si une bière fraîche ne lui ferait pas du bien. Ou alors croquer un cornichon ? Faire apporter le cornichon et la bière par *I*ya ? Ses yeux s'accommodent peu à peu à la pénombre qui règne au fond de la chambre et il voit un homme assis dans le fauteuil près de la porte. Bêtises ! Ce sont sûrement les propres vêtements de Doundouk jetés en vrac. Mais quelle est cette chose longue et luisante posée sur les vêtements ? Le sixième sens de l'officier des Spetsnaz, un peu gourd aujourd'hui, l'avertit enfin du danger, et son premier réflexe est de bondir... Il ne peut pas bondir : les deux couvertures qu'*I*ya a si soigneusement bordées le maintiennent ligoté comme une camisole de force. Et il n'est pas armé : le service n'encourage pas les illégaux à porter une arme. En outre, il se sait éclairé, alors que l'autre, là-bas, dans son fauteuil à bascule, est presque invisible. L'autre a dû voir qu'il avait été vu. On dirait qu'il sourit : un reflet joue sur ses dents cariées. Il a quelque chose de simiesque.

C'est un singe habillé, avec un fusil à pompe sur les genoux. Calibre 12. On ne plaisante pas. " Ma parole, c'est le fou ! " On plaisante encore moins.

« Combien de temps sont-ils restés là, l'un en face de l'autre ? Je ne saurais vous le dire, mais j'aime imaginer la scène : le petit mari, vieux et malingre, le fusil en travers des cuisses, l'amant, taureau pétant de santé, garrotté dans le lit, et la femme inconsciente ronflotant voluptueusement.

« Doundouk se creusait la tête pour trouver un moyen de se tirer d'un si mauvais pas. Le mieux aurait été de réveiller *I*ya pour distraire l'attention de Chto. Par malheur *I*ya était à l'autre bout du lit, et, dès que Doundouk avança la main pour la toucher, Chto, voyant la couverture se boursoufler, fit " Ts, ts " en secouant la tête avec le sourire, et il ne fut plus question de bouger. Pendant ce temps, les deux hommes ne cessaient de se regarder, les yeux gris de Doundouk en pleine lumière, les yeux noisette de Chto miroitant à peine dans l'obscurité.

« C'était un duel à qui parlerait le premier. Doundouk se jura de ne pas commettre cette erreur. Chto se montra obligeant :

« — Alors, Mister Dundee, vous l'avez donnée, cette gifle à votre maîtresse Josie ? chuchota-t-il dans son mauvais anglais.

« Doundouk pensa qu'il y avait quelque avantage à se trouver en présence d'un fou : il pouvait tirer pour rien, mais aussi ne pas tirer à propos.

« — Non, dit-il, à tout hasard. Pas encore. Pourtant je me suis exercé, docteur, comme vous me l'aviez recommandé, et ça m'a déjà fait du bien. Merci beaucoup.

« — Vous n'avez plus de cauchemars d'impuissance ?

« — Moins, docteur, moins.

« Doundouk fit mine de se mettre sur son séant.

« — Restez comme vous êtes, dit Chto, en levant le canon de son fusil.

« Il ajouta en russe — il avait donc deviné à qui il avait affaire :

« — Je n'hésiterai pas à tirer.

« — A cette distance, répondit Doundouk dans la même langue, avec un canon aussi court, vous blesserez sûrement *I*ya. La dispersion, vous savez.

« Chto inclina la tête :

« — Sans doute. D'un autre côté, comme je suis venu pour la tuer...

« — Quoi ? s'écria Doundouk.

« — Pas si fort, dit Chto. Vous allez la réveiller.

« C'était bien ce que Doundouk espérait, mais *I*ya avait mis des boules de cire dans ses oreilles. Elle remua à peine. Et les deux hommes se regardèrent encore un bon moment. Enfin Chto débloqua la sûreté du fusil. Cela produisit un léger clic.

« — Je ne voudrais pas, dit-il, que vous vous mépreniez. Je n'ai rien personnellement contre vous. Simplement je considère qu'au degré de régression où *I*ya est arrivée : préférer une idéologie à une relation de personne à personne, elle doit être éliminée.

« — Alors moi, vous pourriez peut-être me laisser partir ? Pour le reste, à vous de voir avec elle.

« Chto sourit de toute sa denture gâtée.

« — J'étais venu pour elle, mais je suis content de vous avoir trouvé. Il n'y a pas de corruption sans corrupteurs et les corrupteurs doivent être éliminés au premier chef.

« — Qu'est-ce que vous avez là-dedans ? demanda Doundouk. Du 8 ? Du 7 et demi ?

« — Je ne connais pas le numéro, dit Chto. J'ai pris des cartouches pour le chevreuil.

« Donc probablement des chevrotines 00, et la charge correspondante. Aucune chance d'en réchapper. Doundouk transpirait beaucoup. Il fallait faire bavarder le fou : c'était le seul espoir.

« — Comment êtes-vous entré ?

« — J'avais gardé une clef de la voiture. Qu'*I*ya laisse toujours dans la rue. Avec la télécommande qui ouvre le garage. Qui communique avec la maison.

« Le fou répondait d'une voix mécanique.

« — Et au cabanon où vous êtes, on vous a laissé partir ?

« — Les patients calmes sont peu surveillés.

« — Ecoutez, vous ne pouvez pas nous mitrailler comme ça. Vous savez que la peine de mort existe dans cet Etat ? On vous asphyxie dans une chambre à gaz. Vous pensez si c'est jouissif.

« Chto épaula son fusil, un coude calé sur un genou, et Doundouk vit l'orifice noir braqué sur lui, à quelque trois mètres.

« — Vous ne comprenez pas, dit Chto très doucement en secouant à peine la tête. Je ne serai pas asphyxié. Je ne serai pas condamné. Je ne serai même pas jugé. Je suis irresponsable.

« La certitude de la mort imminente tomba sur Doundouk comme une avalanche de béton.

« — Irresponsable ? Si vous êtes fou, comment savez-vous que vous êtes irresponsable ?

« Et Chto de lui rétorquer :

« — Parce que je sais que je ne suis pas fou, je sais que je suis irresponsable parce que je suis fou. Logique, non ?

« Et il gloussa de plaisir. Puis, retrouvant son sérieux :

« — Non, je ne suis pas fou, camarade guébiste. Je n'ai jamais été fou. Mais il fallait bien faire justice sans me causer de tort. J'ai un autre livre à écrire, vous savez : *Thérapie de la régression*. Allons, assez bavardé.

« Soudain il glapit :

« — Hérisson ! Réveille-toi, Hérisson !

« *I*ya s'éveilla en sursaut et essaya de se mettre sur son

séant ; la couverture bordée de l'intérieur la maintint en position. Elle saisit la situation d'un coup d'œil.

« — Salaud, dit-elle. Tu simulais !

★

Henguerrand s'arrêta de parler, vérifia d'un coup d'œil l'état de nos verres, m'adressa un sourire complice comme pour quêter mon approbation de romancier, et se carra plus solidement sur sa chaise.

— C'est ici, mes amis, reprit-il d'une voix contenue, avec des résonances presque mystiques, que, comme l'on dit platement, la réalité dépasse la fiction, à ceci près que, le monde du renseignement étant à cheval sur la fiction et la réalité, l'une donnant sans cesse des coups de pouce à l'autre, on y aboutit à des situations d'autant plus réelles qu'invraisemblables et qu'aucun auteur sérieux n'oserait inventer : vous me direz tout à l'heure, cher monsieur Volsky, si je me trompe.

« Car le destin entra alors dans la chambre de Chto sous les traits de Sophie Strada — seulement ce n'était pas le destin, parce que nous ne sommes pas dans une tragédie grecque, mais dans un inoffensif montage de contre-espionnage offensif. Il faut maintenant que je change encore une fois de caméra : pardonnez-moi.

« Les Juifs russes se divisent en deux catégories : ceux qui haïssent la vieille Russie à cause du *numerus clausus*, des pogroms cosaques, de l'aspect théocratique chrétien du tsarisme, et ceux qui l'aiment de tout leur cœur, se sentant plus russes que certains Russes, comme tels de leurs coreligionnaires se sentaient, avant Hitler, plus allemands que certains Allemands. Il y a des raisons à cela. On ignore généralement que le *numerus clausus* était rarement appliqué, qu'il y avait des familles nobles juives russes, que les tsars ont toujours protégé les Juifs contre les pogroms. En 1914, l'enthousiasme patriotique des Juifs et leur contribution aux dépenses de guerre furent exemplaires. J'ai moi-même rencontré de vieux Juifs émigrés qui disaient : " Nous avons eu tort de favoriser la Révolution, car nous avons été les premiers à en souffrir. " Les chiffres sont là : sous l'ancien régime, 4,1 % de Juifs en Russie; en 1959, 1,4.

« Cela posé, imaginez-vous un couple de Juifs, lui horloger, elle cousette, qui quittent l'Urse parmi les premiers, vers 1965. Ils emmènent leur petite fille, Sonia. Bien sûr ils ont déclaré qu'ils partaient pour Israël, bien sûr ils n'ont pas la moindre intention de conduire les tracteurs et de servir les mitrailleuses des kibboutzim. Ils s'installent à Paris parce qu'ils savent un peu de français. Ils ne sont pas de ceux qui dénigrent l'Occident, qui se lamentent sur les amitiés chaleureuses qu'ils ont laissées en Russie. Ils font leur trou. Ils sont contents.

« Pas Sonia. La petite fille a une nostalgie cuisante de la neige, des sucettes de glace, du " bruit vert " — *zélony choum* — qui éclate au printemps, des rivières qui débordent, de l'espace, de la langue. Ses parents parlent français ou yiddish entre eux; elle leur répond en russe, elle chante la *Loutchinouchka*, elle apprend Lermontof par cœur. Plus elle grandit, plus elle se sent de là-bas et pas d'ici. Ce sont les mémoires du général Grigorenko qui décident de sa vocation : elle sera psychiatre, et, en même temps que la médecine, elle fera les langues O.

« Les langues O, messieurs. Vous ne serez pas surpris d'apprendre que nous avons dans cetttc institution, comme à la faculté d'histoire, de philosophie, de droit et à quelques autres, des sergents recruteurs cherchant " de beaux hommes pour servir le Roi ". A notre point de vue, Sonia Stradofsky — ses parents avaient changé le nom en Strada en prenant la nationalité française — était une recrue fort souhaitable. Un stage avec quelques transfuges pour apprendre l'argot du jour, et on pourrait la renvoyer à l'expéditeur, à condition de lui composer une légende vraisemblable, ce qui était dans nos moyens.

« Le recrutement se fait. Sonia lit les journaux soviétiques. Elle est au courant de ce qui se passe en Urse mieux que nous. Elle est passionnément anti-communiste. Elle ne demande qu'à aller *touda*, là-bas. C'est le profil psychologique idéal. Pensent certains d'entre nous.

« Les autres sont peut-être plus lucides. Sonia est aussi pro-russe qu'anti-communiste. Elle n'accepte de servir le renseignement français que par amour pour la Russie éternelle. C'est un profil psychologique plein de risques : le genre d'agent qui vous pète dans les doigts comme une allumette : “ Arrêtez le train : je veux descendre. ”

« On se réunit, on se dispute. Il y a des carrières en jeu. Ce fut moi, je le dis en toute modestie, qui eus l'idée de génie.

« J'aimais bien Sonia, son visage ovale, plein, un peu joufflu, ses yeux ovoïdes, un peu saillants, ses lèvres généreuses, ses cheveux noirs, vraiment noirs, un peu épais, sa poitrine déjà opulente portée avec dignité. C'était vraiment une Orientale, et je suis assez sensible au rahat-lokoum. N'allez pas croire... Si je n'ai pas beaucoup de principes, il y en a un auquel je me suis toujours tenu : le bureau et le lit sont deux meubles inconciliables.

« Mais je la comprenais, cette fille. “ Nationalistes de tous les pays, unissez-vous ” serait assez ma devise. J'avais été prêt à employer une sioniste anti-russe ; adaptable par métier, je pouvais aussi bien utiliser une petite âme grand-russienne anti... anti-quoi ? C'est là, dans la trouvaille de l'adversaire le plus efficace, que se place l'éclair de génie.

« J'avais compris que c'était trop dangereux de l'envoyer en Urse, où elle risquait d'être retournée le lendemain de son arrivée : les sceptiques avaient raison sur ce point. Ce n'était pas une raison pour perdre l'oiselle rare : les croyants ne s'y trompaient pas.

« — Mademoiselle, lui dis-je, vous avez deux cordes à votre arc ou plutôt deux canons à votre fusil. Votre canon gauche, celui qui couvre le territoire le plus large, c'est votre connaissance du monde soviétique. Votre canon droit, celui qui tire le plus loin, c'est la psychiatrie. Contrairement à l'habitude des chasseurs, nous allons tirer le droit d'abord.

« Pour s'attaquer aux communistes soviétiques, lui expliquai-je, il lui fallait plus d'expérience qu'elle n'en avait. Mais avait-elle remarqué que les Américains n'étaient pas aussi anti-communistes qu'il y paraissait, qu'ils étaient plutôt anti-russes, que les Français, au contraire, avaient avec les Russes non communistes des liens ancestraux ? Je lui citai Hérédia :

> ...Russes et Français, en un tournoi sans haine,
> Prévoyant l'avenir, mêlaient déjà leur sang...

et Chateaubriand : " Il y a sympathie entre la Russie et la France. " Bref, je lui fis comprendre qu'en espionnant nos alliés américains elle servirait toutes les bonnes causes à la fois. Elle prit la chose assez bien, avec une réserve : elle me fit promettre de l'envoyer en Urse dès que l'occasion se présenterait. Pour le moment, elle acceptait de partir pour les Ussa.

« Mon objectif était de la faire entrer à la Fondation Van Pops, car les méthodes d'interrogatoire sous privation sensorielle m'intéressaient, et les Français n'avaient guère eu l'occasion de les pratiquer. Or, il y aurait là des possibilités pour le cas où, par exemple, le lumpenproletariat immigré deviendrait un bouillon de culture terroriste.

« Voilà donc ma Sonia aux Ussa.

« Elle n'est jamais tombée dans le piège du freudisme intégral, qui est en pleine régression dans les pays anglo-saxons. Elle a des compétences remarquables pour son âge. A sa façon à la fois sensuelle et austère, elle est belle. Elle s'habille en noir, en blanc, en noir et blanc ou en blanc et noir. Elle prend la nationalité américaine et signe sans sourciller le fameux " Je refuse toute autre allégeance ". Elle déteste l'Amérique où elle réussit si bien : elle déteste le conformisme, l'impérialisme, le matérialisme, les " ôte-toi de là pour que je m'y mette " de cette nouvelle-riche apocalyptique.

« Avec nous, elle ne manque pas une vacation, pas un rendez-vous. L'agent rêvé : ponctuel, vétilleux, et pourtant imaginatif. Je tire quelques ficelles et je la fais entrer à Van Pops. A partir de ce jour, je lis dans les ordinateurs de Baum comme si je les avais programmés moi-même. Et, au bout d'un an et demi, je sens qu'on a fait le tour des privations sensorielles, que ceux qui s'acharnent à raffiner là-dessus protègent simplement leur foie gras et le protégeront jusqu'au Jugement dernier. Ce serait du gâchis de laisser S*o*nia sur cette affaire plus longtemps.

« A cette époque-là, le professeur Chto commençait à faire beaucoup parler de lui. Ce n'était pas exactement une conscience publique à la S*a*kharof. Il était trop malin pour faire école de dissidence et recevoir ouvertement chez lui des libéraux qui se feraient arrêter à la première occasion, mais il appliquait avec intransigeance le précepte de Soljéni*t*syne : vivre selon la vérité. La première fois qu'il avait critiqué les *psikh*ou*chkas*, il aurait pu recevoir un grand coup sur la tête ; le régime avait manqué de vigilance, et maintenant le psychiatre illustre était devenu intouchable. On le mit à l'Académie en espérant le calmer. Il ne fit que hausser la voix.

« Cependant je constatais que ses prises de position étaient fortuites, désordonnées, ne tenaient pas compte de l'opinion, tombaient dans le vide une fois sur deux. " C'est dommage, me disais-je. La gl*a*snost nous permettrait enfin d'avoir à notre tour des agents d'influence en Urse, et celui-ci, bien manipulé, serait capable de faire trébucher le régime. Il est mondialement connu. Son côté petit homme à la Charlie Chaplin appelle la sympathie... Comment faire pour lui mettre la main dessus ? "

« C'est à ce moment... Il faut vous dire que S*o*nia Strada ne se contentait pas d'exploiter Van Pops : elle nous faisait aussi, de sa propre initiative, une revue de la presse soviétique et elle en tirait une synthèse mensuelle de la situation en Urse supérieure à celles de nos spécialistes. C'est à ce moment donc, que le nom de Chto s'est mis à apparaître sous sa plume plus souvent qu'à son tour. Pas besoin d'être sorcier pour comprendre que la pucelle de Chanaan était en train de tomber amoureuse à distance du Don Quichotte d'outre-Niemen. Aux yeux des femmes, l'âge ni la laideur n'ont jamais fait de tort aux hommes illustres. Je me demandai donc si je ne pourrais pas, en battant acier contre silex, en tirer du feu.

« Certains, dans notre métier, se méfient à un tel point des femmes, sous prétexte qu'elles se laissent emporter par leurs sentiments, qu'ils refusent de les employer. Je décidai, moi, de miser au contraire sur cette aptitude féminine.

« De temps en temps, je faisais revenir S*o*nia en France, sous prétexte de congrès et de colloques de psychiatrie. Je ne voulais pas que l'Amérique lui devînt une habitude, cette remplaçante du bonheur, pour citer P*ou*chkine. Cette fois-là, je lui dis tout de go ce que j'attendais d'elle. Ses yeux, grands comme des œufs, et très doux, très chauds, s'allumèrent d'une lueur mouillée.

« J'envisageais, je l'avoue, un tir sur cible invisible assez scabreux : nous avions deux chances sur trois de nous étaler. Mais, compte tenu du fait que ma S*o*nia commençait à piaffer aux Ussa et qu'elle n'en sortait plus grand-chose d'intéressant, je jugeais que le jeu valait le lumignon. L'idée de manœuvre, mes chers amis, était de transformer ce brouillon de Chto en un agent d'influence patenté : aidé, épaulé, assisté, entouré, téléguidé par nous. Pour cela, il fallait le faire sortir d'Urse pour un temps et le mouiller de quelque façon : une femme, de l'argent, une cause, un vice, n'anticipons pas. S*o*nia, que son amour de la Russie rendait si vulnérable cinq ans plus tôt, serait protégée maintenant par son amour de Chto. Je résolus de hasarder cette pièce en terrain adverse.

« Les réformes gorbatchéviennes aidant, il ne fut pas difficile d'arranger pour le docteur Sophie Strada un voyage d'études en Urse. Les Américains et les Soviétiques payaient moitié-moitié : c'est toujours agréable, ces petites récupérations, n'est-ce pas ? Sophie avait pour consigne de laisser traîner une piste Van Pops parmi les observateurs du Guébé, qui ne manqueraient pas sur son chemin, et d'implanter délibérément dans la tête de Chto l'idée d'émigrer. Elle était folle de joie de revoir le pays natal et encore plus d'aborder son idole.

« — Rappelez-vous, lui répétais-je inlassablement, vous ne travaillez pas seulement pour la France, mais surtout pour la vraie Russie.

« Elle gobait. D'ailleurs ce n'était pas plus faux qu'autre chose.

« Au bout d'un mois, elle revint, plus amoureuse que jamais de sa Russie affamée et de son Chto famélique. Elle avait rencontré le grand petit homme dans un parc, en train de donner du sarrasin à des pigeons. Quelle bonté dans ses yeux, dans ses gestes ! Quelle générosité ! Quel courage ! Quel humour ! Elle n'avait pas oublié de lui répéter plusieurs fois les mots clefs : " pont d'or " et " Van Pops ". Le reste était entre les mains de saint Raphaël, patron des services spéciaux.

« Ne nous surestimez pas, cher monsieur Volsky. Si Chto décidait d'émigrer, nous n'avions aucun moyen d'appuyer ses démarches. Nous ne savions même pas s'il les entreprendrait. Nous comptions un peu sur l'influence de sa femme, dont la coiffure blonde et la silhouette plantureuse mais coquette, apparaissant quelquefois sur les photos de presse, faisaient espérer des ambitions cosmopolites.

« Lorsque les Chto débarquèrent à Vienne, vous imaginez quel essaim commença à vrombir autant d'eux. Les Américains bouffis de dollars, les Anglais jouant sur leur réputation de sérieux, les Israéliens se croyant tout permis... Nous nous tenions en retrait, ne sachant même pas si c'étaient nos intrigues à longue échéance qui commençaient à payer. L'adjoint de notre attaché militaire à Vienne esquissa quelques gesticulations en direction du couple, sans trop y croire, et nous souhaitions qu'il y crût encore moins : il ne fallait surtout pas effaroucher l'oiseau.

« Tout, comme vous le savez, se passa bien. Chto repoussa les avances clandestines, choisit l'Amérique et se retrouva naturellement sous l'aile tutélaire de Sophie. Nous cependant, nous nous demandions à quelles conditions le Guébé l'avait laissé sortir. Il nous paraissait évident qu'il avait, fût-ce du bout des lèvres, accepté de " travailler ", et notre première urgence était d'identifier son traitant. L'idée que ce pût être sa femme nous vint comme une hypothèse intellectuelle que, par manque d'imagination, nous rejetâmes aussitôt. Nous avions sonorisé sa villa, mais je vous rappelle que l'aveu d'*I*ya eut lieu sur la véranda, où nos écoutes ne valaient rien, parce que la puce était dans le téléphone, à l'intérieur de la maison. Notre jeu consistait à attendre l'occasion de mouiller Chto. Nous n'étions pas pressés. Lorsque S*o*nia rendit compte qu'il commençait à dérailler, nous n'en soupçonnâmes pas la vraie raison : le choc culturel, pensions-nous. Ce fut elle qui porta le bon diagnostic :

« — Mon intuition est qu'il simule, mais pour tout psychiatre qui pensera comme moi il y en aura toujours deux pour nous contredire. Que dois-je faire ?

« Je lui commandai d'abonder dans le sens de Chto, quoi qu'il pût dire ou faire, de le suivre dans ses errements, pour voir où il nous conduirait. Au-delà de " Logique, non ? ", des fils embrouillés par Lippman et d'une apparente obsession de la piqûre, il nous apparut bientôt que ce qui comptait le plus pour Chto, c'était son livre. Il se confiait dans une certaine mesure à Sophie, et elle nous apprit que le semi-échec des *Mutants régressifs* l'avait surpris et blessé. Le naïf s'attendait à un succès à la Soljén*i*tsyne. N'apportait-il pas des révélations inédites sur l'état mental des populations de l'Urse ? Nous savions bien, nous, que les communistes et leurs compagnons de route tenaient encore la plupart des *media* et n'avaient pas trop à s'inquiéter de ce genre de révélations.

« Sans doute Chto aurait-il été plus blessé encore, s'il n'avait pas déjà été en train de préparer son second volume : *Thérapie de la régression*. Douillettement installé entre les vitraux et les lambris luisants de la bibliothèque Van Pops, il décrivait par le menu les mesures qui devaient être prises pour enrayer la contagion de la mutation régressive en Occident et favoriser un retour à la norme dans les pays asservis au communisme. Il traitait de réinformation, de réouverture des écluses spirituelles, de reconstruction d'une échelle de valeurs humaniste, de rétablissement du sens des responsabilités individuelles, familiales et civiques, et surtout de la redécouverte d'une notion éminemment chrétienne où l'incroyant Chto voyait la clef de l'avenir : le pardon des offenses. " Un marxiste qui accepte de pardonner ou d'être pardonné n'est plus un marxiste ", écrivait-il. Il n'y avait point trace de folie dans cela. Nous réservions notre jugement.

« D'autres éléments s'ajoutaient au tableau que nous nous faisions de la situation. *I*ya, trouvions-nous, avait été bien pressée de faire interdire son vieux mari. Sur mon ordre, irraisonné mais, comme vous le verrez, judicieux, Sophie avait bloqué les papiers sous son joli coude potelé, tout en laissant croire à *I*ya que l'affaire avait abouti. Nous constatâmes la liaison d'*I*ya avec Mr Dundee. Nous nous enquîmes de Mr Dundee : sa couverture était étanche, et je dois vous avouer que nous ne pénétrâmes pas jusqu'à sa véritable identité. Nous envisagions les hypothèses les plus diverses : Chto opérait délibérément pour le Guébé, il avait retourné

S*o*nia qui nous intoxiquait... Nous débattions longuement de ce qu'il fallait faire. Certains croyaient à la folie de Chto et voulaient employer S*o*nia ailleurs. Mon point de vue l'emporta : donner toujours plus de mou à S*o*nia et la laisser en donner à Chto — sous surveillance naturellement.

« Et la voilà qui, fouillant dans ses afffaires pendant qu'il est à la bibliothèque, s'aperçoit qu'il a gardé la clef de sa voiture. Pourquoi ?

« Lorsqu'il quitte sa chambre, il laisse parfois sur son lit un amas oblong de couvertures qui donne à tout infirmier jetant un coup d'œil par le judas l'illusion d'une présence. Pourquoi ?

« Chto acquiert un nouveau pardessus, bien que l'ancien soit suffisant pour se promener dans le parc. Celui-ci est gris, avec un col de velours noir ; il ressemble à celui du professeur Isaacson, qui porte aussi un chapeau de feutre. S*o*nia, qui inspecte périodiquement la penderie, y découvre un jour un feutre gris. Pourquoi ce chapeau et ce pardessus, que Chto ne porte jamais ?

« Au demeurant, il est le modèle des patients. Il accepte les innombrables drogues qu'on lui présente — et, s'il les recrache, personne ne s'en aperçoit. Il traite avec une bonhomie confraternelle l'équipe de psychiatres qui s'acharne sur lui. Si son hébéphrénocatatonie le reprend quelquefois, sa quérulence n'est plus qu'un mauvais souvenir.

« S*o*nia est rentrée chez elle à 17 heures. Il fait froid et solitaire dans son studio. Il y a de la neige dehors. Pour elle, ce n'est pas la bonne neige de la Russie, c'est la sale neige de son métier. Elle commence à s'en fatiguer, de son sale métier, mais c'est un bon petit soldat : la fatigue fait partie du barda, elle continue. Ce serait plus facile si elle avait un amant ou si elle buvait : pas question ! Elle se veut affûtée en permanence. La nuit tombe tôt en cette saison. Les rues virent au violet foncé.

« Sonia habite dans l'enceinte de la Fondation, et il entre dans ses fonctions d'observer certains malades sur un circuit de télévision fermé. C'est elle qui l'a demandé, sur ma suggestion. Elle presse quelques boutons et, sur son écran, elle voit Chto. Il circule entre sa penderie et son bureau. Elle le voit en plongée, déformé par la perspective, affairé, ridicule. Elle l'aime. A d'autres occasions, elle a passé des heures à le regarder dormir, la bouche ouverte.

« Il est à moitié nu et sans perruque. Il se change. Au lieu du survêtement de rigueur pour les patients, il met le costume qu'il portait quand il exerçait — on le lui a laissé, par égard : un pantalon en tire-bouchon, une chemise russe, une veste épaulée, et, sur la tête, un petit bonnet de laine attendrissant. Par-dessus, le manteau gris et le feutre de style Isaacson. Sur le lit, sous la couverture, il dispose l'autre manteau. Il vérifie d'un coup d'œil l'effet de sa mise en scène. Il sort. Il va s'évader.

« Sonia donnera-t-elle l'éveil comme elle le devrait ? Non, c'est à nous qu'elle est fidèle, pas aux Américains de Van Pops. Elle laisse filer Chto pour filer Chto. Elle sait comment faire : nous l'avons formée.

« Chto descend l'escalier, traverse le hall, le visage détourné sous le feutre. Le concierge lui crie " Bonsoir, professeur Isaacson " à travers la vitre, et lui, il esquisse un geste de la main, le poignet cassé, les doigts tapotant l'air avec élégance, Isaacson tout craché. Il sort de l'hôpital. Il marche dans la neige souillée et croupie, ce que les Québécois appellent la *sloche*.

« Sonia a pris le risque d'aller chercher sa voiture au garage en sous-sol. Le capot émerge de la rampe. Elle regarde à droite, elle regarde à gauche : a-t-elle perdu son " client " ? Non, le voilà qui marche en canard dans le soir qui tombe. Il n'a pas de couvre-chaussures : il doit avoir froid aux pieds.

« Chto va se poster au croisement où passent souvent des taxis. Justement, il n'en passe pas. Sonia s'est arrêtée, à quelque distance, moteur tournant. Elle proposerait bien à Chto de le conduire où il veut aller, mais telle n'est pas la règle du Grand Jeu auquel nous jouons.

« Enfin, soulagement, un taxi jaune s'arrête. Chto monte devant. Il a toujours un peu tranché du démagogue. La filature commence.

« Premier arrêt — Sonia n'en croit pas ses yeux — un armurier. Chto ressort avec une boîte à fusil qui semble peser un bon poids. Le taxi a attendu. Il démarre à nouveau.

« Où va-t-on ? Sonia craint surtout que les brouillards si fréquents sur la côte Ouest ne s'abattent sur la ville, épais comme une peau sur du lait bouilli. Non, la nuit est relativement claire et la neige reflète vitrines et réverbères. Le taxi jaune s'arrête devant un restaurant kacher. Chto descend avec son bagage. Il entre. Les feux rouges du taxi disparaissent dans la circulation.

« Sonia connaît ce restaurant pour habitués : Juifs du quartier et intellectuels en marge, mais elle ne sait pas que Pierre y a toujours fréquenté parce qu'on y trouve des plats russes : choux farcis, kacha de sarrasin, borchtch, pirojki. Que doit-elle faire ? Attendre ? Et s'il fuyait par la porte de derrière qui donne sur le parking ? Elle prend une fois de plus la bonne décision. Elle va garer sa voiture dans le parking et entre par là dans le restaurant chaud, accueillant, sentant la bière et le chou.

« A l'hôtesse elle dit qu'elle attend quelqu'un, qu'elle ne sait pas si elle veut la section fumeurs ou non fumeurs, qu'elle va prendre un verre au bar. Le bar, elle le sait, occupe la largeur de la salle, qu'elle pourra voir dans le miroir, entre les bouteilles qui obstruent le mur du fond. Elle se juche sur un tabouret et commande une bière. Les autres consommateurs, tous des hommes, lorgnent ses jambes, dodues mais bien galbées et croisées juste comme il faut sous la robe de jersey noir. Elle finit par repérer

Chto. Il est seul à une table de bois foncé, avec les couverts roulés dans la serviette rouge. Il lit un menu graisseux.

« Le serveur approche, souriant, la tête penchée de côté. Chto entre en pourparlers avec lui, commandant ceci et cela, désignant diverses choses sur le menu. Le serveur, qui le connaît visiblement, s'étonne de la grande boîte à fusil que le petit homme a posée près de lui. Il doit demander : " Qu'est-ce que vous avez là-dedans ? — Ma contrebasse ", doit répondre Chto. Ils rient.

« Le serveur s'en va, revient, apporte des plats et un carafon de vodka ambrée. *I*ya ne servait plus que des cocktails. Chto boit et mange en prenant son temps. Attend-il quelqu'un ? On ne dirait pas. Sonia décide de commander aussi : on peut dîner au bar. Par sympathie, elle prend des choux farcis comme Pierre. Elle paye d'avance pour pouvoir décrocher dès qu'il faudra.

« Elle observe Chto dans le miroir. Par moments, il semble essuyer une larme. Pourquoi pleure-t-il dans sa *gretchnévaïa kacha* et ses *goloubtsy* ? Sonia mange aussi lentement qu'elle peut et, de temps en temps, feint de regarder sa montre. Chto prend un café, puis un autre, puis une sliwowitz, puis un thé qu'on lui apporte dans un verre placé dans un porte-verre de métal argenté. Il pleure. Bon, c'est une dépression ? Il n'en avait jamais, jusqu'à aujourd'hui, montré aucun symptôme.

« L'heure tourne. Ce n'est pas l'habitude des Américains de s'éterniser dans les restaurants, mais ici l'atmosphère est bon enfant : c'est toléré. Enfin, après un deuxième thé, Chto regarde sa montre et demande son addition. Le serveur va voir la caissière qui décroche son téléphone. Elle doit commander un taxi.

« Sonia s'éclipse sous les regards ironiques et compatissants — quelqu'un lui lance " Je ferais pas l'affaire, moi, au lieu de l'autre ? " —, regagne sa voiture, fait le tour du restaurant. Quand le taxi arrive et que Chto monte dedans, elle est en bonne position pour le suivre. Les pneus brassent la sloche. Ça dérape un peu. Le pot d'échappement du taxi fume.

« On quitte la ville et bientôt S*o*nia devine où l'on va : au domicile de Chto, où elle a été invitée deux ou trois fois, bien qu'elle n'ait jamais sympathisé avec la belle *I*ya, qu'elle trouve fausse, creuse, prétentieuse, mal habillée, sans intérêt. Près d'une heure de chemin. S*o*nia roule, les yeux rivés sur la constellation verte de son tableau de bord alignée avec la constellation rouge des feux du taxi.

« On approchait de la mer. La neige avait disparu. La route en corniche n'était séparée de l'à-pic que par une rangée de maisons, chacune avec sa pelouse et ses quelques palmiers. Il aurait suffi d'arrêter le moteur pour entendre gronder l'océan invisible.

« Le taxi s'arrêta devant une maison aux fenêtres éteintes, du moins de ce côté. Chto descendit, s'empêtrant les jambes dans sa boîte. S*o*nia, garée à trente mètres, avait éteint ses phares. Elle vit avec attendrissement la silhouette grotesque de Chto remonter l'allée qui conduisait au garage, devant lequel étaient garées deux voitures à la queue leu leu, l'Oldsmobile de Chto et, derrière, une Buick. Mme Chto ne rentrait pas l'Oldsmobile parce que le garage était étroit et qu'elle craignait d'érafler la carrosserie, mais à qui était la Buick ? “ A un amant, pensa tout de suite S*o*nia. Cette jument doit avoir besoin d'un amant. ” Le taxi fit demi-tour, balayant le paysage de ses phares.

« Chto ouvrit la portière de l'Oldsmobile qui s'éclaira un instant. Puis, avec un chuintement, le rideau du garage s'enroula, actionné par une télécommande. Chto entra, négligeant de refermer le rideau. S*o*nia attendit quelques secondes et entra après lui.

« Le garage sentait l'essence. Un pan de lumière tombait de la rue, car les voisins avaient laissé une forte lampe allumée dans leur jardin. S*o*nia repéra la porte du rez-de-chaussée. Chto ne l'avait pas verrouillée après lui. S*o*nia gravit deux marches et se trouva dans un couloir. A sa droite, les surfaces blanches d'une cuisine. Tout droit, l'obscurité, entaillée plus loin par une porte entrouverte. Sonia attendit. Des bruits métalliques de pièces s'enclenchant mal l'une dans l'autre lui parvinrent. Puis des claquements définitifs. Enfin Chto reparut, sans feutre ni pardessus. Il tenait à la main le fusil de chasse qu'il venait de remonter.

« Sonia n'aimait pas les armes. Elle savait qu'elles ont toutes le même usage : tuer. Devait-elle interpeller Pierre pour qu'il ne commît pas de sottise ? Elle en fut tentée, mais c'était saboter la mission, et elle croyait à la mission. Elle décida d'attendre.

« Chto monta un escalier qui prenait sur la gauche. La moquette étouffait le bruit de ses pas. Sonia lui donna un quart de minute et monta à son tour, craignant à chaque instant d'entendre un coup de feu fracassant. Elle commençait à se demander si, contrairement à ce qu'elle pensait, Pierre n'était pas vraiment fou, s'il ne s'était pas mis en tête que sa femme l'avait enfermé bien qu'il fût sain d'esprit, s'il ne voulait pas se venger... Cependant Sonia ne lui avait jamais trouvé le tempérament vindicatif et son instinct de professionnelle lui disait qu'il s'agissait de bien autre chose que d'un malentendu conjugal.

« L'escalier aboutissait à un couloir et, tout au bout, il y avait une porte ouverte. Une faible clarté provenait sans doute d'une lampe de chevet qu'on avait laissée allumée. Par la porte, Sonia n'aperçut d'abord qu'une grande poupée russe bariolée, posée sur une commode, puis, penchant la tête, elle vit un lit d'où dépassaient la tête d'un homme châtain, ébouriffé, l'œil écarquillé, la bouche du viveur, et, loin à sa droite, la tignasse d'une femme blonde apparemment endormie. L'homme, éclairé par la lampe de chevet, regardait fixement un point invisible pour Sonia.

« Robe noire et semelles souples, elle approcha de manière à coller son œil à la fente séparant le vantail du chambranle et distingua, de dos, son Pierre Chto assis là fort tranquillement, en petit bonnet de laine, son fusil sur les genoux. Au bout d'un long moment, l'homme du lit et Pierre Chto commencèrent à parler et leur dialogue apprit à S*o*nia ce qu'elle ignorait encore. Entre autres, qu'*I*ya et son amant appartenaient au Guébé.

★

Le général Henguerrand avala sa dernière goutte de vodka, leva son nez généreux et, ayant immédiatement accroché l'œil du serveur, lui fit un signe affirmatif de la tête. De nouveau, Lionel déglutit son restant de Suze précipitamment. Moi, je fis un signe de dénégation poli :

— Pas pour moi, mon général.

— Voyons, cher monsieur Volsky, laissez-vous faire.

Et je me laissai faire.

— Ici, voyez-vous, messieurs, reprit Henguerrand, les choses se compliquent considérablement. A première vue, prendre à la glu deux agents du Guébé qu'on ne chassait même pas, simplement en écoutant à une porte, avouez que c'est inespéré. Et ce qui prouve que je ne m'étais pas trompé sur les qualités de S*o*nia, c'est que, dans la situation où elle se trouvait, elle a fait preuve du calme nécessaire derrière son vantail pour y regarder à deux fois.

« Premier point : l'appartenance d'*I*ya et de Dundee au Guébé, pour certaine qu'elle fût, n'était prouvée par rien. Que vaudrait le témoignage du malade mental Chto, même s'il acceptait de parler ? Deuxième point : comment se saisir physiquement de ces deux individus, pour le moment immobilisés sous leurs couvertures, mais qui finiraient bien par s'en libérer ? Troisième point, que faire d'eux, à supposer qu'on les maîtrisât ? On était aux Ussa ; nous n'avions pas les moyens de les exporter ; il faudrait les remettre au FBI. Et le FBI, franchement, nous ne lui devions rien. Oui, je sais, nous sommes les alliés des Américains. Que voulez-vous, dans ce monde-là, c'est chacun pour soi et le diable pour tous. Ils nous ont fait assez d'entourloupettes, ils nous ont assez humiliés ! Sonia ne se trompait pas en pensant que deux agents du Guébé, connus de nous, nous seraient plus utiles en liberté que dans la prison fédérale d'Atlanta.

« Il y avait bien une possibilité qui, je l'avoue, m'aurait peut-être séduit à son âge. Ne rien faire, ne rien dire, redescendre comme une petite souris, reprendre la voiture, trouver où la laver pour qu'aucune trace de boue locale n'y collât, peut-être changer de pneus le lendemain après se les être tailladés. Bilan : deux agents du Guébé au tapis.

« Sonia, comme vous verrez, raisonna mieux. D'une part, elle ne voulait pas que son Chto chéri devînt un assassin. D'autre part, l'idée d'un coup de feu dans une maison devait choquer en elle la femme d'intérieur : elle pensait aux petits bouts de viande et aux éclaboussures de cervelle dans les rideaux — vous savez ce que c'est que des chevrotines à bout portant. Bref, la voilà qui pousse un toussotement discret et qui paraît dans l'embrasure de la porte, à la stupéfaction générale. *Dea ex machina* ! Chto aurait pu appuyer machinalement sur la détente, c'était un risque à courir, mais il se contenta de jeter un regard en coin à l'intruse, comme amusé par cette péripétie qu'il n'avait pas prévue.

« Sonia lui dit en russe, sachant qu'elle le tiendrait mieux dans cette langue :

« — Bonsoir, Pierre.

« — Bonsoir.

« Il ne lâchait pas Doundouk des yeux.

« Elle le tutoya :

« — Que veux-tu faire ?

« — Les tuer.

« — On te jugera.

« — Non : je suis irresponsable. Je rentrerai chez vous autres écrire mon second volume.

« — Pourquoi les tuer ?

« — Ce sont des mutants. Tu es médecin. Tu dois comprendre. La gangrène, tchik !

« Elle décida de jouer très gros jeu. Elle est faite pour ce métier-là, vous dis-je, souligna Henguerrand avec l'émotion du spécialiste.

« — Tu n'es pas irresponsable. Tu te rappelles : c'est moi qui devais faire les papiers. Je ne les ai pas faits.

« — Pourquoi ?

« C'était sur mon ordre, mais elle ne pouvait le révéler.

« — Tu as dupé les autres. Pas moi.

« La curiosité scientifique de Chto s'éveilla aussitôt :

« — Tu as su que je simulais ? Comment ?

« Mais il regardait toujours Doundouk et *I*ya, et son doigt ne quittait pas la queue de détente.

« — Tous tes symptômes étaient justes, sauf un : la catatonie. Moi aussi, j'aurais simulé un cas classique avec une seule contradiction.

« D'un geste habituel, il rejeta en arrière, de la main gauche, la mèche de la perruque que, ce soir, il ne portait pas.

« — Bon, d'accord, je veux bien payer le prix. Mais il faut que ces deux-là meurent.

« — Qui finira *Thérapie de la régression* quand les Américains t'auront exécuté ?

« L'argument porta. Doundouk et *I*ya virent qu'il avait porté. Sonia vit qu'ils avaient vu. Elle ne savait pas si Doundouk n'avait pas caché une arme dans la chambre. Elle dit :

« — Ils se détruiront eux-mêmes. Ils sont comme des marionnettes à fils dont on a coupé les fils. Viens, partons. Mais ne baisse pas ton fusil. Et s'ils bougent... (Elle se força à crier pour effrayer les autres :) *Pli !* (C'est-à-dire : feu.)

« Docilement, il se lève et marche à reculons jusqu'à la porte. La clef est dessus. Sonia la transfère du dedans au dehors. Ils sont sortis. Elle fait jouer la serrure. Elle commande :

« — Maintenant, vite !

« Elle le prend par la main et ils courent. On entend Doundouk se déchaîner contre la porte. Coups de pied, coups d'épaule. *I*ya crie quelque chose. S*o*nia et Chto sont dans l'escalier, dans le garage, dans l'allée, dans la rue, dans la voiture de S*o*nia. Marche arrière jusqu'à l'allée précédente. Demi-tour. S*o*nia fonce. Elle a suivi chez nous un stage de conduite rapide. J'ai toujours tenu que chaque officier touchât à toutes les disciplines. Elle a quelques secondes d'avance sur Doundouk. Elle ne les perdra pas. Chto est effondré à côté d'elle, son fusil ballant contre la portière.

« Elle voudrait comprendre.

« — Tu ne l'aimes plus du tout ?

« — Moi si. Mais elle n'est pas elle. C'est un hérisson.

« — Et tu aurais vraiment pu, Pierre ? Pourtant, tu n'es pas un tueur.

« Il répond :

« — Quand on voit le diable, on lui tire dessus. Dès qu'elle m'a dit qu'elle était Hérisson, j'ai su ce que j'en ferais un jour ou l'autre. Seulement — il a un sourire rusé, presque espiègle — je ne voulais pas d'ennuis avec la justice !

« S*o*nia ne sait pas que “ hérisson ” est un mot de passe, mais elle devine tout. Son cœur déborde d'amour pour cet homme de cabinet, bon et doux, qui a trouvé naturel d'aller acheter un fusil. Cependant ses émotions ne l'aveuglent pas : elles la servent. C'est pourquoi je répète qu'elle est un officier de grande classe que j'ai eu raison de recruter. Nous cherchions un moyen de mouiller Chto : elle savait d'instinct qu'on tient mieux certains types d'hommes sans les mouiller.

« Il n'y a pas de poursuite, mais il pourrait y avoir une embuscade et S*o*nia gagne une route qu'elle n'a aucune raison d'emprunter. De place en place, des esplanades permettent de s'arrêter et de contempler l'Océan. S*o*nia se gare sur l'une d'elles et éteint ses phares. On ne voit rien que la nuit. En entrouvrant la vitre, on entend en bas le tonnerre de l'eau.

« Longtemps ils ne disent rien. Chto a laissé tomber son fusil. Il écarte les mains :

« — Que vais-je faire maintenant ?

« Alors elle sent que le moment sacré, initiatique, du recrutement est venu. Et c'est pour la première fois que la prêtresse Sonia va célébrer ce rite.

« Or, c'est l'homme qu'elle aime qu'elle va astreindre à ce passage, et pourquoi ? Pour l'asservir. Qui sait quelles émotions contradictoires se sont livré combat en elle à cet instant ? Elle pourrait encore le relâcher, comme les Russes avaient coutume d'ouvrir les cages des oiseaux, le jour de l'Annonciation.

« Mais elle le prend dans ses bras, le petit homme, et, de sa voix rauque de sémite russe, elle commence à lui parler très doucement.

« Pour le rassurer, elle lui explique d'abord ce qu'il sait déjà mieux qu'elle : que la Révolution russe n'a pas été un changement de régime politique dans un pays, qu'elle a été la plus grande catastrophe internationale des temps modernes. Que, loin d'être de simples méthodes de combat, la propagande, la désinformation, l'influence constituent l'essence même du bolchevisme, que le " mutant régressif " est simplement l'homme qui est né et a grandi dans l'enfournement quotidien du mensonge. Que, si l'économie vacille en Urse, ce n'est pas encore la faillite du communisme mondial. Qu'il faut expliquer au monde que le communisme est, fondamentalement, substantiellement, par vocation, une régression mentale.

« L'académicien Pierre Chto est pelotonné entre les bras de son officier traitant. Le chauffage de la voiture assèche les gorges, les narines. Sonia continue. Bien sûr, c'est important de publier des livres véridiques en Occident. On ne les lira pas maintenant, mais ils expliqueront aux générations futures ce que fut l'Aberrant Vingtième Siècle. Cependant, Pierre a bien vu que publier un livre génial ne suffit pas pour qu'il devienne la Bible. Tout le monde se réfère à *L'Archipel du Goulag*, et qui l'a lu ? Ce n'est pas en publiant des livres en Occident, si hygiéniques qu'ils soient, qu'on cautérisera la plaie de notre époque. Le second volume des *Mutants* est attendu par quelques psychiatres et par une poignée d'anticommunistes professionnels ; Chto, lui, se doit de frapper au cœur du Mal.

« — Que veux-tu dire ? demande-t-il.

« Il est épuisé par la tension nerveuse des derniers jours, des dernières heures.

« Elle lui explique alors, très doucement, qu'à présent il est entre ses mains. A elle. Que peut-il faire ? S'il est fou, il est fou et personne ne l'écoutera. S'il est sain d'esprit, quel psychiatre lui pardonnera d'avoir joué avec succès les mystificateurs ? Il faut être fou, diront-ils, pour vouloir à ce point-là se faire passer pour fou. De ce côté, il est coincé.

« Il acquiesce. Il connaît ses confrères. Elle poursuit.

« *Odin f polé né voïn*. Un guerrier ne fait pas une armée. Que veut Chto ? Purger la Russie, et, par contrecoup, les autres pays de l'Est, et par contre-contrecoup l'Occident. S'imagine-t-il qu'un homme seul ?... Ne pense-t-il pas qu'une organisation expérimentée ?...

« Alors il se réveille, il se redresse, il la voit venir :

« — Je ne travaillerai jamais avec la *Tséèrou* (c'est-à-dire la CIA).

« — Mais moi non plus. La *Tséèrou* ? Tu n'y penses pas. Des bellicistes, des impérialistes !

« — Alors qui ?

« — La France.

« La France, ça passe mieux. D'abord c'est moins gros.

« Sonia, patriote russe, n'éprouve pas pour la France un respect sans mélange. Pêle-mêle : les Français sont des cavaleurs, ils ont surtout cavalé en 1940, beaucoup de leurs intellectuels ont léché pendant quarante ans les bottes des communistes et les plus maso continuent avec l'Islam. D'un autre côté, la réforme psychiatrique à la fin du XIXe siècle mérite de l'estime, l'architecture est sublime, et Napoléon a empêché la Révolution française de devenir la Révolution russe.

« Mais Chto, l'homme qui ne s'est laissé museler ni brider par le Guébé dans toute sa pompe et dans toutes ses œuvres, va-t-il faire allégeance à une obscure échoppe gauloise dont il n'a jamais entendu parler ?

« Sonia peint à la fresque l'aide que la France pourra apporter à la régénération de la Russie (heureusement, elle y croit). L'imposture totalitaire ne peut être guérie que par la vérité démocratique : la France désintéressée y pourvoira. Il faut à la Russie des millions de livres d'histoire, de philosophie, de spiritualité : la France désintéressée les fournira. Il faudra aussi, c'est essentiel, que les deux volumes des *Mutants régressifs* paraissent en Urse, qu'ils l'inondent, la révolutionnent comme un raz de marée : la France désintéressée procurera le papier.

« Et puis, maintenant qu'une presse indépendante existe, il deviendra possible de la guider en créant des groupes de pensée, en organisant des modes, en décrétant ce qui se dit et ce qui ne se dit pas, comme eux l'ont fait chez nous pendant si longtemps, comme ils le font encore. Voilà l'action que Chto pourrait mener, s'il acceptait de mettre les techniques du mensonge au service de la vérité. Pour cela, que faut-il ? Une méthode. Les Français ont suffisamment étudié les méthodes dont ils ont été victimes pour en avoir une, ils sont plus compétents là-dessus que les Anglo-Saxons. Comme toujours, il va aussi falloir de l'argent. On en grattera.

« Chto écoute la voix berçante de la sirène.

« — Que devrai-je faire, moi ?

« — Tout ce que tu voudras, rien que ce que tu voudras.

« — Je ne suis pas Français. Je ne veux pas servir la France.

« — C'est la France que tu mettras au service de la vraie Russie.

« — De l'étranger, comment pourrai-je... ?

« — De l'étranger ? Tu n'y penses pas. Il faut retourner *touda*.

« Il ouvre de grands yeux dans le noir : *touda*...

« Il aime passionnément la Russie. L'Amérique, ce n'est pour lui que le confort, et il se moque du confort, d'ailleurs il aura une vie confortable en Russie, à moins qu'on ne l'envoie droit au Goulag. Peu probable : ils seront trop contents de voir une sommité mondiale regagner le bercail. Quelque chose pourtant lui fait peur. Il se sent comme Eurydice renvoyée aux enfers. Il essaye d'analyser. Tout ce qui est russe lui manque : le pain noir et les concombres croquants et cette langue, qu'il trouve la plus chantante, la plus drôle, la plus grossière, la plus raffinée. De l'Amérique rien ne lui manquera. Pourtant il a peur ! De quoi ? Ni du froid, ni de la faim, ni des queues que quelqu'un fera sûrement pour lui... Il murmure, avec une moue de dérision et un sanglot d'apitoiement sur lui-même :

« — Tu sais : je suis un orphelin tout rond... *Ia kroug'laïa sirota*...

« Alors elle, sincère et géniale, le serra plus fort et trouva dans un râle de tendresse la plus belle formule qui ait jamais recruté un agent :

« — *Ditiatko ty maïo* !

« Quelque chose comme : " Mon petit enfant à moi. "

« Il gémit :

« — Je serai si seul là-bas.

« — Tu ne seras pas seul. J'irai avec toi.

« — Alors, fait-il en clignant drôlement de l'œil — son sens du comique n'est jamais très loin —, c'est l'opération Hérisson qui recommence ?

« Elle se redresse en le lovant contre elle, comme si elle était enceinte de lui, et elle sourit dans la nuit.

« — Non, mon âme, lui dit-elle. Je ne pique pas, moi. Ce sera l'opération Hermine.

« Inutile de vous dire que le recrutement eut lieu. Quelques jours plus tard, Sonia se présenta dans mon bureau et m'exposa les décisions qu'elle avait prises sans me consulter. Elle me précisa qu'elle avait l'intention de s'y tenir, coûte que coûte.

« — Bref, lui dis-je, vous me mettez devant le fait accompli. Ou je vous envoie tous les deux là-bas, ce que je n'avais pas l'intention de faire, ou je perds un officier de talent et un agent qui promet.

« — Colonel, me répondit-elle froidement, je ne vous ai fait aucun chantage, et je ne pense pas que vous puissiez trouver un meilleur traitant pour Chto.

« Cela était vrai et faux. Vrai parce qu'elle l'aimait et faux parce qu'elle l'aimait. Le traitant doit dominer son agent, le chevaucher, l'éperonner, le freiner. C'est une affaire de dressage. Ici, pas question. Sonia était à genoux devant Chto. Si j'avais agi d'après la doctrine qu'on nous enseigne et qui est bonne neuf fois sur dix, j'aurais tout cassé. Qu'y aurais-je gagné ? Je me suis rappelé à temps qu'on ne traite pas les agents d'influence comme les agents de renseignement. D'ailleurs, dans le Grand Jeu, y a-t-il autre chose que des cas d'espèce ? Et puis, je l'avoue, cela me plaisait assez d'imaginer Chto, qui m'était sympathique, opérant la révolution anticommuniste du fond d'un cocon d'amour. Je donnai mon assentiment.

« Une fois de plus, j'avais vu juste. En quelques semaines l'amour quasi maternel de Sonia devint pour ce vieux croûton, cette vieille semelle racornie de Chto un levier plus puissant que le lucre ou l'intimidation. Elle a fait de lui l'agent d'influence le plus discipliné qu'on puisse rêver. Evidemment, c'est parce que ses objectifs et les nôtres coïncident : c'est justement là que réside l'intelligence du recrutement.

« L'opération Hermine, pour lui laisser le nom que lui a donné *So*nia, est une réussite. La technique de l'influence est différente de la désinformation. Elle ne consiste pas à tromper quelqu'un, mais à faire branler le couteau dans le manche, peu importe dans quelle direction, à plier le fil de fer tantôt dans un sens tantôt dans l'autre, à " balancer le bateau " disent les Anglo-Saxons. Si vous lisez la presse soviétique avec quelque régularité et si vous suivez les diverses parties de balançoire qui s'y jouent, souvent sous l'influence moralement inattaquable de l'académicien Chto, vous conclurez que nos manteaux couleur muraille ne sont pas encore à rendre au magasin.

« Les deux tomes des *Mutants régressifs* n'ont eu qu'un succès d'estime en Occident, mais, imprimés sur du papier français, ils se sont vendus à deux millions et demi d'exemplaires en Urse. Détail savoureux : ce sont maintenant les citoyens soviétiques qui subviennent à nos besoins en roubles !

« L'élégance du montage, c'est qu'il se déroule à ciel ouvert. Nous n'avons rien à cacher aux Soviétiques que l'appartenance de *So*nia à nos services, et nous ne la leur cachons que pour respecter l'étiquette. Le Guébé sait et supporte : *glasnost* oblige.

J'aime que les fils soient arrêtés et je demandai ce qu'il était arrivé à Doundouk et *I*ya.

— Ils ont pris le premier avion pour Moscou. Ils étaient brûlés l'un et l'autre, et ce n'est pas la moindre de mes satisfactions. *I*ya est utilisée selon ses compétences par le Deuxième Directorat. La légende de Doundouk, qui avait coûté des années et des centaines de milliers de roubles, est partie en fumée par sa faute : lui, illégal, n'aurait jamais dû se laisser surprendre dans le lit d'*I*ya. Je suppose qu'il est devenu gardien de Goulag au-delà du Cercle polaire.

Rat fourrageait avec son index dans son dentier ; Lionel souriait énigmatiquement à son fond de Suze. Le Sud-Américain paraissait rêveur. Il avait une tête à vouloir retrouver la belle *I*ya. Je posai encore une question :

— Il y a une chose, mon général, que je n'ai pas bien saisie : Chto était-il un simulateur parfaitement lucide ou lui manquait-il tout de même une case ou deux ?

Henguerrand me regarda avec approbation et ses grandes dents blanches lancèrent un éclair dans sa face brique.

— Moi aussi, cher monsieur Volsky, je me le suis longtemps demandé. Et j'ai fini par me dire que cela n'avait aucune importance, parce que, dans ce métier-là, nous sommes tous à moitié fous. Dans le meilleur des cas.

LA PAIX DES BRAVES

Depuis sir Francis Walsingham, qui piégea Marie Stuart et la Grande Armada, le renseignement est, en Grande-Bretagne, une tradition aristocratique. C'est une variation sur le thème « *A gentleman can do anything* », un homme de qualité peut faire n'importe quoi. La morale, il en faut pour le peuple et pour les bourgeois ; aux classes dites supérieures de mériter leurs privilèges en se salissant à la place des autres.

A noter que les écrivains anglais, qui, pendant des siècles, se sont voulus *gentlemen*, ont participé à cette inavouable chevalerie. Marlowe, De Foe, Kipling, Mason, Maugham, Greene, Fleming, David Cornwell dit Le Carré ont ainsi doré — ou surdoré — leur blason.

Cet usage a donné d'excellents résultats tant que l'aristocratie britannique a eu le désir et les moyens d'en être une. La victoire à la Pyrrhus de la Première Guerre mondiale et ses conséquences matérielles et morales ont amené cette aristocratie à trahir assez systématiquement. La section soviétique du renseignement britannique fut un temps confiée à Kim Philby *esq.*, agent du KGB, et le service tout entier, composé des rejetons des meilleures familles, devint une taupinière d'idéalistes marxistes. Il semble que les petites gens qui ont accédé aux arcanes du MI5 et du MI6 ont fait preuve d'une fidélité et d'une vigilance supérieures, même s'ils ne mettent pas toujours leurs *h* où il faut.

Les Américains, tard venus sur le théâtre d'ombres international, se donnèrent pendant quelques années les gants d'imiter leurs mystagogues anglais : ce fut la belle époque de l'OSS. Mais devant les scandales auxquels se livraient ces aînés qui leur apparaissaient comme au tiers aristo, au tiers coco et au tiers tantouse, les élèves affolés s'empressèrent de renoncer au bon ton des maîtres. Le major Lester, que j'ai évoqué ailleurs, n'était que la première hirondelle de ce printemps où les Texans et les Brooklyniens devaient prendre le pas sur les *gentlemen farmers* de la Nouvelle Angleterre et du Sud. Maintenant les *spooks* de la CIA sont interchangeables avec les ploucs cravatés et désodorisés du FBI.

Sans avoir une tradition du renseignement comparable à la britannique, les Allemands savent que *Nachrichtendienst ist ein Herrendienst* — le service du renseignement est un service de seigneur. A première vue, on croirait une excuse lourdaude : je suis un espion, pas un argousin. En vérité, il s'agit de cette intuition que c'est à Créon de prendre sur lui le mal de la cité. Pendant la Deuxième Guerre mondiale, l'Abwehr appliqua sans faillir cette doctrine inquiétante et noble. La Gestapo, bien sûr, se comporta comme ce qu'elle était : la basse police d'un gouvernement d'extrême gauche, le nazisme étant, malgré qu'on en ait, aussi à gauche que le communisme ; mais une police politique n'est pas un service de renseignement.

Le Saint-Siège pense aussi que, plus le travail est douteux, plus les mains qui le font doivent être propres. La fière devise de la Compagnie de Jésus, qui a longtemps servi de SR et de CE aux Papes, est *Ad majorem Dei gloriam.* Elle suggère qu'on peut faire n'importe quoi, tant que c'est pour la gloire de Dieu, et, pendant des siècles, les disciples du chevalier de Loyola se sont recrutés davantage parmi les classes orgueilleuses et sacrificielles que les modestes et les sacrifiées. Certains jésuites ayant, comme les lords et les baronnets, succombé aux blandismes marxistes, leur rôle occulte semble avoir décru, mais la même tendance aristocratique (je me refuse à écrire le mot stupide d'*élitiste*) a investi un nouvel organisme discret dont l'humble fondateur n'a pas refusé la couronne de marquis — pour la transmettre à ses neveux.

La France ne connaît pas cette tradition nobiliaire du renseignement. Les services du révérend père Joseph, le Secret du roi, les réseaux de Fouché recrutaient dans toutes les couches de la société, avec le rendement pour seul critère. Le fameux Deuxième Bureau était constitué d'officiers de carrière dont beaucoup sortaient de la bourgeoisie ou du peuple. Les services modernes remontent à la Résistance, qui a fourni le vocabulaire professionnel moderne, lequel n'a certes rien de seigneurial : « la boutique », « le client », « le bilan », « ça paye », « qu'est-ce que vous vendez ? » Il y eut, c'est vrai, une période où un directeur issu du Jockey Club proclamait : « Le métier est tellement crasseux que je m'efforce de ne recruter que des gentilshommes », et, sous sa houlette — ou plutôt son stick —, le service prospéra, mais bientôt les socialistes arrivèrent au pouvoir et ce raisonnement paradoxal leur échappa complètement.

Je ne raconte tout cela que pour essayer de rendre le ton qui régnait au Berkeley à cinq heures. Rien de mondain : une simplicité de bonne compagnie. Cela ne nous empêchait pas, évidemment, d'être pénétrés du sentiment de notre supériorité sur le reste du monde, supériorité d'autant plus succulente que clandestine.

Cependant, il y avait parmi nos clubmen un officier breton au nom imprononçable qui aurait satisfait aux exigences patriciennes de Menzies, Donovan, Canaris ou Marenches.

Le commandant « de Kernavo », comme nous l'appelions pour simplifier, avait un visage oblong, avec de longues rides verticales et un regard mélancolique. C'était l'un des plus anciens membres du club. Il avait cessé depuis longtemps d'exercer ses fonctions, on ignorait pourquoi, et il vivait de je ne sais quels modestes revenus qu'il avait. Il portait des vestes de tweed ou de daim, des gilets jaune canari, des chemises de lin bleu pâle et des cravates tricotées, au nœud étroitement serré. Il fichait quelquefois une pipe de racine de bruyère dans sa bouche, et c'était un plaisir de voir ses mains sensibles la curer, la bourrer, l'allumer, la manipuler. Il parlait un français châtié, n'éprouvant pas le besoin de prouver sa distinction par la grossièreté, et se montrait d'une grande courtoisie avec le personnel. Il m'appelait gentiment « mon lieutenant », ce qui, pourquoi le nier, me faisait plaisir.

On était au mois d'août, et ce fut par hasard que j'entrai ce jour-là au Berkeley. Bien qu'il fût près de cinq heures, je ne comptais y rencontrer personne en cette saison. Je recherchais seulement la fraîcheur de la caverne. Mais, ayant descendu les marches qui y conduisent, je vis que notre table habituelle, au fond à droite, était occupée, et je reconnus le commandant de Kernavo, le lieutenant de chancellerie Lionel, l'inévitable vieux Rat et le colonel Pompée. Je leur demandai la permission de me joindre à eux. Rat dégustait une glace à la vanille, Lionel sirotait une Suze, comme d'habitude, Pompée buvait une anisette, Kernavo un thé.

Par quelle combinaison de hasards se trouvaient-ils là ? Rat n'avait pas les moyens d'aller à la campagne, Lionel aimait Paris l'été, Pompée était de passage pour affaires, Kernavo avait fui son château envahi par deux branches de la famille dont il supportait difficilement la conjonction : « Les uns sont intégristes et les autres rockers... vous imaginez. » Je commandai un White Horse et un quart Perrier. Dehors, il faisait étouffant, ici la fraîcheur régnait, et le whisky crépita gaiement dans mon gosier.

— Je ne sais pas, Volsky, me dit Rat suçant sa cuiller, comment vous pouvez boire de l'alcool par le temps qu'il fait.

— L'alcool réchauffe quand il fait froid, mon colonel, et il rafraîchit quand il fait chaud.

— Il faut savoir choisir son alcool, dit Pompée. Le rhum en hiver, l'anisette en été.

— L'anisette ?... fit Kernavo d'un ton rêveur. Oui, quelquefois. Par nostalgie. Tiens, vous m'en avez donné envie. Monsieur, une anisette, s'il vous plaît. Sans glace.

— Sans glace ? s'étonna Pompée.

Et moi, je répétai :

— Par nostalgie ?

Dans l'espoir d'entendre quelque souvenir comestible. Mais, par discrétion, j'avais assourdi le ton interrogatif, et le commandant de Kernavo ne nous répondit à l'un et à l'autre que par un sourire mélancolique.

L'anisette arriva, Pompée la dilua obligeamment avec l'eau fraîche de sa carafe, et le parfum de l'anis laiteux monta dans l'air. Kernavo y trempa les lèvres. Nous nous taisions. Il but une autre gorgée.

— Je ne sais pas si c'est de la Cristal ou de la Gras, dit-il enfin. Je n'ai jamais aimé ni l'une ni l'autre... Et pourtant c'est comme si j'y étais.

On voyait que les souvenirs affluaient en lui, et que ce n'étaient pas des souvenirs sereins. Au bout d'un moment, il leva les yeux sur nous, comme pour nous évaluer. Il avait envie de parler, mais il ne voulait être blessé par les réactions d'aucun d'entre nous. Rat était très vieux, Lionel paraissait insignifiant, je ne comptais pas et Pompée avait prouvé qu'il était capable de sensibilité. Kernavo se hasarda.

— Je ne vous ai jamais raconté pourquoi j'avais démissionné ? demanda-t-il.

Ce n'était pas une vraie question et nous nous contentâmes de secouer la tête.

— Je n'ai jamais raconté cela à personne. Ce qui est dommage, et même absurde, c'est que je n'ai pas su le fin mot de l'affaire. Remarquez, j'ai tenu la preuve entre mes mains, et je... Cela vous dérangerait-il, messieurs, si je fumais ?

Les deux colonels firent non, et puis le lieutenant de chancellerie. Kernavo s'assura du regard que je ne serais pas incommodé non plus et tira sa pipe.

— Je me sens toujours responsable... murmura-t-il. Peut-être n'étais-je pas fait pour le métier. Pourtant je l'aimais. Et on trouvait que je n'y réussissais pas trop mal. Ce qui est certain, c'est que je ne l'avais pas choisi. Avant de le connaître, pardonnez-moi, je le méprisais. Ou peut-être était-ce de la peur et de la répugnance mêlées. (Il sourit en plongeant ses doigts dans sa blague.) La vraie rosière, quoi. Moi, c'était le corps de troupe ou alors la voie royale, le Troisième Bureau. Mais, quand au retour d'Indo, j'ai vu que je ne pouvais plus espérer crapahuter...

— Et pourquoi ça ? demanda Pompée.

— Le poumon, mon colonel, comme dans Molière. Le poumon m'avait lâché.

— Ce qu'il oublie de nous dire, fit Pompée avec l'accent de Draguignan, c'est que ce poumon-là avait arrêté une rafale de mitraillette et que quelques pélos s'étaient égarés dans l'autre.

— Exact. J'avais émergé de la rizière mal à propos. Et il ne me restait plus le choix qu'entre le Cinquième et les moustaches.

— Vous voulez dire : en AFN, intervint encore Pompée. En métropole, vous auriez pu vous planquer. On vous aurait fourgué un centre mobilisateur dans votre Morbihan natal, ça n'aurait pas été dégueulasse.

— Peut-être. Ce n'est pas pour cela que j'avais choisi de jouer au pioupiou, dit Kernavo en se tapotant les poches à la recherche de son cure-pipe. D'ailleurs, vous savez, le Cinquième Bureau, l'action psychologique, d'une certaine manière c'était la bonne voie. Le commandant Coignet avait compris dès cette époque ce qu'aucun de nos grands chefs actuels ne veut reconnaître : le combat moderne n'est plus guerrier, il est à peine économique, il est surtout culturel.

Pourtant le Cinquième Bureau passait pour la cinquième roue du carrosse. (A moi :) Corrigez-moi si je me trompe, mon lieutenant. Combien d'officiers y parlaient arabe ou berbère ? On y mettait les réservistes dont on se méfiait, les héros fatigués ou ceux qui, comme moi, avaient eu la bêtise de se faire écharper. Le tempérament des cyrards ne les porte pas à la manipulation scientifique des foules. La sélection militaire jouait contre cette arme dont nous nous moquions, et que les Chinois, de Sun-Tzu à Mao, ont toujours si bien utilisée. Le gouvernement lui-même ne demandait pas la conversion d'une population, mais le stupide maintien de l'ordre. Alors à quoi bon ? Entre le Cinquième et la moustacherie, je n'ai pas hésité longtemps. Il est vrai que je ne savais pas où je m'embarquais.

Il tassait les frisons de tabac dans le fourneau de bruyère et Pompée lui dit, plein de sollicitude :

— Ça n'a plus que deux tiers de poumon et ça enfume le monde !

— Exact, reconnut Kernavo en cherchant son briquet. Tout à fait exact, mon colonel. Quelques mois de stage à Paris, qui m'ont permis de découvrir le Berkeley à cinq heures (il leva sa pipe dans notre direction comme s'il allait fumer à notre santé) et me voilà affecté en Algérie. Notre centrale, dépendant naturellement de la maison mère, était cachée dans les hauteurs d'Alger. C'était la bâtisse, j'imagine, que décrit M. Alleg dans *La Question.* Il y avait des " détachements " dans les grandes villes et des " antennes " dans les petites. Tout n'était pas mauvais, je suppose, dans cette institution. Le pacha, un vieux briscard qui avait, sauf erreur, travaillé avec Paillol et Brouillard et fait condamner la Chatte, était doué. Je ne sais pas pourquoi nous l'appelions le pacha : ce n'était pas un marin... Il avait inventé une doctrine du RAP applicable à la contre-guérilla. Excellente idée, s'il avait eu le temps et les moyens de la mettre en pratique. En fait, nous avons été amenés à travailler de chic.

Cela réussissait parfois. Mais il nous a manqué — je vais vous faire rire — une morale. C'est mon dada, excusez-moi. Dans cette guerre-là, il nous fallait une morale : nous aurions dû comprendre que l'Algérie était une chance spirituelle pour la France et non pas la France une chance économique pour l'Algérie. Bon, passons. C'est une autre histoire.

Il se mit en position pour allumer sa pipe, fit jouer le briquet, aspira consciencieusement. Une bonne odeur rassurante, paternelle, se répandit.

— J'ai eu de la chance. Au lieu de m'envoyer dans un secteur où j'aurais passé mon temps à faire la guerre au colonel et au sous-préfet, le pacha m'a gardé à la centrale. Le poumon, sans doute, toujours le poumon. Et, à ce niveau, les perspectives étaient excitantes. Avec du renseignement et des moyens nous ne pouvions pas ne pas gagner. D'ailleurs nous avons gagné. Mais ça aussi, c'est une autre histoire.

« J'avais été ventilé sur Doc, comme nous disions dans le jargon de l'époque. Je faisais du SR. On me confiait les prisonniers importants sur lesquels la centrale avait réussi à mettre la main avant que les antennes DOP ne les eussent trop abîmés. Je ne parlais ni arabe ni kabyle, moi non plus, mais les rebelles de quelque importance parlaient français. J'ai eu la chance de réussir avec le premier qu'on m'a donné, et le pacha a cru que j'avais la baraka de l'interrogateur. On a commencé à m'envoyer les cas intéressants ou désespérés.

« J'en ratais beaucoup, j'en réussissais assez pour entretenir ma légende. Je n'avais aucun mérite. Imaginez un pauvre bougre de prisonnier fellouze : il s'était fait matraquer par les paras et tremper par les DOP et il aboutissait chez moi, qui avais sincèrement envie de l'aider. Qui lui parlais de la rébellion avec une estime que je ne feignais pas... D'ailleurs, je ne lui demandais guère que du renseignement à longue échéance : il n'avait pas le sentiment de trahir son ami Mustapha embusqué dans sa grotte. Nous parlions politique, avenir de l'Algérie... Nous étions presque d'accord, il était à ma merci... Comment aurait-il résisté ? Le mérite, s'il y en avait, revenait aux brutes qui avaient fait la basse besogne que j'aurais refusée. Bien sûr, nous finissions par obtenir aussi les coordonnées des grottes et par ramasser beaucoup de Mustapha, qui ne se méfiaient plus...

Il fuma quelques instants sans rien dire.

— Vous voulez vraiment, demanda-t-il enfin, que je vous raconte tout depuis le début ?

Il avait besoin de se confesser, mais il craignait de s'imposer à nous, de nous ennuyer.

— Vous, faites pas votre grande coquette, lui dit Pompée.

Kernavo ferma les yeux un instant.

— Tout a commencé le jour où Si Arezki... Non, ce n'est pas ce jour-là. C'est plutôt quand j'ai vu Tayeb pour la première fois. Non, ce n'est pas cela non plus. Quand donc tout a-t-il commencé ?

Je souris. Démêler, dans l'écheveau de l'histoire, où commence celle que l'on veut raconter, c'est la deuxième difficulté qui se pose au romancier une fois qu'il a trouvé son point de vue.

— Tout a commencé, reprit Kernavo, dans le djebel. Un adjudant rebelle, qui marche en serre-file derrière une katiba, donne à un caporal l'ordre de conduire deux mules qui s'étaient laissé distancer et devaient rejoindre le gros de la troupe.

« — Ji pas deuxième classe, ji caporal, ji pas conduire brels.

Kernavo imitait mal l'accent sidi et le savait, mais il ne pouvait pas s'empêcher de sourire de plaisir en le faisant, d'un air presque polisson qui le rajeunissait.

— L'adjudant insiste. Le caporal refuse. L'adjudant insulte le caporal. Le caporal égorge l'adjudant. Après quoi, l'ayant égorgé, il se met à réfléchir. Il réfléchit à ce qui l'attend quand il se présentera au commandant de compagnie. Vous vous rappelez qu'on écorchait vif assez facilement chez les rebelles. Disparaître dans la nature ? On le retrouverait. Une seule solution : se rallier aux " Fransi ".

« Au lieu de rattraper ses camarades, il prend un sentier qui file vers la plaine et, le lendemain matin, se présente, avec ses brels et leur chargement au premier poste " fransi " qu'il trouve. Un aspirant tout rose le reçoit. Le caporal lui dit en lui montrant les valises en carton bouilli entassées sur les cacolets :

« — C'it assi pour pas s'faire tabassi ?

Le commandant de Kernavo ne réprima pas un petit rire d'amusement. Ses yeux demeurèrent tristes.

— Les valises contenaient une machine à écrire et les archives de la willaya kabyle. Tout simplement.

« L'aspirant rend compte dès la première vacation, un secrétaire qui espionnait le secteur pour notre compte nous prévient par téléphone, un hélicoptère de la centrale enlève le pactole à la barbe de l'OR du bataillon et nous commençons à dépouiller.

« Dans un premier temps, nous nous jetons évidemment sur les caches, les itinéraires et les points de rassemblement mentionnés dans la correspondance. Les troupes de quadrillage, les commandos de chasse et même la réserve générale montent des opérations pour exploiter nos renseignements. Beaucoup sont fructueuses. Une en particulier.

« Un régiment d'infanterie assure le bouclage d'une montagne où des grottes servent de refuge aux rebelles. Un autre régiment ratisse. Imaginez la scène : le petit matin, un paysage bahuté, le maquis à hauteur d'homme. Il fait frisquet. On n'a pas eu de café. Impossible d'avancer en ligne. Il faut, à chaque instant, contourner un fourré dans lequel on envoie, sur ordre, une grenade OF ou une rafale de PM. Entre les paquets de brume qui montent et descendent la pente comme des dirigeables, on aperçoit les hélicoptères de la Légion posés sur un mamelon. Cela rassure les timides, cela agace les aventureux : au premier contact, c'est encore les bérets verts qui vont courir les dangers et ramasser les clous et les palmes. Soudain, un cri rauque :

« — Vive la France !

« Il y a longtemps que les pioupious français n'ont rien crié de tel. Une bouffée de brume s'envole d'un rocher et l'on voit au sommet un homme mal rasé, le chèche au vent, les bras en croix, qui s'égosille :

« — Vive la France ! Je me rallie.

« Vous imaginez tous les canons qui se braquent sur ce nouveau saint Sébastien sur son rocher.

« — Quel carton ! gémissent nos petits jeunes gens qui ne se sont pas encore farci un seul gus, comme ils disent.

« Mais vous vous rappelez que de Gaulle avait proposé aux rebelles qui se rallieraient un programme baptisé “ la paix des braves ”. Pas moyen de se farcir celui-là.

« Je vous l'ai dit, l'opération avait été montée sur un renseignement fourni par nous. Au grand dam des troupes réunies là, c'est nous qui, d'un saut d'hélicoptère, avons enlevé le rallié. Les garçons qui avaient crapahuté toute la nuit continuaient à s'écorcher aux ronces et à se tordre les chevilles dans les crevasses. Cependant le rallié avait déjà rejoint Alger et, douché, rasé, talqué, eau-de-colognisé, il se prélassait dans le salon de la villa où je pratiquais mes interrogatoires sentimentaux.

— Ouais ouais, interrompit Pompée. On le sait, que tu es un sentimental. En Indo, tu montais à l'assaut en képi quand les autres mettaient le casque lourd. Un vrai sentimental, je vous dis.

Kernavo ne releva ni l'allusion ni le tutoiement inhabituel.

— Je dois vous avouer que j'ai tout de suite détesté Tayeb. C'est mal à moi, sûrement, mais sa mâchoire en galoche, sa lèvre supérieure gonflée comme pour dissimuler une dragée, ses yeux huileux qui paraissaient montés sur roulement à billes, une façon de se rengorger... Je ne sais pas. Le pacha m'avait dit : " Séduisez-le. " Je m'y suis appliqué. Le cœur n'y était pas. Pourtant Tayeb a parlé sans se faire prier : " Je suis rallié, non ? " Il était sous-lieutenant, grade important chez les rebelles, et il a immédiatement donné des caches d'armes et une grotte où des camarades à lui étaient retranchés. La Légion n'a pas réussi à les enfumer : ils ont été exterminés à la grenade. Nous y avons perdu deux légionnaires, mais le bilan, mes amis ! Quatorze morts, deux FM, un mortier de 81 ! Je crois bien que le pacha m'a donné un clou, à moi, qui n'avais pas bougé de mon bureau.

« Malgré cela, Tayeb ne m'inspirait aucune confiance. D'abord, je me suis toujours méfié des tourne-veste. Ils la retournent, et ils gardent une poche ou deux dans le bon sens. Pourtant ce n'était pas toujours vrai des ralliés. Quand on s'aperçoit qu'on s'est trompé, l'ignoble est de persévérer. Se rallier à la vérité n'est pas ignoble. Mais on essaye de ménager la vie des siens, non ?... Ah ! je ne sais pas, après tout. Il peut y avoir une forme de déception absolue, un lyrisme du retournement, l'adhésion totale... Quoi qu'il en soit, il m'indisposait, cet homme qui répétait " Vive la France " à chaque bout de paragraphe : il parlait par paragraphes, avec cette solennité typique des autodidactes.

« Le pacha, lui, en était tombé amoureux. Il croyait à sa sincérité, il voulait en faire le porte-voix de la France généreuse, et, s'inquiétant parce que, dans le métier, j'étais un boujadi, il me répétait :

« — Peaufinez-le, Kernavo.

« Je le peaufinai dès le premier jour. Je l'ai fait dîner au Saint-Georges. Coucher à l'Aletty. Pour bien le compromettre. Et le matin même, il n'était qu'un rat dans un trou ! Pendant plusieurs jours, je ne l'ai pas quitté. Quand il demandait une anisette — car il n'était pas très strict sur la religion — j'avais ordre de lui offrir du champagne en plus. Vous auriez vu mes notes de frais. Réglées avec le sourire. A l'Aletty, où il avait des sentinelles à sa porte, le réceptionniste lui demande s'il veut une couverture. Il me revient d'expliquer à l'autodidacte ce que signifie l'expression. Il est ravi :

« — Deux couvertures ! Ou même...

« Il coule un regard dans ma direction pour voir jusqu'où il peut aller et il lève trois doigts en ricanant.

« Drôle d'occupation pour un officier catholique qui fut enfant de Marie ! Avec l'aide du concierge, je lui déniche ce qu'il veut. Des Européennes, naturellement.

« — Les moukères, je connais, mon commandant. J'ai aussi eu des Françaises et j'ai été à même d'effectuer une comparaison constructive. Vive la France.

« Au bout de trois semaines, on a à peu près fini de le débriefer.

« — J'ai décidé, me dit le pacha, de l'envoyer en Tunisie. J'ai une voie d'infiltration.

« — Qu'y fera-t-il ?

« — Il fera comprendre aux membres du GPRA que la partie est perdue, qu'ils n'ont plus qu'à se rallier eux aussi.

« Il fumait la pipe, le pacha, mais ce n'était pas mon genre de fumeur. J'aime le goût du tabac. Il aimait les volutes et les circonvolutions et les circonlocutions et les nuages de fumée bleue.

« Je ne sais quel diable m'a poussé. Je lui ai dit, moi, inexpérimenté, avec toutes les chances de me tromper :

« — Mon colonel, Tayeb n'est pas un rallié. Il s'est vu perdu, il n'est pas sot, il est sorti de sa grotte, il a joué son va-tout et il est en train de nous empapaouter. (Le mot, pour le commandant de Kernavo, était très fort, et il n'utilisait les mots forts qu'à bon escient.)

« — Vous me faites rire, mon petit Kernavo. Nous sommes quelques-uns du même avis et nous avons une expérience que vous n'avez pas.

« Bouffée de bouffarde.

« — Sans vouloir vous vexer.

« Autre bouffée. Que pouvais-je faire ? On exfiltre Tayeb d'Algérie, on l'infiltre en Tunisie. Trois jours après, le service des écoutes m'appelle :

« — Prenez Radio-Tunis, mon commandant.

« Je prends Radio-Tunis et j'entends la voix du rallié débiter à peu près ceci :

« — ...Voici les militaires français qui m'ont reçu. (Sur quoi, la liste des pseudonymes que nous lui avions donnés, dont le mien.) Et tous ces militaires, ils m'ont fait la diffa, ils m'ont offert de l'alcool et des femmes, mais je n'ai pas voulu. Et ces hommes bornés ont cru les discours fallacieux que je leur tenais parce que je criais tout le temps " Vive la France ", après quoi j'avais envie de cracher. Et je leur ai échappé, pour poursuivre le combat patriotique auquel j'appelle notre héroïque population algérienne. Vive l'Algérie indépendante !

« Bien joué, Tayeb. Cet homme avait sacrifié quelques armes et la vie d'une douzaine de camarades : la satisfaction de rire aux dépens des colonialistes bernés compensait tactiquement ces pertes. Le pacha me fit venir. Il avait sa pipe d'écume au bec. Il aurait pu m'en vouloir à mort. Il me dit :

« — J'ai eu tort de ne pas croire votre flair, Kernavo.

« Lui aussi m'appelait Kernavo, comme vous.

« Et je devins son chouchou. Avouez, mes amis, qu'on ne rencontre pas souvent des hommes de cette qualité.

La main du commandant de Kernavo enrobait le talon de sa pipe, et l'on ne pouvait s'empêcher de se demander si c'était une réminiscence du geste du pacha. Le tabac rougeoyait dans le fourneau, et, de temps en temps, un filament de fumée s'échappait vers l'abat-jour orange qui aurait pu servir de couvre-chef à Ali Baba.

— A vrai dire, poursuivit Kernavo, de longs plis se creusant de part et d'autre de sa bouche comme deux parenthèses, il aurait mieux valu que je me fusse trompé comme les autres. On ne m'aurait pas confié Arezki et je serais peut-être encore en train de servir innocemment la femme sans tête... Non, j'aurais atteint la limite d'âge, mais Arezki... Bon, passons.

« Après l'incident malheureux de Tayeb, je m'étais remis à travailler sur les archives du muletier malgré lui. On avait trouvé toutes les armes, cassé toutes les ferkas, arrêté tous les moussebline qu'on pouvait dans la willaya kabyle, et moi, je piochais toujours les " charmantes missives " qu'échangeaient les rebelles — en français naturellement : c'était la seule langue qu'ils savaient écrire. Je rêvais de trouver un fil à tirer, après lequel viendrait le système entier. Détricoter un réseau, n'est-ce pas, dans notre métier, l'ambition suprême ?

« Mon attention fut finalement attirée par une copie au carbone d'une lettre dactylographiée. Il y avait une date que j'ai oubliée, le destinataire n'était indiqué que par un adjectif possessif et le texte était à peu près celui-ci :

Mon.........

Je tiens à vous remercier pour ce que vous savez. Je vais bien maintenant. J'ai donné les ordres et vous ne devez pas avoir peur de personne si vous leur faites comme à moi. Salut et révolution.

Signé : Colonel Si Arezki.

« Si Arezki, vous vous en souvenez peut-être, était le chef de la willaya kabyle. Une espèce de Robin des Bois, mais féroce. Nous avions découvert, sur renseignement, un charnier de cinq cents rebelles qu'il avait fait exécuter parce qu'il les soupçonnait de trahison. Peut-être Plisson, dont je vous parlerai, était-il à la source de ces soupçons — il était passé maître en intox —, peu importe. Si Arezki tenait sa willaya à bout de bras, et nous aurions donné notre budget de cinq ans pour l'éliminer.

« Cette lettre m'intriguait, Dieu sait pourquoi. J'y pressentais des possibilités. Que savais-je de Si Arezki ? C'était un Kabyle, adjudant de la Coloniale, Croix de Guerre avec plusieurs citations pour l'Indochine. Son dossier faisait état d'une rumeur romanesque : il aurait choisi la rébellion par dépit, parce qu'il aurait été repoussé par une femme pied-noir. Je donnai quelques coups de téléphone en métropole à des officiers à la retraite sous lesquels il avait servi — la plupart se louaient de lui — et je finis par apprendre qu'en 1954 il gérait le mess des sous-officiers à Mostaganem.

« C'était dans cette fonction qu'il aurait eu le plus d'occasions de rencontrer des femmes pieds-noirs. Je commandai un avion, je me déguisai en adjudant-chef et je partis pour Mostaganem. C'était amusant de saluer les aspirants dans la rue. Je fouinai partout, laissant tomber le nom d'Arezki aussi souvent que possible, mais vous connaissez les rotations de personnel... On ne se souvenait pas de lui.

« Je rentrais le soir à l'hôtel, je me couchais dans mon lit moite — le plus souvent il n'y avait pas d'eau pour se laver — et je cherchais dans ma tête le destinataire du billet comme d'autres cherchent " Horizontalement : bon ou mauvais " dans les mots croisés. " Mon ". Mon quoi ? Colonel ? Capitaine ? Ou alors Mon-sieur ? Et pourquoi pas Mon-ique ? Ou n'importe quel pseudonyme, de Mon-taigne à Mon-clar ?

« J'essayais de raisonner. Si les officiers et les sous-officiers avaient changé, les fournisseurs du mess pouvaient encore être les mêmes. Je me liai de sympathie avec le gérant actuel et je tirai de lui quelques informations. Le poissonnier était un nouveau et on avait rompu avec le boulanger, l'épicier et le boucher étaient les mêmes qu'en 1954. L'épicier était mozabite. Restait le boucher. Je dis que je souhaitais faire sa connaissance. Le gérant m'arrangea cela. Nous nous recontrâmes au bar des sous-off. J'expliquai que j'avais atteint l'échelle 4, que je songeais à me retirer dans la région, à faire de l'élevage de bêtes de boucherie...

« Le boucher s'appelait Caruana. Un physique de boucher : fort comme un bœuf, des yeux de génisse triste, des doigts en forme de saucisses, et une peau épaisse rappelant la fraise de veau. Un véritable Arcimboldo. Et le pessimiste intégral. Il me déconseilla de faire de l'élevage, de m'installer en Algérie, de prendre ma retraite ; s'il n'avait pas été trop tard, il m'aurait déconseillé d'être sous-officier, militaire, français, de sexe masculin, de naître. Il ne fut pas difficile de le questionner sur sa famille. Oui, il avait une fille, Lola, qui avait épousé un Francaoui, un patos, un professeur de lycée — autant de tares. Il le lui avait pourtant bien déconseillé, à sa Lola.

« — La mort de tes os ! Des fois je me demande si j'aurais pas dû la laisser marier son melon.

L'accent pied-noir de Kernavo n'était pas plus convaincant que son accent arabe, mais il prononçait, comme il sied : « la mort de tes osse », et s'en amusait naïvement.

— J'étais sur la bonne piste. Quel melon ? Le gérant du mess. Que savait-il de lui ? Rien. C'était un melon. Son nom ? Un nom de melon. Où était-il maintenant ? Sait-on jamais avec les melons ? Caruana avait entendu dire que ce melon avait un poste important dans l'armée des melons.

« — Une armée de melons, je vois ça d'ici. La mort de tes os ! Trois pouilleux qui font baisser le froc à cinq cent mille Francaouis ? Je te la désosserais, moi, leur armée. Vite fait !

« Qu'enseignait le professeur ? Une tare de plus : c'était la physique-chimie. Je me renseignai auprès du lycée et j'obtins l'adresse de M. Petitfour, professeur de physique-chimie. Je tirai sa sonnette à une heure où je le savais en classe. Lola m'ouvrit. Elle ressemblait effroyablement à son père, et je pense que si Arezki avait attendu deux ou trois ans, il aurait remercié M. Caruana de l'avoir éconduit. Pas sûr, cependant. Il y a de petits hommes qui aiment se perdre dans les djebels féminins.

Kernavo tirait rêveusement sur sa pipe et son œil pétilla un instant. Je me demandai si ce vieux seigneur catholique avait été un homme à femmes.

— Je passai deux heures auprès de Lola. Mon prétexte : faire donner des leçons de physique aux enfants que j'étais censé avoir. J'expliquai que leur mère était une indigène, et j'attendis une réaction. Il n'y en eut pas. Je demandai à Mme Petitfour ce qu'elle pensait des mariages mixtes. Elle m'offrit du thé à la menthe et des pâtisseries arabes.

« — Les mariages mixtes, monsieur l'adjudant-chef, c'est pas bon. Vous êtes comme vous êtes, vous autres Francaouis, c'est peut-être pas votre faute, mais nous sommes comme nous sommes. Faut pas chercher bien loin : j'aurais jamais dû épouser Petitfour. Je conseillerais pas ça à la pire des chipies.

« Je devenais perplexe. Le vocabulaire, à l'époque, était encombré. Entre Arabes, Kabyles, métropolitains, Berbères, FSE, FSNA, pieds-noirs, indigènes, musulmans, algériens, on ne savait plus qui était qui. Je finis par comprendre que la fille Caruana tenait de son père pour l'optimisme et qu'elle se repentait, elle pied-noir et haute en couleur, d'avoir pour mari un petit Français gris de métropole. La sensibilité des uns et des autres, m'expliqua-t-elle, était foncièrement différente. Je formulai une hypothèse : un Français né en Algérie pouvait-il épouser une musulmane ?

« — Vous voulez dire si un pied-noir il peut marier une moukère ? Non, là, vous voyez, je déconseillerais aussi.

« Tout comme son père, vous dis-je. Je poursuivis la conversation, qui l'intéressait.

« — Que se passerait-il, demandai-je avec subtilité, si une pied-noir s'éprenait d'un musulman ?

« — Quoi ? Marcher derrière dans le sable pendant qu'il monte sur le bourricot ? Je vais vous dire, moi j'aurais pas pu.

« Je continuai à piocher autour de la question et je découvris qu'il y avait une différence entre un musulman civil, qui ne serait jamais qu'un melon, et un militaire. Ah ! un militaire, qui avait vécu avec les Français, qui avait pris du galon... Une ombre de poésie effleura le visage bouffi de Lola. Je jouai l'ironie : Mme Petitfour avait-elle jamais connu un Arabe capable de se comporter comme un Français ? Nous en étions passés du thé à l'anisette, et Lola essuya une larme du revers de sa main charcutière.

« — Hé ! fit-elle, j'étais jeune et bête et ça aurait sûrement pas mieux marché qu'avec Petitfour. D'ailleurs, m'appeler Mme Ben Couscous... Mais au moins c'était un homme, un vrai, et bien éguqué, et comme ça rien qu'à le voir je suis sûre qu'il était propre, ce qui compte tout de même.

— Dis donc, Kernavo, fit Pompée, elle n'était pas en train de te mettre en condition, ta Lola ? Te servir l'anisette et se plaindre que son mari ne soit pas un homme...

— Figurez-vous que l'idée ne m'en est pas venue, fit Kernavo en souriant. Ah ! mon colonel ! Encore une bonne fortune manquée ! Dommage, dommage. Mais je n'aurais jamais réussi à faire le tour de la dame. En revanche, je n'eus aucun mal à apprendre d'elle ce qu'elle se rappelait d'Arezki. Pas grand-chose. L'idylle n'était pas allée plus loin que les platanes poussiéreux du mail. Pourtant je recueillis un renseignement précieux que le destin m'avait envoyé chercher à Mostaganem. Secouant sa grosse tête, Mme Petitfour me confia :

« — Oui, comme je vous le disais, il avait beau être Arabe, il était mieux éguqué que bien des Français de France. Remarquez, c'est pas étonnant, vu qu'il avait été élevé chez les Pères Blancs. Enfin... il croyait tout de même à Mohammed.

« Les Pères Blancs !... Et pourquoi pas : " *Mon*... père " ?

« Il y avait, en pleine willaya kabyle, un monastère de Pères Blancs qui, chuchotait-on, fournissaient des médicaments aux rebelles, les soignaient malades ou blessés, leur étaient dans l'ensemble favorables. Aucune de nos embuscades autour du monastère n'avait rien donné : qu'est-ce que cela prouvait, sauf que les rebelles et les moines connaissaient le terrain mieux que l'armée ? De retour à Alger, je vérifiai les dates. La lettre à " Mon " avait été écrite un mois environ après un accrochage où, d'après certains renseignements, Si Arezki avait été blessé. Les Pères Blancs l'auraient guéri et il leur aurait écrit pour les remercier ; prudent, il n'aurait laissé en archives qu'une copie incomplète. C'était vraisemblable.

« Et cela me donna une idée.

« Je ne sais pas, mes amis, quelles sont vos convictions religieuses ; pour ma part, je n'ai jamais rien compris à cette ligne de partage des eaux que certains prétendent établir entre le religieux et le politique. J'aime que le roi de France soit sacré, que le Pape règne sur un Etat, que nos meilleurs ministres soient des cardinaux, que le père de Foucauld ait été à la fois missionnaire et agent du Deuxième Bureau. Je vous demande pardon si je vous choque. Il faut dire que j'ai longtemps hésité entre les hussards parachutistes et les jèses... Je n'ai donc pas eu de scrupule à écrire au père abbé pour lui demander de faire une retraite chez lui. Accordé. Je ne dis rien au pacha, sinon que ma conscience de catholique a besoin de rafraîchissements spirituels, ce qui était on ne peut plus vrai.

« J'arrive en hélicoptère dans un endroit... Elseneur, si vous voulez, ou le château des Burgraves avec une plomberie en parfait état de fonctionnement. Un piton fouetté de pluies, étouffé de brumes. Un cloître roman byzantin Troisième République. Des tonsures et des coules. Des cloches qui parlaient français et des hommes qui parlaient latin. Bizarre sous cette latitude sarrasine. On pensait aussitôt à saint Augustin, ce Kabyle, et à Bugeaud qui voulait faire baptiser tous les indigènes d'office... Les Pères Blancs, barbus, débonnaires, circulaient par des galeries ouvertes aux quatre vents, absurdes dans ce pays fait pour des bordjs sans fenêtres, protégeant contre le chaud, le froid, le sirocco.

« Je passai là quelques jours nourrissants. Je pratiquai quelques-uns des exercices de saint Ignace, et je me liai avec le père abbé, qui partageait ma passion pour le mah jong. Du reste, c'était en quelque sorte mon double, ce père abbé, à cela près qu'il n'était pas breton mais auvergnat et que, à la bifurcation, il avait choisi le cuculle et moi le pépin. Le dernier soir, il m'invita à boire un verre d'armagnac dans sa cellule, et je commençai à le tâter. Il m'avait confessé, c'était bien mon tour.

« Je vous résume une longue conversation où je lui donnai mon idée bribe à bribe, comme on arrache du pain à jeter aux carpes. Sa position au-dessus de la mêlée et son amour des hommes ne l'amenaient-ils pas à penser que la fameuse paix des braves était la seule issue ? Je ne sais toujours pas si le général de Gaulle avait lancé ce programme dans un accès d'aveuglement ou de double vue. Que l'appel au ralliement scandalisât les musulmans par son immoralité n'était pas douteux : “ Tu violes, tu égorges, et puis tu cries vive la France, et tu es pardonné ? C'est juste, ça ? ” Beaucoup m'avaient exprimé leur indignation. Mais comment s'en tirer autrement ? Du train dont allaient les choses, les barrages aux frontières étaient devenus hermétiques, l'OPA ne fonctionnait plus que dans les Aurès, l'ALN était aux abois. La victoire sur le terrain ne faisait plus de doute. Ne fallait-il pas souhaiter que les meilleurs des rebelles pussent participer à l'Algérie plus ou moins française de demain, plutôt que de se faire exterminer dans le désespoir ?

« Le père abbé ne me fit grâce ni de la sous-administration criminelle des trois pseudo-départements français, ni de la loi Crémieux, ni des prédictions du père de Foucauld (" Si vous continuez comme ça, ce sera la révolution dans cinquante ans "), ni de " faire suer le burnous " ni des " Beni oui oui ", toutes choses sur lesquelles j'étais d'accord avec lui. J'écoutais et je fumais la pipe, les yeux fermés. Il fumait aussi ; lui, c'était du kif, qui lui parfumait la barbe.

« — Mon commandant, me demanda-t-il pour conclure, où voulez-vous en venir ?

« — Mon révérend père, lui répondis-je, je laisse cela à votre imagination. Je pense que les Templiers et les chevaliers arabes se rencontraient quelquefois sans armes dans des lieux neutres et que cela faisait honneur aux uns comme aux autres. L'affaire a mal fini pour les Templiers, mais cela est une autre histoire.

« Vous le dirai-je, Si Arezki me plaisait. J'aimais le romancero de cet adjudant de marsouins qui se révoltait contre une grande nation parce qu'il ne pouvait épouser une bouchère. Bien sûr, j'avais envie, comme tout le monde, de passer lieutenant-colonel et d'avoir la rosette, mais je vous jure que j'y pensais à peine lorsque je conçus mon opération. Je pensais à sauver d'une mort inutile et finalement peu glorieuse un homme dont j'avais appris à estimer la trempe. J'étais curieux aussi de voir ce que donnerait la rencontre de deux soldats qui s'étaient d'abord battus ensemble, puis l'un contre l'autre. Je me voyais face à face avec Si Arezki dans ce monastère où il était sans doute déjà venu se faire soigner, je me voyais le persuadant... comment vous dire ?... de me rendre son épée. Politiquement, les conséquences de ce petit geste intime auraient été énormes : la willaya kabyle une fois découronnée, la rébellion s'effondrait, et la France pouvait enfin entamer en Algérie l'œuvre qu'elle aurait dû y mener à bien cent ans plus tôt.

« Je me gardai d'insister : j'avais semé mon semis, je verrais bien... Je serrai la main du père abbé et je retournai à Alger et à mes chères études. Nous préparions une synthèse de la situation sur le terrain et j'y travaillais d'arrache-pied. De temps en temps, par la fenêtre, je jetais un regard au djebel où je ne crapahuterais plus jamais.

« Quelques semaines se passèrent et je reçus une lettre du père abbé. Il s'inquiétait de la santé de mon âme et m'engageait à venir lui rendre visite. Cette fois-ci, je pris la route, et je constatai qu'on roulait tranquillement en Aronde dans des défilés où, six mois plus tôt, il fallait une ouverture de route de piton en piton et des half-tracks armés de 12,7. Le père abbé m'accueillit comme n'importe quel autre retraitant. Nous fîmes notre plein de vêpres, de nones et de complies. Je communiai le lendemain et puis l'abbé me prit à part et m'assena un coup de massue :

« — Arezki n'est pas seulement d'accord pour se rallier, mais pour rallier sa willaya. Seulement, il veut d'abord parler au général de Gaulle.

« Autant que je vous le dise tout de suite, je n'ai pas d'opinion sur le général de Gaulle, ou plutôt j'en ai de si contradictoires qu'il n'y a pas de résultante. Mais enfin, à l'époque, il passait pour Dieu le Père en mieux. Qu'un chacal du djebel, même commandant à un sixième de l'Algérie, demandât à le voir, c'était, comment dire, bouffon. Je m'exclamai.

« — Aux époques de crise, dit le père abbé, l'impossible devient possible. Mets-toi à la place de ce garçon. (Il s'était mis en tête de me tutoyer.) Depuis le 13 mai, vous avez créé un mythe auquel vous ne croyez guère vous-mêmes et que vous avez réussi, pour des raisons impures, à accréditer. Vous prétendiez utiliser de Gaulle pour sauver votre Algérie colonialiste fondée sur l'oppression du bounioul, et les bouniouls ont cru en lui. Bien fait pour vous. Vous avez créé une nouvelle monarchie française de ce côté-ci de la Méditerranée. Arezki demande à voir le général de Gaulle comme le dernier des gentilshommes français aurait demandé à comparaître devant le roi.

« — Allez, allez, lui dis-je, le général commandant la région, ce sera déjà trop.

« Le père abbé riait dans sa barbe en fumant son kif. Je haussai la mise. Un représentant du délégué général ? Le délégué général lui-même ?

« — Tu n'y es pas. Pour Arezki, tous ceux-là pourraient mentir.

« — Et pas de Gaulle ? Pourquoi ?

« — Parce qu'il est la France. Il l'a assez dit. Les Français mentent parce qu'ils parlent. La France ne peut pas mentir parce qu'elle ne parle pas : elle *est*. Et l'être de la vérité et la vérité de l'être, c'est la même chose. Tu ne comprends pas ça, toi, qui étais bon en philo, tu m'as dit ?

« Il me fallut du temps pour saisir ce point de vue. Quand on est enfant, tout le monde peut mentir, sauf Papa. Papa, non. Quand même il essayerait, ce qu'il dirait deviendrait la vérité. Il est la vérité.

« Apprentis sorciers que nous étions, nous avions créé cette psychose autour d'un homme qui avait ses qualités et ses défauts et un nom qu'il avait rendu providentiel en remplaçant un *D* majuscule par un petit *d*. Or on ne crée pas une psychose sans y croire un peu d'abord, et beaucoup à partir du moment où l'on réussit. A priori, nous n'avions aucune sympathie pour ce général de brigade à titre temporaire, ordurier, méprisant, implacable, fat. Pourtant nous l'avions tiré du placard, épousseté et rapidement aéré pour qu'il ne sentît pas trop la naphtaline. Pourquoi ? Parce que nous ne trouvions personne d'autre qui pût jouer les figures de proue. Mais nous voulions croire que, dans le fond, il était honnête encore que puant, qu'il nous tiendrait parole à nous, qui l'avions porté au pouvoir, et aux huit millions de musulmans à qui il avait fait distribuer des cartes d'identité françaises dites " nationales ". Nationales : ironie suprême. Nous nous répétions ses " je vous ai compris " et ses " Français à part entière " et nous feignions d'être dupes des slogans qu'il laissait utiliser : " la France de Dunkerque à Tamanrasset " et de " la Méditerranée traverse la France comme la Seine traverse Paris ". Remarquez, il n'a jamais été très fort pour la géographie : son " Europe de l'Atlantique à l'Oural " n'était pas mal trouvé non plus. Mais cela est une autre histoire.

« Puisque nous, qui étions relativement instruits, désintéressés, objectifs, nous arrivions à nous abuser, comment un Si Arezki, qui n'avait jamais manqué à sa parole de chef, aurait-il pu imaginer que " le président de la France ", comme disaient ces pauvres gens, pût mentir ?

« La demande de Si Arezki commençait à me paraître moins absurde. Je réclamai des précisions. L'abbé se chargea de me les faire parvenir. Le monastère était équipé d'un ANGRC 9 et nous convînmes d'un code radio que nous serions seuls à connaître. Je voulais savoir, entre autres, si Arezki se contenterait d'une audience du Premier ministre. La réponse m'arriva dans les trois jours : le général de Gaulle ou rien. Le moment était venu d'aller voir le pacha.

« — Rallier Si Arezki ?

« Le pacha retira sa belle pipe de sa bouche, puis l'y remit et mordit dessus. Rallier Si Arezki, c'était général de brigade, c'était, dans son cas, grand officier, et en assez bonne position pour devenir directeur. Mais je suis injuste. C'était aussi la fin d'une guerre meurtrière et — seuls ceux qui l'ont faite le savent — inutile. Il me dit, pesant ses mots :

« — A tout prix. J'entends : à n'importe lequel.

« — Je vous répète, mon colonel, qu'il veut rencontrer de Gaulle.

« — Il veut rire ! On pourrait lui dire oui, et puis, au dernier moment...

« — Je ne me prêterai pas à cette duperie.

« — Vous voulez dire qu'il faut jouer franc jeu ?

« — A fond.

« — Vous avez peut-être raison. Il a quatre mille hommes en campagne. Je vais voir ce que je peux faire.

« Quelques jours après, il me fait venir dans son bureau et me dit, l'air médusé, cette chose incroyable :

« — Kernavo, ça n'est pas exclu.

« Je voulus savoir quels chenaux il avait empruntés et s'il avait expressément fait mention d'Arezki. Je me sentais déjà responsable de la sécurité de cet homme que j'avais inventé de faire descendre de son djebel. Le pacha aurait pu m'envoyer promener. Toujours grand seigneur, il me regarda d'un œil ironique à travers sa fumée bleue et étala les messages sous mon nez.

« *Honneur vous rendre compte ralliement grand chef HLL possible avec toutes ses troupes si préalablement reçu par Président de la République. Stop. Aucune autre instance acceptable.*

« *Référence votre N° tant. Prière indiquer nom intéressé par code Y.* C'était un chiffre dont deux hommes au monde avaient la clef : le pacha et son pacha à lui.

« *Le colonel Si Arezki commandant de la willaya kabyle.*

« Le pacha promenait son index orange de tabac de ligne en ligne.

« *Référence votre N° tant. Accord autorité suprême obtenu. Stop. Nom code opération sera* Baphomet. *Indiquez desiderata. Contact toutes les 24 heures minimum. Chiffre Y.*

« De l'ongle, le pacha souligna les mots " autorité suprême ". Le papier se gondola.

« — Vous êtes satisfait ?

« J'alertai le père abbé. Je n'ai jamais su ni voulu savoir comment il communiquait avec les rebelles : il y avait les lumières aux fenêtres, les messages portés par les yaouleds, la radio tout simplement. Je reçus bientôt sa réponse : " L'émissaire du général De Gaulle prendra une chambre à Bougie, à l'hôtel *La Corniche*, du tant au tant. " Avec un post-scriptum : " Quel nom dois-je indiquer ? "

« — Qui allons-nous envoyer ? dit le pacha. Plisson ? C'est un pied-noir : il sait parler aux musulmans.

« J'ai déjà nommé Plisson. Dieu me pardonne, je ne l'aimais pas. Il avait des cheveux noirs collés sur son crâne comme des ailes de corbeau mouillées, et entre ces plumes bleues on apercevait une peau marbrée de rouge. Il penchait la tête de côté pour feindre la bonté, comme le loup de Marcel Aymé, mais il ne trompait personne. Néanmoins, il avait en effet de bons contacts clandestins avec des musulmans qui jouaient double jeu, et il passait pour un bon OT. Je n'allais pas pour autant lui céder une opération que j'avais créée. J'annonçai que j'irais moi-même.

« Le pacha eut un recul. Un officier supérieur ? Nous avions assez de subalternes qui ne demandaient qu'à prendre des risques. D'ailleurs j'en savais trop sur le fonctionnement du service. Enfin, il y avait mon poumon. J'écartai les objections une à une : sur le poumon les médecins avaient mis des rustines ; je ne connaissais que mes propres opérations et je n'en avais pas en cours que je pusse compromettre ; mon grade ne faisait rien à l'affaire. Le pacha donna son accord assez vite, trop vite à mon gré : l'affaire était risquée et j'aurais aimé me faire prier un peu plus longtemps.

« — Evidemment, me dit-il, vous resterez en contact à chaque instant, et nous nous tiendrons prêts à intervenir.

« Je ne sais pas qui il cherchait à rassurer.

« Restait le problème du nom. Notre usage était de travailler sous pseudonyme, pour éviter des représailles toujours possibles contre nos familles. Mais je ne me voyais pas aller sous un faux nom à la rencontre d'un homme en qui je voulais voir un ennemi loyal. Je connaissais son nom : il devait connaître le mien. Je donnai mes instructions au père abbé en conséquence. Et aussitôt je sentis que quelqu'un ou quelque chose m'avait saisi et ne me lâcherait plus. J'avais pris un de ces engagements dont le monde moderne voudrait se débarrasser — vœux monastiques, oui du mariage, serment du vassal : je ne sortirais jamais de cette bastille-là. C'était vrai : d'une certaine manière, je n'en suis toujours pas sorti.

« J'arrive à Bougie, en civil, avec un équipement électromagnétique pour " rester en contact à chaque instant ", dix lettres de recommandation pour les autorités, vingt mots de passe. J'étais bien décidé à ne me servir de rien de tout cela. Je prends une chambre à la Corniche ; l'hôtel était bâti sur pilotis et la mer venait vous y lécher les pieds pendant que vous dormiez. Je n'ai rien à faire. C'est la première fois depuis longtemps. J'admire le golfe. Je prends des verres place Gueydon et au Solreal. Un taxi me conduit à Tichy où je me baigne. Deux jours se passent. Je trouve un message sous mon oreiller. Je cite de mémoire : c'était à peu près ceci.

« *Soyez mercredi 12 à 16 heures cime du Gouraya* (suivaient les coordonnées). *Trouverez sous la croix indications pour suite déplacement. Prévoyez déplacement à pied plusieurs jours. Boisson et nourriture pour premier jour seulement. Boussole, carte, pas de radio. Arme recommandée en cas sangliers.*

« Pas un mot de trop. J'appréciai.

« J'appelai le pacha au téléphone. Nous avions un code qui nous permettait de communiquer en phonie sans risque. Je demandai son intervention pour interdire toute sortie de l'armée française au nord de la Soummam, jusqu'à nouvel ordre. Je ne savais pas où on m'emmènerait et il ne s'agissait pas qu'un accrochage fortuit fît manquer notre affaire. Je laissai les gadgets dont on m'avait truffé à notre antenne de Bougie : je savais qu'ils ne me serviraient à rien dans le djebel, et Arezki m'avait interdit la radio. J'empruntai à l'antenne ce dont j'avais besoin, y compris une carabine US : j'ai toujours affectionné cette arme légère et hybride, pas très précise, je vous l'accorde, mais si mignonne avec sa poche de munitions accrochée à la crosse. Le lendemain matin, pourvu de figues, de café froid, de pain, d'œufs durs et de pâté, je me fis conduire en jeep à un endroit d'où l'on accédait facilement à la zone interdite.

« — Tenez. Ça commence là, au-delà des bergeries.

« Le petit sous-lieutenant à la taille de guêpe et au nom slave qui m'avait servi de chauffeur me laissa partir avec un air de compassion. Personne n'était encore revenu de la zone interdite, à moins de s'y aventurer avec une compagnie pour le moins.

« J'éprouvai un curieux sentiment à m'engager dans un sentier " interdit ". Personne ne s'interposa. Un vieux Kabyle qui passait, enveloppé dans sa cachabia, me lança un regard épouvanté : était-ce un crime d'avoir vu ce roumi fou ? se demandait-il. J'étais conscient des dangers que je courais : un ordre mal transmis, un guetteur vigilant avec une bonne paire de jumelles, un chef de batterie qui s'ennuyait, et voilà : un tir de mortier enterrerait avec moi, sous les gerbes de terre qui jailliraient soudain, les espoirs d'une paix prochaine en Algérie. Je continuai tout de même à grimper mon raidillon, attentif à ce qu'en dirait mon poumon qui, pour l'instant, semblait décidé à se comporter patriotiquement.

« C'était le printemps, le soleil à peine levé ne chauffait pas encore, et il y avait je ne sais quoi d'unique et de jeune et de stupidement exaltant à marcher, carte en main, dans cette zone interdite où je ne pouvais croiser personne, puisque l'armée française et sans doute la rébellion avaient retiré leurs pions de mon chemin. Il n'y avait autour de moi que la Nature, au-dessus de moi que le bon Dieu. J'étais Robinson Crusoë, j'étais Adam.

« D'abord je montai gaiement, trouvant plaisir à la gaminerie de l'expédition. Le paysage s'élargissait de plus en plus. Je voyais la verdure noire des forêts, la verdure jaune des prés, la verdure argentée des oliviers, je voyais la ville rose et grise, surplombée par la casbah blanche et surplombant la mer. Çà et là, des miradors piquetaient la campagne et de petits papillons tricolores palpitaient dessus comme dans Dufy.

« Au bout d'une heure d'ascension, j'eus très chaud, et l'air me manqua. Je ne sais si ce fut à cause de cette carence d'oxygène ou de la solitude et du danger, mais mon humeur changea. J'allais, vous comprenez, me jeter dans la gueule du loup, et cela pour une mission qui n'était pas proprement militaire : je pouvais donc me permettre d'en ressentir quelque appréhension sans mourir de honte. Un souvenir me revenait : celui de ce capitaine français capturé par des rebelles et promené de village en village tout nu, avec pour laisse un fil de fer passé autour des testicules. Je m'interrogeai : étais-je prêt pour le calvaire ? Pas tout à fait, me sembla-t-il. L'est-on jamais ? Jésus-Christ lui-même... De temps en temps, je jetais un regard hésitant vers la vallée. J'avais encore le temps de redescendre. C'était le parti le plus sage peut-être, surtout si j'en croyais mon poumon qui commençait à grésiller. Je m'assis pour me reposer, je mangeai une figue ou deux et je repartis.

— Eh bien moi, interjeta Pompée qui écoutait ce récit avec une attention extrême, je ne suis pas plus dégonflé qu'un autre, mais je me serais peut-être bien carapaté en vitesse. En solo chez les fellouzes ? Merci !

— L'air commençait à fraîchir quand j'atteignis la croix au sommet du Gouraya. La vue sur la terre et sur le golfe était à vous couper le souffle ; cependant je ne peux pas vous dire que je l'aie admirée autant qu'elle le méritait. Je me sentais très loin de ces toits sympathiques qui formaient un carrelage à quelque six cents mètres plus bas que moi. Je reconnaissais les rues : la Trézel haute, la Trézel basse. Je pensais que c'était l'heure de l'apéritif et que les petits cireurs faisaient de bonnes affaires...

« J'approchai de la croix. Elle était en métal ajouré, si j'ai bonne mémoire, et plantée dans un socle de béton entouré de rochers. Qu'allait-il se passer maintenant ? Sans doute des hommes de confiance d'Arezki allaient-ils apparaître entre les pins et m'emmener jusqu'à lui. Je ne les craignais pas : ils n'avaient aucun intérêt à me brutaliser, et vous connaissez la camaraderie, difficile à comprendre pour les civils, qui existe entre soldats ennemis. Elle est moins sûre entre réguliers et guérilleros, néanmoins presque toujours présente. Je n'en étais pas moins nerveux à l'idée de la rencontre... Comment dire ? Mystiquement nerveux. Le contact de la matière et de l'anti-matière provoquerait, paraît-il, une explosion. Il se passerait peut-être quelque chose du même ordre quand je verrais des rebelles en liberté, dans leur territoire... Mais le soleil baissait, la mer changeait de couleur, et personne ne venait. J'avais l'air idiot. Allais-je devoir coucher là ? J'avais bien ma carte et une torche électrique ; seulement, redescendre dans la nuit les sentiers de chèvres que j'avais à grand-peine escaladés le jour ne me paraissait pas une forme séduisante de suicide.

« Je m'étais assis sur les rochers au pied de la croix, et, en me déplaçant, ma main heurta un objet que je n'avais pas remarqué. C'était une musette de l'armée, calée sous une grosse pierre. Je l'ouvris, et j'y trouvai un bout de papier quadrillé, que je dépliai. Quelques mots avaient été griffonnés au crayon : " *Rendez-vous à la mechta en...* " Et les coordonnées. Ma carte donnait en effet une mechta à deux kilomètres de la croix. Je m'y rendis. Il faisait sombre sous la futaie, comme si la nuit était déjà tombée. Mais bientôt j'atteignis une clairière, jaune dans le soleil couchant, striée par les longues ombres des troncs d'arbre. Au milieu, une baraque à moitié brûlée, à moitié croulée, avec encore un appentis de tôle tenant debout. J'errai dans ces ruines. Sous l'appentis, je trouvai une autre musette posée sur une cachabia rayée noir et blanc, pliée au carré. A côté, un feu de bois tout préparé, avec *Le Monde* roulé en boule pour enflammer les brindilles. Dans la musette, des allumettes, de la galette, du mouton froid, une bouteille de mascara, une tablette de chocolat et un nouveau message : " *Mechta brûlée par l'Armée Française* (avec A et F majuscules). *Rendez-vous demain à marabout en...* " et les coordonnées. Je vérifiai. C'était à trente kilomètres, mais il y avait des sentiers. L'air fraîchissait. J'allumai le feu. Je dînai. Je lus un chapitre du petit Evangile qui ne me quittait jamais. Je m'enroulai dans la cachabia et je dormis jusqu'au lever du soleil.

« Le lendemain, je me réveillai fataliste : *Allah kbir...* Je me sentais petit dans la main de Dieu et peut-être un peu plus prêt pour le calvaire. Des courbatures cependant. Il y avait longtemps que je n'avais pas pris autant d'exercice. Malgré tout, je tenais le coup. J'étais fier.

« La carte que m'avait fournie l'antenne de Bougie portait, ajoutés au crayon, les itinéraires supposés des rebelles, et je constatai que le meilleur moyen de me rendre au marabout était de les emprunter. Le matin, j'eus une aventure : une harde de sangliers me déboula dans les jambes. J'eus le temps de me garer, et je les observai, qui dévalaient la pente comme de petites locomotives. Je portai la main à ma carabine, mais il ne m'aurait servi à rien d'en abattre un. Tantôt je descendais dans des thalwegs, tantôt je suivais des chemins de crête, et je voyais alors les oiseaux de proie tournoyer au-dessous de moi. Le temps était toujours radieux. Parfois je traversais un village abandonné, aux toits crevés, aux chemins creux serpentant entre des figuiers de Barbarie croissant sans contrôle. Il aurait pu y avoir une embuscade à chaque pas : quelque groupe autonome n'obéissant pas à Arezki... Il n'y eut pas d'embuscade. Il me restait un peu de mouton que je terminai vers midi.

« Je m'étais remis en marche lorsque je perçus un grondement de moteur et deux T6 apparurent dans le ciel. Ils m'eurent bientôt repéré et foncèrent sur moi.

« L'armée de terre avait été prévenue de se tenir coite; apparemment, on avait oublié l'aviation. L'un des T6 lâcha une rafale dans ma direction. Je fis des gestes désespérés, battant l'air des bras, sautant en l'air comme un pantin, mais c'était la zone interdite et ma carabine brillait au soleil : les T6 étaient dans leur droit.

« A ma gauche, j'avais un précipice; de l'autre côté, le maquis descendait en pente douce. J'aurais pu m'y cacher. Avec mon treillis délavé, j'y serais devenu invisible. D'un autre côté, je devinais trop comment raisonneraient mes braves aviateurs. Ils patrouillaient tous les jours et n'apercevaient jamais rien, car les rebelles se déplaçaient la nuit. Cette chance-ci était trop belle pour la manquer : les T6 videraient leurs réserves de munitions sur mon petit carré de maquis, ils le hacheraient menu et moi avec.

« En revanche, à cent mètres en avant, le sentier que je suivais plongeait sous une falaise en saillant. Il y avait là un angle mort où j'échapperais peut-être à la mitraille en m'aplatissant contre la pierre. Mais il fallait faire les cent mètres. Je n'ai jamais été un sprinter, et mon poumon ne me faciliterait rien. D'un autre côté, les T6 devaient chaque fois décrire un cercle avant de m'aligner pour quelques secondes... Vous imaginez la situation. (Kernavo aimait dire " vous imaginez ", comme si, craignant que son récit ne nous ennuyât, il avait voulu nous faire revivre les événements.) Je découvris bientôt que je n'étais pas si mauvais sprinter que je le croyais, et, bondissant entre les ricochets qui miaulaient autour de moi, je réussis à me mettre à l'abri. Le plus courageux des aviateurs, qui volait en rase-mottes, aurait bien fini par me toucher, mais je me couchai dans une rigole où j'étais hors d'atteinte.

« Ils tournèrent longtemps, et, à chaque tour, ils me mitraillaient tant qu'ils pouvaient. J'étais couvert d'éclats de pierre et de poussière de silex, et je trouvais la situation plutôt comique : ces deux braves garçons m'envoyaient à la tête les nouveaux francs du contribuable avec une belle obstination ! Enfin, les munitions ou l'essence manquant, ils disparurent à l'horizon. Je voulus me relever et mes jambes refusèrent de me porter. Je n'avais jamais été sous le feu tout seul aussi longtemps.

« Je me donne cinq minutes pour cesser de trembler et je repars. Une heure plus tard, les T6 reviennent, naturellement, mais ils me cherchaient où je n'étais pas, et je pus continuer mon chemin sans encombre jusqu'au marabout.

« C'était un tout petit marabout : un cube blanc sous une demi-sphère blanche. J'ai toujours été sensible à ce style d'architecture, qu'elle soit musulmane ou chrétienne. Il y a là un sens de la plénitude... Sans doute un saint homme avait-il vécu là. Il y avait une odeur de cendre qui me parut religieuse. Vous savez que la mystique des çoufis est proche de celle des chrétiens et des juifs ? Elle tourne autour de la relation entre l'Aimant, qui est Dieu, et l'Aimé, qui est l'homme. Je serais bien là pour lire saint Jean.

« Une nouvelle musette contenait des allumettes, du mouton, du vin et du chocolat. Un nouveau message me fixait rendez-vous à trente kilomètres, dans un village évacué de Grande Kabylie. A ce compte-là, je serais bientôt de retour à Alger ! Un feu de bois avait été préparé ; je m'abstins de l'allumer, craignant un retour nocturne des

T6. La cachabia avait beau être chaude : je grelottai une partie de la nuit.

« Le lendemain matin, le ciel était couvert, et je marchai à l'ombre de sommets de plus en plus éventés, certains d'entre eux blancs d'une neige qui ne fondrait pas de tout l'été. Avant la guerre, habitaient là-haut des marchands de neige qui en apportaient dans les marchés, à dos de mulet, pour rafraîchir les boissons. Moi, résigné à traverser l'Algérie s'il le fallait, je cheminais, ma cachabia roulée sur les reins, sans plus m'inquiéter ni du temps qu'il faisait ni de l'avenir que me réservait le bon Dieu.

« J'avais à peine repris ma marche après ma halte de midi lorsque le temps se dégagea et le soleil ranima l'éclat des feuillages, des herbes, des rochers, des neiges éternelles et des cytises qui mettaient des taches jaunes sur les pentes et dans les clairières. Je ne comptais plus les cochons que je rencontrais, et je marchais joyeusement, réfléchissant à l'étrangeté du métier de moustache. Je ne l'avais pas choisi, et je commençais à l'aimer passionnément ! J'en aimais surtout la folie, je crois. Car n'était-il pas fou de se hasarder ainsi, dans une quête extravagante, mêlant le sens du romanesque et celui de l'efficacité dans des proportions imprévisibles ? Si, contre mon attente, j'étais assassiné ou même torturé, il me semblait à cet instant que je ne regretterais pas d'avoir pris le beau risque, le plus beau risque, celui de servir non pas en groupe mais tout seul. Je me montais la tête et je me disais, sans blasphème j'espère, qu'il y a, dans le destin de l'officier des services spéciaux, un peu de la solitude de Gethsémani.

« — Mon commandant.

« Une voix dans mon dos. Je me retournai en faisant glisser sur mon épaule la bretelle de la carabine.

« Je me trouvais au fond d'un vallon pittoresque, avec une source qui glougloutait quelque part, des cytises bien sûr, et quelques pins parasols piqués en haut du versant. Un grand rocher jaune, anguleux, surplombait le vallon et, dessus, se tenait un homme vêtu d'un treillis vert à veste courte, coiffé d'une casquette verte, à l'américaine, que nous appelions-" Bigeard ", un MAS 49 à la main droite, l'arme dressée verticalement, loin du corps.

« L'homme descendit vers moi en sautant de pierre en pierre avec une grande sûreté de pied. C'était celui qui occupait mes pensées depuis des mois et dont j'avais longuement examiné les photos : l'excellent sous-officier d'Indochine, l'amoureux malchanceux de Mlle Caruana, le despote de la willaya kabyle, Si Arezki en personne.

« Il était petit de taille, souple et musclé, maigre, très bistré pour un Berbère, le visage barré d'une forte moustache noire. Il ôta sa casquette de la main gauche avant d'approcher, sans doute pour n'avoir pas à me saluer militairement et aussi pour me montrer que ses deux mains étaient prises. Il s'arrêta à une dizaine de pas de moi et nous nous regardâmes. A mains nues, il me tuait en quelques secondes. Je trouvai caractéristique qu'il m'eût approché par derrière, et aussi caractéristique sa première phrase :

« — Le poumon, mon commandant : vous n'avez pas eu trop de mal ?

« Sous la sollicitude apparente, il y avait le désir de me montrer qu'il était bien renseigné. Je n'étais qu'un obscur chef d'*escadronss* dont les journaux ne publiaient pas les bulletins de santé. Evidemment, les hôpitaux militaires étaient pleins d'infirmiers musulmans, sans compter les soi-disant objecteurs de conscience communistes qui n'auraient pas hésité à renseigner l'ennemi. Peu importe. Tel que j'ai découvert Si Arezki, j'ose croire que derrière la démonstration de son omniscience, il y avait aussi un souci sincère de mon bien-être. Après tout, j'étais son hôte. Mais, pour l'instant, il fallait répondre du tac au tac :

« — Merci, mon colonel. Mon poumon tient le coup. Je vous apporte les bons souvenirs du mess de Mostaganem.

« J'aurais pu dire : de Mlle Caruana. Je ne sais quel respect m'interdit de lui porter ce coup bas. L'allusion au mess et le grade que je lui donnais, précédé du “ mon ” de politesse, s'équilibraient à peu près.

« Nous nous regardâmes encore de travers pendant quelques secondes, parce que cela se fait entre mâles, et puis il me dit courtoisement :

« — Si vous voulez bien me suivre...

« Je le suivis donc, et nous nous engageâmes sous le couvert de la forêt. Ce n'était pas la direction du rendez-vous, sans doute fictif, qui m'avait été fixé.

« Le colonel Arezki ne marchait pas très vite, peut-être par égard pour mon poumon, mais de ce pas allongé, si typique des rebelles, le pied à plat écrasant le sol et le fusil posé sur l'épaule et tenu par le bout du canon. Le MAS 49 — je n'ai jamais aimé cette arme disgracieuse — ne semblait rien peser sur sa clavicule. Etions-nous entourés de gardes du corps invisibles ? Je l'ignore. Les oiseaux s'envolaient sur notre passage, ce qui me donnait à penser que la forêt était déserte. Si Arezki se retourna :

« — Mon colonel, vous me faites un plaisir : vous me donnez la carte.

« Il parlait le français sans accent, mais il avait conservé, ou retrouvé, certaines tournures indigènes. J'hésitai un instant à le comprendre. Puis je devinai. Ma carte me permettrait de noter le chemin que nous suivions et de retrouver par la suite le lieu où nous allions nous arrêter, peut-être le PC de la willaya. Je la lui tendis et il la glissa dans la poche cousue sur la cuisse de son treillis. Sans mot dire, je lui proposai aussi la carabine ; il secoua la tête et se remit à marcher devant moi. J'aurais pu l'abattre à chaque pas.

« Le soleil se couchait droit devant nous lorsque nous atteignîmes une hutte de branchages dressée en surplomb d'un petit torrent, en plein maquis, invisible du ciel et introuvable pour quiconque n'y était pas venu vingt fois. Il aurait fallu un ratissage au peigne fin pour la découvrir. Arezki commença par se débarbouiller dans le torrent. Je l'imitai. Puis il se mit en devoir de préparer notre repas. Pas sur un feu de bois, figurez-vous : sur un réchaud fonctionnant au Meta.

« — Vous prenez l'anisette, mon commandant ? Je vous demande pardon, la glace il n'y en a pas, mais l'eau de l'oued elle est froide.

« Nous nous assîmes à l'entrée de la hutte et nous dégustâmes notre anisette. J'avais toujours détesté ce goût ; ce soir-là il me plut pour les raisons que vous pouvez imaginer, et je ne le retrouve jamais sans nous revoir, installés là côte à côte, avec nos quarts de l'armée et la bouteille entre nous deux. La pente qui nous faisait face bleuissait à vue d'œil. Le torrent vrombissait en bas, dans une gorge. De temps en temps, un cri d'oiseau nous parvenait. Je me disais qu'aucun autre métier au monde ne m'aurait apporté les sensations qui se bousculaient en moi à l'idée de ce que j'étais en train de faire ici. J'étais heureux.

« Nous dînâmes de semoule et de brochettes, et les claouis de mouton sentaient un peu le Meta. Nous bûmes le Royal Kebir dans nos quarts, qui eux sentaient encore l'anis, et, peu à peu, nous nous mîmes à parler, timidement d'abord, et puis avec davantage d'ouverture. Je finis par dire à Si Arezki :

« — Il y a de la place pour tout le monde dans votre beau pays, mon colonel. Pourquoi voulez-vous que la France s'en aille ?

« — Moi, je ne veux pas que la France elle s'en aille.

« — Vous vous battez contre la France.

« — Je me bats pour la justice.

« — Vous avez été maltraité dans l'armée française ?

« — Ce n'est pas juste que ma mère, quand elle rencontre une Française sur le trottoir, elle descend dans la rue.

« — Allons, allons, mon colonel, c'est fini, tout ça.

« — Non, ce n'est pas fini, parce que ma mère elle veut descendre dans la rue. Ma mère elle croit que c'est juste si elle descend dans la rue. Je me bats pour que ma mère elle ne croie plus que c'est juste.

« Il tourna vers moi ses yeux très noirs et très tristes et vit que je comprenais. Je lui demandai :

« — Si Arezki, quel avenir souhaitez-vous pour l'Algérie ?

« C'était la première fois que je lui donnais son nom. Il m'était venu naturellement, et il me sembla que cela lui plaisait. Il ne devait pas tout à fait croire à son grade de colonel, pourtant bien mérité. Vis-à-vis de moi il se sentait toujours adjudant.

« Il regardait la brume qui montait du torrent et il répondit :

« — Je souhaite la justice.

« — Mais pratiquement ?

« Il souhaitait l'égalité pour les pieds-noirs et les musulmans, un collège unique, un pays souverain lié à la France d'égal à égal dans une sorte de fédération. Des avantages pour les Français qui viendraient en Algérie. Du travail garanti pour les Algériens qui iraient en France. Des primes pour les mariages mixtes. Je ne relevai pas les mariages mixtes.

« — Vous avez, me dit-il, les capitaux. Nous avons le pétrole.

« — C'est ce programme que vous allez proposer au général de Gaulle ?

« Je touchais pour la première fois le véritable objet de notre rencontre.

« — Je vais présenter le programme au général di Gaulle (sur ce nom, sa langue le trahissait). C'est lui le chef. C'est lui qui décide. Il n'y a pas d'autre solution, mon commandant. L'Algérie française, c'est trop tard. L'Algérie indépendante, c'est dommage. Vous avez travaillé chez nous.

Nous on s'est battu pour vous. A force, on est comme des frères. On peut divorcer les femmes, on ne peut pas divorcer les frères.

« Je lui demandai s'il envisageait véritablement de faire cesser les combats.

« — Hé, mon commandant ! On a perdu : pourquoi on continuerait ? On tue, on meurt, on torture, le fellah il souffre... Quand on n'a plus l'espoir, on n'a plus le droit.

« Qu'en penseraient ses hommes ? Et la population ? Envisageait-il une reddition pure et simple ?

« La population, d'après lui, ne demandait qu'une chose et à n'importe quel prix : l'arrêt des combats. L'ALN était divisée : certains croyaient encore à la victoire, d'autres voyaient les choses comme elles étaient. Quant à la reddition :

« — Je ne suis pas un traître, mon commandant. Je ne livre pas les djounoud sans armes à la France. J'exige les garanties.

« Quelles garanties ?

« Il les avait bien en tête. Les katibas ralliées seraient intégrées dans l'armée française, avec leur armement collectif et leur encadrement. Les djounoud qui le souhaiteraient seraient démobilisés, mais ils conserveraient leurs armes individuelles pendant un certain temps, de même que les groupes d'auto-défense organisés par les Français.

« — Et vous ne croyez pas que le général commandant en chef ou à la rigueur le délégué général sont compétents pour vous donner ces garanties ?

« La moustache d'Arezki prit la forme d'un gros accent circonflexe et son visage s'éclaira d'un sourire qui le fit soudain ressembler au sous-off malicieux qu'il avait dû être :

« — Ils donnent les garanties, mon commandant, et puis ils sont mutés, et les garanties, y en a plus ! Débarrassé !

« Il s'épousseta les mains du geste rituel des maghrébins. Puis, gravement :

« — Le général di Gaulle, lui, personne le mute. Déjà son nom, ça veut dire la France.

« Je ne désabusai pas Arezki. Je lui demandai quand et comment il voulait partir pour rencontrer le président de la République. Le plan qu'il m'exposa était simple, efficace et prudent. Je donnai mon accord. Encore fallait-il que le chef de l'Etat donnât le sien. Dans l'entre-temps, nous resterions en liaison par l'intermédiaire du père abbé. Voilà, nous avions tout dit.

« — Un moment, fit Arezki. Qui savent ?

« Nous comptâmes. Lui, moi, l'abbé, le pacha, le directeur, le général de Gaulle. Peut-être le Premier ministre. Peut-être un chiffreur. Peut-être un ou deux officiers à Paris. Arezki inclina la tête avec satisfaction : en Algérie, nous n'étions que quatre, et le danger, pour lui, ne pouvait venir que de l'Algérie.

« — On dort ici, dit-il enfin. Je reste avec vous. Comme ça, vous n'avez peur de rien.

« Se moquait-il de moi ? Officier français, j'allais dormir auprès du plus sanguinaire des rebelles, et cela devait me rassurer ? Eh bien, figurez-vous que, en effet, cela me rassurait. De même qu'il avait préparé mon repas, Si Arezki se chargeait de ma sécurité, et je trouvais naturel de lui faire confiance.

« La hutte était pourvue de deux duvets de l'armée française, relativement sales, mais ce ne fut pas leur état qui nous empêcha de nous y glisser. Sans nous être concertés, nous les ouvrîmes l'un et l'autre entièrement, ne nous souciant pas de nous trouver emprisonnés dans ces carcans. Puis nous ôtâmes, moi mes bottes de saut, lui ses pataugas, et nous nous étendîmes sur le dos, l'arme à portée de la main. Ces précautions n'étaient insultantes ni pour lui ni pour moi puisque, dès que l'un dormirait, rien ne serait plus facile pour l'autre que de l'égorger, armé ou non. La porte de la hutte ouvrait directement sur le ciel étoilé. Il y avait des constellations égrenées en veux-tu en voilà : on aurait cru la photographie d'une ville moderne prise d'avion pendant la nuit. Je fis le signe de la croix et je m'endormis.

« C'est ici, mon lieutenant — Kernavo s'était tourné vers moi —, que la réalité, quoi qu'on en dise, reste comme toujours en deçà de la fiction. Car, si j'avais votre talent, j'aurais ajouté ici une attaque par un groupe, disons, du MNA, contre laquelle nous nous serions défendus, en nous sauvant mutuellement la vie. Cela aurait été en situation, non ? Il n'y eut rien de tel. En dormant, nous nous sommes rapprochés l'un de l'autre sous nos sacs, à cause du froid. Je me réveillai parce qu'il faisait blanc alors qu'il avait fait noir et qu'un oiseau solitaire sifflait turlututu.

« Arezki était déjà debout. Il me dit :

« — Je vais vous conduire.

« Il marchait plus vite, ce matin, et je suivais comme je pouvais. Bientôt nous émergeâmes de la forêt sur un promontoire qui dominait la vallée de la Soummam. Au loin, il m'indiqua une petite fourmilière qui pouvait être une grosse bourgade :

« — Akbou.

« L'expression malicieuse que je connaissais passa de nouveau sur son visage émacié, boucané, moustachu :

« — Il faut que vous marchez dans l'ombre, mon commandant, si vous ne voulez pas voir revenir les T6.

« Quelqu'un, lui peut-être, avait donc assisté à mon épreuve. Je fis semblant de ne pas savoir ce qu'il voulait dire. J'étais pénétré de gratitude pour les égards simples et pratiques dont il m'avait entouré. Je repensai à sa mère, qui trouvait juste de descendre sur la chaussée pour faire place à une Française. J'eus envie de faire un cadeau à cet homme.

« Notre rendez-vous avait été si prometteur de paix pour cette terre superbe, et notre sommeil partagé avait si bien étrenné notre alliance, que je lui aurais volontiers donné ma carabine — et tant pis pour l'inventaire de l'armurier. Mais c'était impossible : je ne pouvais admettre qu'une balle fournie par moi frappât, ce soir peut-être, un Français.

« Nous nous toisâmes. Allions-nous nous serrer la main ? Non. Il y aurait eu là un manque de goût insupportable pour lui comme pour moi. Nous étions deux à porter un espoir qui nous dépassait l'un et l'autre, et ce n'était pas le moment de faire des faux pas sentimentaux.

« — Nous nous reverrons, Si Arezki.

« — Si le bon Dieu il veut, mon commandant.

« Et je mis le pied sur le sentier qu'il m'avait désigné. Je pris garde à marcher dans l'ombre des sapins d'abord, puis des chênes-lièges, puis des oliviers et des caroubiers. Six heures plus tard, j'avais quitté sans encombre la zone interdite et je me trouvais — soulagement et regret à la fois — sur la route goudronnée qui signifiait ce qu'on appelle la civilisation. La deuxième voiture à laquelle je fis signe s'arrêta, et un bon gros pied-noir, qui m'expliqua que " la grande Zohra " était un agent soviétique, me ramena à Bougie. Je ne défendis pas de Gaulle, mais je fis ingénument remarquer à mon aimable conducteur, qui avait passé toute sa vie dans ce pays, que le *h* de *Zohra* devait se prononcer, à peu près, comme une *jota* espagnole.

« — Ah ! oui, me dit-il. Ça, c'est chez les ratons.

« Le lendemain à Alger, je rendis compte au pacha, oralement d'abord, puis, interminablement, par écrit. Je tapais moi-même, avec deux doigts. Aucun secrétaire ne devait être au courant. Le pacha souriait avec indulgence de ma sécuritomanie.

« Les semaines qui suivirent furent dures. Il n'y avait qu'à attendre la réaction de Paris. Et si c'était dur pour moi, qui ne courais aucun risque, vous imaginez, n'est-ce pas, ce que cela devait être pour Arezki. Il continuait à régner sur sa willaya, à ménager ses commissaires politiques, à feindre de croire à la victoire, à monter des opérations, à tuer des Français quand l'occasion se présentait — elle se présentait de plus en plus rarement — et il se demandait à chaque instant s'il n'avait pas été trahi.

« En outre, il faisait de plus en plus chaud, et j'imaginais la tension nerveuse qui s'emparait des rebelles, martelés par le soleil, traqués par nos commandos de chasse de mieux en mieux aguerris. Comment Si Arezki supportait-il tout cela ? Qu'il fût venu me rejoindre seul était significatif : il n'avait pas un parent, un garde du corps, un frère d'armes à qui il fît confiance. Il vivait dans la canicule et la solitude le destin d'exception qu'il avait choisi.

« Plisson, je vous ai parlé de Plisson, tournait autour de moi. Je n'avais pas grand-chose d'autre à faire, ces temps-ci, que d'aller jouer au mah jong avec le père abbé : il fallait habituer les rebelles et la population à voir un hélicoptère se poser au monastère à n'importe quelle heure. Plisson venait souvent me rejoindre au bar de la centrale, pour essayer de me faire parler de l'opération ultra-secrète dont chacun flairait que j'étais chargé. Comme je ne me laissais pas faire, nous débattions politique. Sans souhaiter un retour à ce que de Gaulle appelait " l'Algérie de papa ", j'espérais néanmoins qu'il donnerait aux deux communautés en conflit l'occasion de remplacer par une compréhension mutuelle " cette haine qui ressemblait à l'amour ". Plisson, bien qu'il fût pied-noir, ne sentait pas comme moi. L'Algérie, terre aimée, terre aimante, ne lui était rien. Le général de Gaulle lui était tout. L'image du père effaçait en lui celle de la mère.

« — Qu'est-ce qu'on en a à faire, de l'Algérie ?

« — Nous avons promis que nous resterions.

« — Vous êtes un enfant de chœur, Kernavo.

« — Et le pétrole d'Hassi Messaoud ?

« — Parce qu'entre le pétrole et le grand Charles vous choisissez le pétrole ? Moi, je choisis le grand Charles à tous les coups. Je suis, disait-il, un inconditionnel du grand Charles.

« Inconditionnel ! Le mot le plus laid de la langue française ! C'est dans cette conjoncture qu'on a commencé à l'utiliser dans ce sens vicieux. Comme si on avait le droit d'être inconditionnel de qui que ce fût, sauf, comme Dostoïevsky, du Christ... et encore !

« — Et alors vous, m'interrogeait-il, vous travaillez toujours à retourner Ben Khedda ?

« Je souriais comme la Joconde, et il en était pour ses frais.

« Enfin, le 1er juillet, arriva l'ordre, codé, chiffré, surchiffré. L'opération *Baphomet* aurait lieu le 14. Cela me déplut comme un mauvais augure. Nous avons oublié que le 14 juillet nous fêtons la Fédération de tous les Français et non pas la prise de la Bastille, comme nous avons oublié que dans le drapeau tricolore le blanc représente la monarchie. Le 14 juillet, nous croyons fêter la victoire d'une France sur une autre France, ce qui est malsain. Mon grand-père se purgeait régulièrement ce jour-là et il m'est arrivé de tomber malade pour ne pas participer au défilé... Mais cela est une autre histoire.

« Je fis parvenir mes instructions au père abbé, qui me répondit d'abord MAH, ce qui signifiait " Bien compris ", et deux jours après JONG, ce qui signifiait " Bien transmis ".

« Le 14, à 03 heures, je prenais l'Alouette de la centrale. En bavardant avec le pilote, je laissai échapper une indiscrétion : j'allais chercher le colonel Garcia, officier d'action psychologique, qui s'était imaginé qu'il persuaderait les Pères Blancs de travailler avec nous, alors que chacun savait qu'ils étaient de cœur avec les fellouzes ! " Ils sont pas aidés, les gars de l'action psy ", grommela le pilote. A 4 heures, le père abbé, sa coule battant au vent que déchaînait le rotor, m'accueillit. J'exprimai ma gratitude. Il me coupa la parole.

« — Ne me remerciez pas : ça me permet de sécher laudes.

« Je me rappelle qu'il faisait frais ce matin-là : cela ne devait pas durer.

« Le père abbé me conduisit à l'infirmerie où sommeillaient deux moines paludéens. Une porte fermée à clef donnait sur une salle entièrement vide et obscure. Une deuxième porte qu'ouvrait une autre clef donnait sur une pièce éclairée et meublée. A notre entrée, Si Arezki se leva. Il me sembla encore amaigri. Je remarquai le Colt 11,43 posé sur une table. Cette fois-ci, nous nous serrâmes spontanément la main.

« — Et comment va-t-il, notre grand malade ? demanda facétieusement l'abbé.

« Arezki tenta de sourire par politesse, et n'arriva pas à disjoindre ses lèvres. Pour l'aider à se détendre, je lui demandai depuis combien de temps il était là.

« — J'ai commencé à avoir mal le jour où j'ai reçu le message. Je me suis fait les soins. J'allais toujours plus mal. Ils m'ont porté ici. Ils savent que les pères ils soignent bien. Quand est-ce que je rentre ici ?

« — Cette nuit, Si Arezki.

« — Bien.

« Il se tourna vers l'abbé.

« — Je resterai encore trois jours, mon père.

« C'était étrange d'entendre un musulman dire " mon père " à un prêtre chrétien.

« — Le temps d'engraisser un peu, fit l'abbé. Il faudra montrer que vous allez mieux, sinon notre réputation, à nous autres, est à l'eau. Bon. Je vous laisse.

« Il sortit. Dehors, derrière la fenêtre aux rideaux tirés, aux volets verrouillés, le rotor de l'hélicoptère tournait au ralenti. J'ouvris la valise que j'avais apportée. J'en retirai une tenue d'été de colonel d'infanterie coloniale. Je n'aimais guère cette idée : pour moi — c'est du fétichisme, je suppose — on ne joue pas avec l'uniforme, mais tels étaient les ordres de Paris. J'avais tout de même pris une initiative : la brochette de décorations était composée de celles que l'adjudant Arezki avait le droit de porter. Tant pis si les soupçons d'un connaisseur étaient éveillés par l'absence de Légion d'Honneur.

« Arezki eut un recul en voyant la tunique que je lui tendais sur un cintre. Répugnait-il à mettre la tenue de l'ennemi ? Je crois plutôt qu'il avait un sens du sacré voisin du mien. Il me dit cette chose dont aucun civil ne comprendra le pathétique :

« — Je ne suis pas officier.

« — Vous l'êtes.

« Je lui remis un papier à en-tête de la présidence de la République : c'était une promotion à titre exceptionnel de l'adjudant Arezki au grade de colonel de l'armée française. Un illisible avait signé " par ordre ". Un de plus à savoir... Mettons que l'uniforme ait été un déguisement nécessaire. Mais la promotion officielle ? Une flatterie ? Je me forçai à dire avec bonne humeur :

« — Votre carrière commence bien dans l'Algérie de demain.

« Il paraissait médusé.

« — Vous voulez dire que nos grades à nous ils seront homologués ?

« — Je ne sais pas. Vous poserez la question au grand chef.

« Connaissant la modestie des musulmans, je me détournai pour le laisser s'habiller tranquille. Je feuilletai des livres posés sur un secrétaire de bois blanc. Il y avait le Coran en arabe, *Le Petit Prince* en tamachek et, en français, *L'Histoire d' O*. Sûrement une espièglerie du père abbé.

« Quand je me retournai, le hors-la-loi Arezki était métamorphosé en un colonel français fort ordinaire. Le pantalon était un peu long et la tunique un peu large, mais le képi, vissé bien droit sur la tête, à la marsouin, les épaulettes noires avec leurs deux petits chevrons rouges, leur ancre de marine et leurs cinq raies d'or, disposées deux et trois, donnaient un air d'authenticité à sa silhouette. Etait-il trop noiraud ? Non : tous ceux qui crapahutent ont le teint hâlé. Cependant la pose exprimait un malaise, une timidité, malgré la moustache en bataille. Entre un officier et un sous-off, il y avait encore à cette époque une différence non pas de qualité, mais de nature : Arezki y était sensible. Sa promotion, si vous voulez mon avis, il n'y croyait pas, et il avait peut-être raison.

— Moi, qui sors de Strasbourg, dit le colonel Pompée, et qui m'en flatte, et qui, comme sergent, ai rendu des points à certains cyrards de mes deux, eh bien, le jour où j'ai revêtu l'épaulette, c'est la dernière fois où j'ai chialé.

— J'ai hésité à me mettre au garde-à-vous devant lui, reprit Kernavo. Cela l'aurait gêné, comme une mauvaise plaisanterie. Je lui ai simplement fourré une vieille paire de gants à moi dans la main, pour faire plus vrai, et je lui ai dit " Venez ". Il m'a demandé la permission d'emporter le Colt. Je la lui donnai, pour le moment.

« — Mais vous n'entrerez pas armé chez le président de la République.

« Il comprenait cela.

« Le jour grisonnait. Les pales du rotor faisaient onduler le gazon. La température avait déjà monté de quelques degrés. Le père abbé était en conversation avec le pilote.

« — J'essaye de le convertir : il ne croit ni à Dieu ni à diable, ce mécréant-là.

« Je présentai le pilote au " colonel Garcia ". Le pilote salua avec la négligence des pilotes. J'aidai Si Arezki à grimper dans l'appareil. Nous bouclâmes les ceintures. L'hélicoptère chaloupa sur le côté et s'envola.

« Arezki regardait par la vitre. Sans doute s'amusait-il comme un enfant de découvrir la terre vue d'en haut ; surtout il pouvait détailler comme jamais le paysage où il vivait et combattait. Il devait le comparer mentalement aux cartes d'Etat-major, aux photos aériennes récupérées, il devait chercher tel défilement, telle passe qu'il connaissait par cœur et ne reconnaissait pas. Peut-être en profitait-il pour passer une inspection : pas de fumées, pas de cheminements évidents ?

« Nous atterrissons sur une DZ réservée. Une 404 nous attend, avec des rideaux vert pâle aux glaces. Nous montons. Deux motards nous précèdent. Le chauffeur nous a vus, mais son regard ne s'est pas arrêté sur le colonel Garcia. D'ailleurs il appartient au service, c'est un fusilier marin, un premier maître taciturne et fidèle, un Breton pour tout dire, avec une bonne nuque large et solide de Breton.

« Pas question, évidemment, d'emmener Arezki à la centrale. Je l'hébergerais dans mon appartement du boulevard Telemly : un bureau-salon et une chambre. Je lui montrai la chambre et la salle de bain (“ La serviette verte sera pour vous ” — Il sourit devant cet hommage rendu à l'Islam) et je lui demandai ce qu'il prenait pour son petit déjeuner.

« — Aujourd'hui, je ne prends rien.

« — Ce n'est pas le Ramadan, Arezki.

« — Aujourd'hui, je vois le général di Gaulle, je fais Ramadan.

« Que signifiait ce carême ? Tradition islamique ? Reste d'éducation religieuse ? Je n'insistai pas. Que voulait-il faire ? Il ne savait pas. Jouait-il aux échecs ? Non. Il jouait aux tarots. Moi pas, et je n'avais pas de tarots, mais, s'il le désirait, on en trouverait, il m'apprendrait... Non, non, il ne jouerait pas aujourd'hui.

« Je vis qu'il ne souhaitait pas poursuivre la conversation. Je le laissai dans la chambre, avec une radio, des livres, et je m'installai dans le bureau. En une matinée, je rattrapai le retard de mon courrier.

« Vers midi, j'allai voir mon hôte. Il était couché tout habillé sur mon lit, dans la pénombre. Il avait enlevé ses chaussures — peut-être les avais-je prises trop petites ? — et il regardait le plafond. La chaleur était étouffante. Voulait-il déjeuner maintenant ? Non. Un paquet de cigarettes lui ferait-il plaisir ? Non. J'allai déjeuner seul à la cuisine. Je n'avais pas grand appétit.

« Plus tard dans l'après-midi, je retournai le voir. Il s'était mis en slip, peut-être de crainte de froisser l'uniforme avec lequel il se présenterait au général di Gaulle, et il dormait. Le colonel Si Arezki que toute l'armée française pourchassait dans le djebel dormait sur mon lit. Je regardai son corps couleur de pain bis, sans défense devant moi. Je refermai la porte sans bruit. Je retournai à mes paperasses.

« Vers dix-huit heures, je pris une douche et je me changeai. Puis je frappai vigoureusement à sa porte.

« — C'est le commandant ? Attendez.

« Il vint m'ouvrir, vêtu de ma robe de chambre de moire jaune. Il me regardait d'un air de défi, comme si j'allais lui reprocher, à lui, sale raton, ou peut-être lui, sous-officier, ou peut-être lui, rebelle, d'avoir mis un vêtement qui m'appartenait. Tout de même, sa pudeur l'avait emporté sur sa délicatesse. Je ris.

« — Si Arezki, lui dis-je, le soleil n'est pas couché et on peut toujours distinguer un fil blanc d'un fil noir, mais, si nous étions à l'époque du Ramadan, le canon aurait déjà tiré. De toute manière, je ne vous conseille pas d'aller voir le général de Gaulle le ventre creux : ça risquerait de gargouiller.

« Il hésita, puis se rendit à mes raisons. Je lui suggérai d'aller se rafraîchir après sa sieste — " Il y a une lame neuve sur le rasoir " — pendant que je disposais sur une table de bridge les bonnes choses que j'avais achetées la veille chez le traiteur. Rien d'interdit par l'Islam, ni jambon, ni dindon, ni fruits de mer, rien de typiquement algérien non plus, sauf des cornes de gazelle : foie gras, rôti froid, canard en gelée, salade, fromage.

« Il revint douché, rasé, rhabillé, cravaté. Je lui proposai un whisky. Il ne connaissait pas. Après une gorgée, il préféra passer à l'anisette. Je le servais parcimonieusement : il ne devait pas boire souvent dans le djebel, et je n'allais pas amener au président de la République un négociateur ivre. Nous partageâmes une bouteille de vin. Mon adjudant de marsouins se tenait bien à table, droit, naturel, la fourchette et le couteau bas. Il me demanda comment on coupait le roquefort. Je le regardais et je me disais : *Ecce homo*.

— Vous vous disiez quoi ? demanda Pompée.

— Voici l'homme. L'homme de la situation. L'homme qui a pris des risques insensés pour terminer la guerre. Et aussi un représentant de l'espèce humaine, un deux-milliardième de l'humanité. L'Homme. Et peut-être même : le fils de l'homme.

« Nous eûmes, je m'en souviens, une conversation qui me parut du plus haut intérêt. Pardonnez-moi si elle vous intéresse moins que moi. Nous parlions des relations de force qui s'étaient installées en Algérie depuis la conquête, et je m'étonnais de voir que la conquête elle-même ne le scandalisait nullement.

« — Le fort, me disait-il, il faut bien qu'il use sa force.

« " User sa force " en usant de sa force, ce n'est pas une si mauvaise définition des colonisations fécondes, et d'abord celle de la Grèce par Rome, de la Grèce qui " vainquit son farouche vainqueur ". Il me disait :

« — La conquête, c'est normal si tu es le plus fort, mais il faut aussi la justice. La force et la justice, c'est la vérité. La force sans la justice, ce n'est pas la vérité. La justice sans la force, ce n'est pas la vérité. L'homme il est l'homme. L'homme il n'est pas juste si le fort il ne lui dit pas qu'il doit être juste.

« Coup de téléphone avec mot de passe :

« — On vient vous chercher dans vingt-quatre minutes. On frappera trois coups, puis un, puis trois.

« Ce fut encore mon Breton. Arezki regarda son Colt et le

laissa sur mon bureau. Deux motards devant. Une voiture d'escorte derrière. Comme il faisait nuit maintenant, les rideaux vert pâle n'étaient plus tirés, et je vis mon Arezki, glace baissée, plonger son visage dans le courant d'air fraîchi. Puis il se rejeta en arrière et referma la glace, mais il continua d'avaler avidement le spectacle d'Alger nocturne. Des queues devant les cinémas, des cafés clignotants, des Européennes en pantalon, des musulmanes dévoilées, rieuses, des étudiants français et musulmans mêlés, des patrouilles de harkis commandées par des sergents métro, des patrouilles d'appelés métro commandés par des moustachus arabes, une profonde senteur d'ail et d'essence mêlés flottant sur cette foule mixte en route vers la fraternité après avoir frôlé le fratricide.

« J'étais sensible à l'aspect politique du spectacle ; Arezki, après ses années dans le djebel, ne voyait que les vitrines illuminées — épiciers, merciers, bouchers, charcutiers — la gaîté, la prospérité, l'insouciance. Je connais le sentiment, lorsqu'on arrive en ville, surtout le soir, ne serait-ce qu'après quelques jours de nomadisation. Arezki, lui, c'était le vrai sanglier sorti du bois, et j'étais presque gêné de lui infliger la vue de ces plaisirs citadins et superficiels. J'ai vu des chasseurs canadiens hilares, avec le cadavre d'un orignal ligoté sur la galerie de leur voiture, et j'ai ressenti la même indécence : le monde de la civilisation et celui de la liberté sauvage ne devraient pas communiquer aussi facilement.

« Des enfants couraient acheter une dernière fougace ou un dernier chorizo, et Si Arezki les regardait avec une telle intensité que je ne pus m'empêcher de lui demander :

« — Vous avez des enfants ?

« Il secoua la tête.

« — Après la guerre ?

« — Si Dieu il veut.

« Un avion militaire. La Méditerranée. La terre de France. Villacoublay. Des réverbères au néon sur fond de nuit en train de coaguler, avec un rai rouge à l'horizon. Un policier en civil.

Une DS. Encore des motards. Ici, la sécurité de Si Arezki m'inquiétait moins. Sa photo avait paru dans la presse, mais qui le reconnaîtrait sous le déguisement du colonel Garcia ? Nous roulions à toute allure. Gyrophares. Sirènes.

« — C'est pour nous ? demanda Si Arezki.

« Je lui répondis :

« — C'est pour vous.

« J'étais étonné moi-même. Je retournais rarement en métropole et je ne savais pas que, en ce temps-là, quiconque avait des accointances avec la présidence se prenait pour Louis XIV réincarné. Voitures et piétons se rangeaient sur notre passage sans qu'aucune irritation ne témoignât de l'égalitarisme cher aux républicains.

« C'était le Paris du 14 juillet. Des bouquets de drapeaux ornaient les réverbères. Un gigantesque pavillon tricolore oscillait sous l'Arc de Triomphe. Nous passâmes à dix mètres d'ici, devant le Berkeley. Arezki regardait droit devant lui. Je lui demandai s'il était déjà venu à Paris. Non. Mais il n'était plus d'humeur à observer.

« On nous débarqua devant un de ces petits hôtels qui entourent l'Elysée. Des policiers nous propulsèrent dans un vestibule, nous projetèrent dans un escalier descendant qui aboutissait à un tunnel éclairé a giorno. On ne nous saluait pas, on ne nous parlait pas. Nous étions des paquets sur le toboggan d'un grand magasin. On sentait que des opérations aussi importantes, aussi secrètes que la nôtre se déroulaient ici tous les jours. Je songeai au Vendéen de Chateaubriand chez le comte d'Artois : " Ce n'est rien, disent les courtisans ; c'est un chouan. "

« Nous étions passés sous la rue et remontés à l'intérieur du palais. Un jeune homme de haute taille, avec un mufle blond déplaisant, portant un costume croisé bleu, coupé trop large, ayant sans doute le rang de sous-préfet, vint prendre livraison de nous.

« — Arezki ? Mettez-vous là.

« Il nous poussa dans un salon minuscule, blanc et doré, très haut de plafond, et nous parqua dans deux fauteuils face à un poste de télévision qui repassait le film du défilé. On voyait des chars, des avions, la Légion, Saint-Cyr, et, à tout bout de champ, la caméra revenait sur le général de Gaulle, sa tunique s'ovalisant de profil sur son ventre enceint de la France future. Arezki n'avait jamais vu la télévision et parut intrigué. Moi, je trouvais cette préparation psychologique de mauvais goût.

« Au bout d'une demi-heure, le jeune homme bleu dont nous ignorions toujours le nom vint nous chercher.

« — Arezki ? Arrivez.

« Il nous conduisit dans un salon également blanc et doré mais plus vaste et plus tarabiscoté. On se serait cru à l'intérieur d'un gâteau de mariage.

« — Arezki ? Attendez.

« Il frappa à une porte, en ouvrit aussitôt un battant, et j'aperçus pour un instant le président de la République assis à son bureau. Il était en habit, la poitrine barrée par le ruban rouge de la Légion d'Honneur, tel qu'il apparaissait alors sur son portrait officiel. Simplement son poing ne reposait pas sur une pile de livres.

« Je vous l'ai dit : je n'ai pas à juger cet homme. Il est certain qu'à cette époque les gens de mon espèce éprouvaient pour lui une sympathie mitigée. Il était des nôtres, et pas des nôtres. Nom d'apparence noble sans l'être, général sans l'être, geôlier de l'île d'Yeu, bienfaiteur de Maurice Thorez... mais je ne vous cacherai pas que sa présence m'émut. C'était un chef, personne ne pouvait le nier, et l'idée me vint que j'aurais peut-être l'occasion de lui dire en deux mots nos inquiétudes sur sa politique algérienne.

« Mais le jeune homme bleu, avec une dextérité qui ne vient qu'avec le métier, poussa Si Arezki d'une main tandis qu'il me retenait de l'autre. Et il me referma au nez la porte du cabinet de travail. Tout juste si j'entendis le général de Gaulle, de sa voix de théâtre, demander :

« — Eh bien, colonel, quel temps fait-il en Algérie ?

« Je me sentais sot. Le jeune homme me désigna une banquette, s'assit à une table et se mit à compulser des papiers d'un air important.

« Je dédaignai la banquette et allai à la fenêtre qui donnait sur les jardins de l'Elysée. Au-dessus des frondaisons, des fusées multicolores éclataient. Des pétards claquaient au loin. Pour qui arrivait d'Alger ces détonations n'étaient pas les bienvenues. Je restai là, debout, à regarder distraitement le feu d'artifice et à songer aux deux hommes enfermés à côté.

« Je croyais savoir ce que pensait le Kabyle. Je ne savais pas ce que pensait le Français. Pour la plupart des possessions françaises d'outre-mer, la politique du chef de l'Etat avait toujours été clairement axée sur la décolonisation. Le prestige mondial de la France ne permettait pas qu'elle s'engluât dans des guerres qu'elle ne pourrait, à la longue, que perdre. Elle avait aussi son rôle, traditionnellement sympathique, à jouer dans les pays arabes. D'ailleurs l'opinion était de plus en plus favorable à un repli sur l'hexagone et, puisque, contre son tempérament, de Gaulle avait choisi la démocratie, il fallait bien qu'il en tînt compte.

« Cependant l'Algérie n'était-elle pas à part ? Non à cause de la fiction républicaine qui l'avait découpée en départements, mais à cause des liens historiques qui nous unissaient à elle. C'était le dernier cadeau de la royauté à la France, et de Gaulle était, à sa façon, royaliste. Il ne pouvait non plus être indifférent au passé héroïque de tant de régiments de tirailleurs, à ce début d'amalgame au sang qui s'était créé entre les deux peuples : il était trop soldat pour ne pas comprendre cela. Enfin, n'avait-il pas donné sa parole ? Il la regrettait peut-être, mais il ne la trahirait pas de gaîté de cœur. Je ne pouvais croire que son but, depuis le commencement, eût été de détourner le mandat, illégal et d'autant plus légitime, reçu de l'armée française et de la population algérienne. Nous savions, bien sûr, qu'il négociait, officiellement et officieusement, avec les embusqués du GPRA : c'était sûrement parce que la guerre traînait en longueur, qu'il ne l'avait pas gagnée aussi vite qu'il l'escomptait. J'imaginais les pressions auxquelles il devait faire face : l'ONU, les Etats-Unis, l'opinion de gauche, et même son propre entourage... Or, voilà que je lui apportais le moyen de pacifier d'un coup la Kabylie. Et, sans la Kabylie, le feu de la rébellion s'éteindrait faute de combustible.

« La porte du cabinet de travail s'ouvrit. Le chef d'Etat reconduisait son visiteur. Il me vit, me fit signe d'approcher, me tendit une main qui me surprit par sa mollesse presque épiscopale.

« — Alors, Kernavo, *labès* ?

« Je fus surpris de l'entendre utiliser ce cliché. Il affectait rarement le genre turco. S'il y avait là un sarcasme, qui résumait, en un sens, la situation, je ne le compris pas sur le moment. J'oubliai ce que je voulais lui dire et je lui répondis au garde-à-vous :

« — Tout va bien, mon général. R.A.S.

« Je me reproche encore ce " mon général ". D'autres m'ont affirmé avoir eu la même expérience : sous son regard de cachalot, " monsieur le Président " ne passait pas. Du reste, il m'avait déjà tourné le dos sans écouter ma réponse.

« Je saluai d'un coup de bouc. Nous sortîmes, guidés par le sous-préfet bleu. Je n'osais pas regarder Si Arezki, et nous ne parlâmes ni dans la voiture, ni dans l'avion, ni dans l'hélicoptère, tantôt à cause du bruit, tantôt à cause des conducteurs. Je me rappelle seulement que l'air de la nuit algérienne me parut étrangement frais comparé à celui de Paris et que, pendant le voyage, l'œil noir d'Arezki, vu de profil, ne cessa de flamboyer.

« La DZ au milieu du cloître avait été convenablement

balisée. Une collation de figues, de fromage et de chrab, nous attendait. Nous arrachâmes nos cravates. Je n'eus pas à poser de questions. Si Arezki me raconta tout.

« — Le général di Gaulle, me dit-il, retrouvant le lyrisme ancestral, c'est mon père et ma mère !

« Le général di Gaulle lui avait fait des compliments sur les " déculottées " qu'il avait flanquées à " la biffe ". Le général di Gaulle lui avait touché un mot des charniers que nous avions découverts, pour conclure avec un gloussement : " Il faut savoir se faire obéir. " Les idées de Si Arezki sur l'avenir de l'Algérie avaient paru frappées au coin du bon sens au général di Gaulle : " C'est ce que j'ai toujours dit. " Bien sûr qu'il ne fallait pas systématiquement désarmer les djounoud. Certains seraient-ils volontaires pour servir dans les Aurès, où les plus bornés des rebelles s'obstineraient peut-être ? Parfait ! On y enverrait les katibas kabyles, avec leur commandement. Oh ! pas pour se battre contre leurs frères : pour leur prêcher le bon exemple. Si les frères ne comprenaient pas, tant pis pour eux.

« Dans l'immédiat, le général di Gaulle, comme le soldat qu'il était, avait voulu savoir : qui ? quoi ? quand ? comment ? où ? Si Arezki avait exposé son programme. Trois jours au monastère, cinq de convalescence, pour ne pas exciter les soupçons. Trois semaines pour muter à la tête des katibas les officiers disposés à se rallier. L'adjoint de Si Arezki, le commandant Si Mohand Akli, qui voulait se battre jusqu'au bout, serait envoyé en liaison à Tunis. Aux environs du 15 août, Si Arezki me ferait parvenir un message par l'intermédiaire des Pères Blancs. Paris donnerait alors l'ordre au général commandant la région d'accepter le ralliement de la willaya.

« — Tous les contacts radio, mon commandant, me dit Arezki à qui la tête devait tourner un peu, passeront par vous, parce que j'ai confiance en vous.

« — Merci, Arezki.

« Au jour J, les moujahidine sortiraient de la forêt. Les volontaires resteraient ensemble et se rallieraient à l'armée française. Les autres rentreraient dans leurs villages. Peut-être le général di Gaulle lui-même viendrait-il inspecter les katibas. Cet excès d'honneur inquiétait le pauvre Arezki, parce que ses chacals de la forêt n'avaient guère eu l'occasion de pratiquer l'ordre serré et le maniement d'armes.

« Comment cet homme au sang froid, souvent malpoli, toujours inhumain, réussissait-il à donner cette envie de le servir ? Je ne le comprendrai jamais.

« Nous nous quittâmes à l'aube, échevelés et dépoitraillés, ayant abusé du chrab de l'abbé et confiants dans l'avenir. Nous nous serrâmes nos deux mains à nous les arracher, ne sachant comment nous dire autrement l'estime que nous ressentions l'un pour l'autre et le fol espoir que nous partagions. Il avait laissé son Colt chez moi. Il avait d'autres pistolets, mais c'était son préféré. Je lui promis de le lui rendre après son ralliement.

« Une nouvelle période d'attente commença. Je n'allais plus si souvent jouer au mah jong avec le père abbé et je voyais moins Plisson qui ne me poursuivait plus au bar. Au contraire, il semblait m'éviter, et, lorsque nous nous croisions dans le couloir, il s'effaçait d'un air qui me paraissait narquois.

« Un matin j'arrivai à mon bureau et je commençai, comme d'habitude, par dépouiller le BRQ spécial que nous recevions dans la nuit. Je lus :

« *F/6. Colonel Si Arezki, commandant la willaya kabyle, égorgé par ses hommes.*

« D'abord, je ne voulus pas y croire : ce n'était que du F/6. Mais le renseignement fut rapidement recoupé : oui, ses propres hommes avaient bien fait “ le sourire kabyle ” à leur colonel parce qu'ils le soupçonnaient de vouloir passer aux

Français. Si Mohand Akli avait pris le commandement de la willaya. Nous saisîmes bientôt du courrier signé par lui.

« Il y avait donc eu une fuite. Où ?

« Je repassai l'opération *Baphomet* dans ma tête. A la villa, seuls le pacha et moi étions au courant. Le père abbé n'aurait pas trahi son ami. Ses moines ignoraient la transformation de Si Arezki en colonel Garcia. Le pilote de l'hélicoptère, le Breton et les deux motards ne l'avaient vu que déguisé. Le pilote de l'avion militaire n'avait aucun moyen de deviner qui il transportait. En France, tout devenait plus incertain. Des papiers avaient sûrement circulé. Le jeune homme bleu avait appelé Arezki par son nom. Le FLN métro pouvait avoir des informateurs dans l'entourage du Président. D'autre part, Si Arezki lui-même avait pu commettre une imprudence, soit avant son départ, soit après son retour, en commençant à muter ses officiers...

« Ce qui m'apparaissait clairement, c'est que ma responsabilité professionnelle n'était pas en cause. Cela ne me consolait ni de l'échec d'une opération qui aurait pu changer l'histoire de mon pays, ni d'une vision qui me poursuivait : la lame d'un couteau sur la gorge d'Arezki, en train de lui faire “ le sourire kabyle ”.

« Et ma responsabilité d'homme demeurait entière.

*

« J'ai presque terminé mon récit. Je vous ai dit que je n'en connaissais pas le dernier mot. Il faut encore que j'ajoute ceci.

« Au cours d'une des dernières opérations de la guerre d'Algérie, un commando de chasse abattit Si Mohand Akli. Les papiers trouvés sur lui aboutirent sur mon bureau. Parmi eux, quelques photos souillées de sang : des gaillards autour d'un drapeau à croissant, des gamins avec un fusil-mitrailleur en batterie, ce style-là. En outre, il y en avait une roussie, jaunie, presque complètement effacée, à laquelle aucun OR n'avait prêté l'attention nécessaire. Je pense que ce n'était pas un hasard, que le mode de développement choisi était tel que la photo devait devenir indéchiffrable en quelques jours. Mais j'avais des moyens techniques à ma disposition et je réussis à la rendre plus lisible. Devant un bureau sur lequel était posée une pendulette transparente au mécanisme apparent, on voyait un petit colonel de l'infanterie coloniale serrant la main d'un général di Gaulle pachydermique, suintant, rayonnant de bénignité. La perspective donnait l'impression que la moustache hérissée de l'un était à la hauteur du plastron empesé de l'autre. Il n'y avait pas moyen de se tromper sur l'identité du colonel.

« Voilà, mes amis, pourquoi j'ai donné ma démission non seulement de vos services, mais de celui de l'Etat. Il m'arrive de le regretter et de venir faire revivre mes nostalgies auprès de vous. Mais cela, c'est une autre histoire...

Otant sa pipe de sa bouche, le commandant de Kernavo prit son verre et avala ce qu'il y restait d'anisette maintenant bien chambrée.

LE RAMEAU D'OLIVIER

Si les clubmen du Berkeley à cinq heures se laissaient aller à des confidences en ma présence, c'est, le plus souvent, qu'ils l'oubliaient ou s'arrangeaient pour se la masquer. Le contraire arrivait aussi. Un récit fait à portée d'oreille d'un écrivain ressemble à une de ces pièces marquées que les bourgeois laissaient sur leur cheminée quand ils se méfiaient de leurs domestiques.

Un jour, le général Tolstoï amena un invité, un civil, le commissaire divisionnaire Encent, qui se déclara impressionné de m'avoir rencontré et sollicita l'honneur de m'inviter à déjeuner un jour prochain. Je refuse rarement un bon déjeuner, même offert par un curieux qui se paye deux heures avec un écrivain, comme il inviterait un prestidigitateur pour amuser ses enfants. En l'occurrence, je flairais un motif plus alléchant.

Le déjeuner fut, comme je m'y attendais, substantiel et raffiné, et M. Encent me proposa tout de go de tirer un roman de la plus grande affaire d'espionnage du siècle, qu'il avait traitée. Les amateurs s'imaginent que tout ce qui sort de l'ordinaire fait un roman. Cette illusion me plaît, parce qu'elle repose sur cette idée qui m'est chère, qu'un roman doit traiter de choses extraordinaires, mais il ne faut pas confondre les conditions nécessaires avec les suffisantes.

Quels objectifs M. Encent poursuivait-il ? Il ne demandait

ni droits d'auteur ni publicité pour lui ou pour son service, et je ne crois pas qu'il ait essayé de me manipuler à fins politiques. Avec le recul du temps, je crois de plus en plus qu'il souhaitait ériger un monument à un homme qui était mort de l'avoir servi. Objectif honorable, et même attachant pour cet artisan qu'est le romancier.

Encent me parla longuement de ce Russe qu'il n'avait jamais rencontré, et je détectai dans son chuchotis professionnel une tendresse véritable, de l'admiration, du respect. J'aime obliger, et, sans avoir pris d'engagement, je fréquentai Encent pendant quelque temps — pas au Berkeley, bien sûr, dans des brasseries qu'il connaissait et même chez moi.

Des difficultés apparurent bientôt. Encent croyait me faire une faveur, je pensais lui rendre service. Dans les détails techniques qu'il me donnait, je ne voyais pas encore de sujet qui m'allumât. Pour moi, le sujet du roman aurait été la psychologie du transfuge en place ; pour Encent, c'était la qualité professionnelle des renseignements que le transfuge en place lui avait fournis.

Bientôt je réclamai de rencontrer de véritables défecteurs qui, ayant brûlé leurs vaisseaux, éclaireraient ma lanterne sur « le complexe du traître », qui m'avait toujours intrigué. J'en faisais une condition de mon accord final. Cela me fut promis, puis, sous des prétextes peu convaincants, refusé.

D'ailleurs je constatais qu'on voulait m'utiliser mais qu'on n'avait pas confiance en moi. Je demandai à rencontrer le traitant qui avait fréquenté l'agent, bu et mangé avec lui. Pas question. Même le nom du traitant devait rester secret :

— Nous l'appelions le Sergent. Voilà, ça doit vous suffire.

— Pourquoi le Sergent ?

— Parce qu'il était commandant.

Comme c'était vraisemblable ! J'avais suffisamment pratiqué le métier pour me procurer, connaissant le lieu et le temps de l'action, la liste des officiers parmi lesquels le traitant devait se trouver. Il y en avait une demi-douzaine et l'un d'eux s'appelait Fourrier. « Sergent Fourrier ». C'était enfantin.

Je m'offris le luxe de me faire présenter à lui, et il eut la bonté de m'inviter à dîner dans un petit appartement qu'il occupait avec sa femme et ses six filles, toutes plus charmantes les unes que les autres. Je ne mentionnai pas les raisons qui m'avaient poussé à le rencontrer, et je ne sais quel respect humain m'empêcha de révéler à Encent que j'avais déjoué ses précautions cousues de fil blanc. Il l'apprendra par ce livre s'il me fait l'honneur de le lire jamais.

Cependant j'étais dégoûté du projet. Qu'on se méfiât de moi, passe ; mais, si on me prenait pour un imbécile, pourquoi cherchait-on à m'employer ? J'arguai qu'on m'avait refusé mon transfuge et je déclinai l'offre.

Au moins avait-elle été faite ouvertement, et l'affaire était-elle authentique. Je ne saurais en dire autant de l'histoire du *Rameau d'olivier* que le vieux Lionel, sortant de son mutisme ordinaire, nous raconta dans notre caverne un soir pluvieux d'automne. Par-dessus la tête des clubmen, c'était manifestement à l'écrivain en moi qu'il parlait, et dans l'espoir que son récit serait publié, fût-ce sous une forme modifiée. Quel était son but final ? Opérait-il de sa propre initiative ou sur un conseil d'ami ? C'est ce que j'ignore et que j'ignorerai sans doute toujours.

Lieutenant (honoraire) de chancellerie, Lionel avait été militaire sa vie durant en restant l'homme le moins guerrier du monde. Il avait une longue tête aplatie de poisson, avec quelques cheveux incolores striant sa calvitie, des lunettes à monture dorée et une petite bouche qui flûtait ce qu'il avait à dire avec des susurrements, des réticences, des insinuations.

Seuls les vieux habitués étaient là, Henguerrand, plus rouge que jamais (je parierais qu'il était revenu de son émirat pour recruter des camarades), Kernavo, Pompée,

Rat et moi, quand, de ses lèvres minuscules, enduites du lait de poule qu'il consommait au lieu de sa Suze ordinaire, Lionel pipa son exorde :

— Je me demande souvent, mon général, mes colonels, mon commandant, comment les hommes d'action que vous êtes tolèrent la compagnie du rond-de-cuir que j'ai toujours été. Je ne suis pas moins honteux devant le célèbre M. Volsky : s'il nous fait l'honneur de venir boire son Cheval Blanc en notre société, ce n'est peut-être pas sans l'espoir de glaner quelques anecdotes succulentes, qui pourraient se révéler utiles à son gagne-caviar ; or, qu'est-ce qu'un pauvre lieutenant de chancellerie pourrait bien lui proposer de comestible ?

En Lionel le scribe professionnel se révélait dès qu'il ouvrait la bouche : il discourait avec des fioritures et des paraphes.

— Monsieur le chancelier, lui répondis-je (c'était le titre que nous lui donnions pour ne pas souligner le ridicule d'un lieutenant sexagénaire), si vous êtes un rond-de-cuir, je suis un porte-plume : ce n'est guère plus glorieux.

— Ah ! mais le porte-plume est aussi un porte-voix, tandis que le rond-de-cuir n'est jamais qu'un porte-postérieur. Cependant, ce que je voulais vous dire aujourd'hui, peut-être parce qu'il pleut, que les feuilles tombent, qu'on a froid aux os et besoin de se serrer autour de l'âtre en se racontant des histoires de fantômes, c'est que, sans avoir été acteur, je fus souvent témoin... et certains des imbroglios dont j'ai suivi le déroulement n'étaient pas dénués d'intérêt. L'envie me prend de vous en détailler un aujourd'hui. Lequel ? Voyons voir...

Il feignit, me sembla-t-il, de choisir entre plusieurs récits.

— Eh bien, par exemple... Ou alors non... Et pourquoi pas *Le Rameau d'olivier* ? Oui, tiens, *Le Rameau d'olivier*, ce serait assez récréatif, d'autant plus que vous connaissez le dixième émergé de l'iceberg, lequel n'a qu'un rapport lointain avec l'enjeu véritable de l'opération. Mais alors, il va falloir que j'assure mes arrières, et que je... Voyons voir, répéta-t-il toujours du même ton hypocrite. Pour saisir la réalité des faits, il va nous falloir remonter le temps de quelques décennies et transporter l'action dans un pays dont je me permettrai d'emprunter le nom à un roman contemporain (sur quoi il me décocha un clin d'œil poissonneux, je veux dire que ce fut sa paupière inférieure qui monta à la rencontre de la supérieure) : la Galatie.

— Pourquoi la Galatie ? demanda Pompée, qui aimait tout comprendre.

— Vous ne trouvez pas que c'est un joli nom, mon colonel ? La Galatie, donc, avait été envahie par ses voisins, ce à quoi certains Galates s'étaient aisément résignés. Parmi eux un nommé... Pouchkine (nouveau clin d'œil dans ma direction).

— Pourquoi Pouchkine ? demanda encore Pompée.

C'était à moi de répondre.

— Un usage russe. Quand un enfant ne veut pas avouer une bêtise, on lui dit : " Qui a fait ça ? Pouchkine peut-être ? "

— Voilà, fit le chancelier. Cependant Pouchkine était un matois : il comprit bientôt d'où venait le vent. Or, le vent venait d'un certain... Je crois que je vais prendre un grog maintenant. S'il vous plaît ! (Il disait " s'il vous plaît " aux serveurs, en claquant silencieusement des doigts, comme ceux qui n'osent plus " garçon " et dédaignent " monsieur ".) S'il vous plaît ! Donnez-moi un grog. Avec beaucoup de sucre. Je disais donc que le vent venait d'un certain Le Gall, qui en faisait beaucoup. C'était le chef des Galates qui ne supportaient pas l'occupation étrangère ; il avait créé un mouvement d'opposition clandestin appelé la Réluctance. Pouchkine jugea donc prudent de devenir réluctant au plus vite. Excellent organisateur, il improvisa un réseau de réluctance respectable, composé de bourgeois et d'intellectuels qui cherchaient à se garer des voitures sans faire de mal à personne. Ils en faisaient si peu que Le Gall risquait de ne pas prendre le réseau au sérieux, et Pouchkine inventa de faire appel à quelques éléments moins recommandables mais plus efficaces, auprès desquels son métier — il était avocat spécialisé dans le criminel — lui avait permis d'être introduit. Parmi ces éléments, nous n'en retiendrons que deux, qui étaient les meilleurs ennemis du monde : Ettore Cacetti, Galate îlien que Pouchkine avait tiré d'un mauvais pas où étaient aussi impliqués une banque et un revolver, et Achille, Galate d'origine égyptienne, adroit à tous les jeux de main, en particulier ceux qui supposent l'emploi d'un instrument tranchant composé d'une lame et d'un manche. Cacetti et Achille s'en donnent à cœur joie, et plus d'une étrangère aux nattes blondes chantant une chanson de toile en filant au rouet attendit en vain, par leur faute, le retour de son bien-aimé. Je ne critique personne : c'était la guerre, et le bien-aimé n'avait qu'à rester chez lui à boire de la bière et à manger des saucisses.

« Triomphe de Le Gall, élu imperator. Pouchkine devient un de ses féaux. Achille se reconvertit dans la gestion d'un Lycée pour jeunes femmes, j'entends qu'il tire profit des activités d'un groupe de péripatéticiennes. Cacetti, lui, rejoint les rangs d'un service secret issu d'un service secret issu de la Réluctance. A cette époque, je faisais mes premières armes dans la chancellerie de ce service, que les initiés appelaient la Machine, et j'ai bien connu le capitaine Cacetti, qui brillait par une absence assez sympathique d'inhibitions de toutes sortes. Les lettrés parmi nous le surnommaient “ le chevalier sans peur et sans scrupule ”. Revenons à Pouchkine.

« Pouchkine pratiquait la politique pour la politique. Il avait été réactionnaire, il était devenu modéré, il serait progressiste, au fur et à mesure de la rotation du tapis roulant de l'Histoire. De doctrine, il n'en avait point, ce qui est un sérieux avantage en politique : on peut adopter celle qui, à un moment donné, a le plus de chances de réussir, puis avouer élégamment qu'on s'est trompé et en adopter une autre. Ce n'est pas immoral. Qu'importe qu'on gagne avec les cœurs ou les piques, pourvu qu'on gagne ?

« Pouchkine était un joueur redoutable et il s'éleva rapidement jusqu'au rang de sous-secrétaire d'Etat de Galatie. Et puis sa carrière commença à patiner. En politique, la médiocrité sert souvent et dessert quelquefois. Pouchkine n'avait rien de bien séduisant à proposer au public. La Réluctance ne payait plus. En outre, il était perdu de réputation : ce n'étaient pas les femmes, dont il faisait un usage immodéré, qu'on lui reprochait, mais des rumeurs grandissantes le mettaient en cause à propos de bakchichs coloniaux, d'abus d'influence, de relations avec le milieu — pas le juste, l'autre. Plus grave encore, Pouchkine s'était, pour ainsi dire, époumoné et le second souffle ne venait pas. Le premier étage de la fusée l'avait porté aussi haut que possible : maintenant il fallait mettre à feu le deuxième, sinon la fusée retomberait au sol comme un crachat. C'est alors qu'il fit appel à l'ami Cacetti, dont il ignorait, et pour cause, la profession secrète.

« Je n'ai pas assisté à la scène, mais je peux vous la décrire comme si j'y étais. Une propriété aux environs de Paris, entourée de hauts murs. Au fond du parc, un pavillon que le propriétaire met à la disposition de Pouchkine pour ses rendez-vous galants et quelques autres. Une poterne percée dans la muraille permet de ne pas emprunter le portail d'honneur. C'est le crépuscule ; le ciel est encore un peu rose au-dessus des arbres demi-chauves. Le sol est jonché de feuilles mortes trempées : Cacetti, qui marche le long du mur, en a jusqu'à la cheville. Il pousse la poterne ; elle s'ouvre. Dans le parc règne une odeur féconde de pourriture. De hauts marronniers bruissent doucement. La porte-fenêtre du pavillon Louis-XVI met un rectangle de lumière dans l'ombre qui s'épaissit à vue d'œil. Cacetti gravit trois marches, traverse une terrasse où la mousse essaye de disjoindre les dalles, et entre dans une bibliothèque octogonale tapissée de reliures ambrées du XVIIIe siècle. Le parquet marqueté grince sous ses pas. Pouchkine se lève à sa rencontre. Sur une table de jeu s'alignent des flacons dodus et quelques verres de cristal taillé.

— Vous garantissez la mousse et le cristal taillé ? demanda Pompée.

— Mon colonel, il ne faut pas prendre à la lettre ce qui n'est que licences poétiques. Donc, Pouchkine se lève et s'avance, les mains tendues :

« — Mon vieux camarade, mon cher frère d'armes !

« Ils s'embrassent. Cacetti avait l'embrassade facile et mouillée. Ils évoquent le passé, les périls, les coups durs, les rigolades, le gros Fritz descendu alors qu'il posait culotte au Pré Catelan, bref la grande fraternité guerrière " que les femmes, ah ! les femmes ne sauront jamais " (le chancelier fredonna comiquement le bel hymne du Premier Commando de France). Cacetti riait sous cape : Pouchkine n'avait jamais rien tué de plus gros qu'une mouche et n'était pas exactement un héros de la Réluctance, mais pourquoi pas ne pas feindre d'avoir perdu la mémoire pour faire plaisir à un sous-secrétaire d'Etat, même impopulaire ? Pouchkine proposa un porto hors d'âge et guida son vieux camarade jusqu'à une paire de fauteuils Régence disposés devant la cheminée où brûlait un feu de bois fort agréable en cette saison. Cet intérieur mieux que cossu aurait dû en imposer à Cacetti, sauf que rien au monde ne lui en imposait, hormis peut-être le courage physique, quand il était exceptionnel.

« Le passé ayant été évoqué pour créer l'atmosphère, Pouchkine passa au présent. Il s'enquit de la vie actuelle de son compagnon chéri.

« — Ça va, j'arrive à joindre les deux bouts, dit Cacetti, qui portait une grosse chevalière à initiales, un costume coupé sur mesure chez un tailleur italien et des escarpins en croco : Cacetti servait loyalement la France, mais il avait ce qu'il appelait sa caisse noire et, quand il pouvait arrondir sa solde avec un boni, il ne laissait pas échapper l'occasion.

« — Je ne veux pas être indiscret, remarqua finement Pouchkine. Si tu es retourné à ton ancien métier, tu dois avoir fait des progrès, car je constate que tu ne te laisses plus prendre la main dans le sac.

« Et Pouchkine de donner d'espiègles petits coups de poing dans les côtes du copain. Le copain — hé hé ! — ne confirmait pas, et n'infirmait pas non plus, ce qui valait une confirmation.

« S'étant ainsi assuré que Cacetti n'était pas devenu un citoyen respectable se devant de repousser avec indignation l'offre qui lui serait bientôt faite, Pouchkine changea d'expression pour aborder un sujet plus noble et plus grave : la politique. Son haut front resplendissait de sagesse, sa mâchoire carrée reflétait la volonté de servir dangereusement son pays.

« — Mais tu sauras, mon vieux Cacetti, que j'ai des ennemis qui ne cessent de me noircir aux yeux du peuple. Il faut que je trouve un moyen de reprendre le milieu de la scène pour dire à la Galatie les dures vérités qu'elle doit entendre.

« Cacetti laissait venir en sifflant son porto.

« La Galatie, à cette époque, venait de s'amputer volontairement des cinq sixièmes de son territoire et du cinquième de sa population, outre de vastes réserves de gaz et de pétrole. Quelques mécontents s'étaient groupés en une association clandestine et dangereuse appelée " les Hachichins ", pratiquant communément le plastiquage et quelquefois l'assassinat. Ces Hachichins avaient peut-être de bonnes intentions, mais ils s'étaient rendus odieux à la population : en particulier, ils avaient essayé d'abattre l'imperator Le Gall, dont la popularité avait doublé du jour au lendemain. Cela n'était pas passé inaperçu, et plus d'un renard politique manœuvrait de manière à se mettre — sans manquer à la prudence — dans le collimateur des Hachichins : devenir leur ennemi, c'était s'assurer à la fois la sympathie du public et celle de Le Gall.

« — Moi, par exemple, dit Pouchkine, que ne donnerais-je pour que ces ignobles Hachichins commettent contre moi un attentat, manqué bien sûr, et clairement signé.

« — Que donnerais-tu ? demanda simplement Cacetti.

« Le lendemain, il se fit recevoir par le directeur de la Machine, un civil qui répondait au surnom significatif d'Aucune-Gueule. Comprenez Cacetti : c'était un bandit d'honneur. Ayant mis son banditisme natif à la disposition de la Galatie représentée pour lui par Aucune-Gueule, il ne se sentait plus libre d'en disposer à son propre avantage. Voici donc les propos qu'il tint au directeur, et ne vous étonnez pas que je les connaisse : il m'incombait, en ce temps-là, d'enregistrer les conversations qui avaient lieu dans son bureau et de conserver les bandes.

« — Monsieur le Directeur, annonça Cacetti, j'ai une occasion de gagner cinq cent mille galettes (c'était la monnaie nationale de la Galatie, ajouta Lionel avec un nouveau clin d'œil pour moi). Evidemment, je quitterais le service pour ne pas le compromettre. Que me conseillez-vous ?

« — Capitaine, répondit Aucune-Gueule, vous n'êtes pas un sabre-au-clair et je ne vais pas vous raconter de salades sur l'honneur de l'uniforme que vous n'avez d'ailleurs guère l'occasion de porter ici. Je regretterai de vous voir vous tirer parce que vous êtes le genre de salaud à qui je fais confiance, mais je ne vous ferai pas perdre une chance d'aller vous mettre les doigts de pied en éventail entre deux vahinés. Tout de même, je suis un vieux curieux. Vous ne voudriez pas me mettre au parfum ?

« — Monsieur le Directeur, c'est pour ça que je suis là.

« Aucune-Gueule prêta au récit de Cacetti une oreille attentive. Partisan de Le Gall, il ne pouvait lui déplaire qu'un attentat manqué de plus fût mis au compte des Hachichins. Et, bien sûr, dans sa position, plus les hommes politiques avaient de secrets coupables connus de lui, plus il était content.

« — Il y a une chose, pourtant, que je ne pige pas. Vous m'aviez parlé de cinq cents sacs et maintenant vous me dites que Poupou vous promet une brique.

« — C'est que, répondit Cacetti, je touche la moitié d'avance ; et mon petit doigt me conseille de ne pas aller chercher le reste.

« Tout de même ! Perdre un demi-million de galettes ! Ettore Cacetti était comme ça : il savait limiter les gains.

« L'attentat se passa le mieux du monde. Le sous-secrétaire d'Etat Pouchkine était allé visiter les locaux de l'Assistance publique, y avait tapoté les joues des orphelins et prononcé devant des journalistes un discours où il promettait des mesures humanitaires et sociales en accord avec la dignité du peuple. Comme il sortait et se penchait pour remonter en voiture, le plâtre s'écailla sur le piédroit du portail et une détonation suivie de deux autres se fit entendre. Un journaliste et un garde du corps furent atteints par des ricochets ; il se fit un mouvement de panique. Pouchkine, impavide, se coucha sur le trottoir derrière la voiture, et, quand la fusillade eut cessé, se releva tranquillement en se brossant avec ses gants. Je n'ironise pas. Je pense qu'il n'est pas facile d'essuyer le feu, même quand on a payé les cartouches soi-même.

« L'enquête révéla que les coups avaient été tirés d'un toit voisin, sur lequel on retrouva trois étuis de calibre 7,65. Une étude balistique montra que si Pouchkine ne s'était pas penché au dernier moment, il aurait été atteint à la tête par la première balle, ce qui donna aux dessinateurs de presse l'occasion d'exercer leurs talents. Le fusil fut retrouvé dans une chambre de bonne louée sous un nom d'emprunt. Or, un pneumatique, envoyé avant l'attentat, était parvenu à un grand journal :

« *Les Hachichins frappent où ils veulent, quand ils veulent, qui ils veulent. Demandez au traître legalliste Pouchkine ce qu'il en pense.*

« Ce fut une explosion d'indignation d'une part, de sympathie de l'autre. Les Hachichins contre le bienfaiteur des orphelins ! Il y avait de quoi tirer à la ligne. Tous les *media* s'y mirent. Pouchkine sut en profiter, et, une fois remis en selle, chevaucha jusqu'au sommet de ses ambitions.

« Ce n'est pas que des journalistes astucieux n'eussent démonté l'affaire. Le fusil qui avait tiré les balles que l'on retrouva sur le trottoir était équipé d'une lunette et l'endroit où se tenait le tireur, à en juger d'après l'emplacement des étuis, n'était pas à plus de trente mètres de la cible : même sans lunette on ne manque pas à cette distance. En outre, lorsque Pouchkine s'était couché sur le trottoir, il était resté visible pour le tireur, qui n'avait pas continué le feu. Enfin la chambre de bonne avait été louée avant que la visite de l'Assistance publique ne fût officiellement décidée. La collusion entre le mauvais tireur et la victime consentante ne faisait donc guère de doute. Mais les Galates préféraient la version dramatique et flatteuse des faits. Même ceux qui reconnurent la justesse des arguments du journaliste n'en conçurent aucune amertume à l'égard de l'astucieux politicien. Que voulez-vous, c'est le caractère national des Galates : leur mépris traditionnel du cocu est tel qu'ils ne peuvent se défendre d'une certaine connivence avec le filou. Ce n'est pas en France qu'on verrait une jobardise pareille.

« Dans une arrière-salle de café à double entrée, Pouchkine, portant une casquette à oreillettes et des lunettes qui le rendaient difficilement reconnaissable par l'homme de la rue, avait, quelques semaines plus tôt, rencontré l'Egyptien Achille pour lui donner ses intructions. Achille, qui, vous vous en souvenez, détestait Cacetti, accepta volontiers de joindre l'utile à l'agréable. Un certain jour, il se posterait dans un parking souterrain avec une valise contenant de l'argent : une dette de jeu, mais pas valable, parce que le gagnant avait triché. Il y aurait dans la valise cent mille vraies galettes et quatre cent mille contrefaites. Pendant que Cacetti recompterait, ce serait à Achille de jouer. Les cent mille lui reviendraient de droit. Ne croyez pas que je juge l'arrangement d'un point de vue éthique : je n'ai jamais eu aucune objection à ce qu'on truandât un truand. Mais Cacetti ne se présenta pas au rendez-vous. Il ne se présenta pas non plus au rendez-vous de rattrapage fixé pour le surlendemain. Cas de conscience pour Achille, qui finit par rendre compte :

« — Je l'ai buté, je l'ai mis dans mon coffre, j'y ai attaché des chaînes à neige autour des pieds et je l'ai jeté à la Marne. Je peux garder les faux biffetons aussi ?

« Sur quoi le soi-disant assassin s'empressa de déguerpir. A quels Napolitains, Barcelonais ou Génois a-t-il écoulé sa fausse monnaie ? L'histoire ne le dit pas. Le corps de Cacetti ne fut pas retrouvé, mais n'avait-il pas été lesté avec des chaînes et les petits poissons de la Marne n'ont-ils pas bon appétit ?

« Il faut maintenant, mon général, mes colonels, messieurs, vous transporter par la pensée quelque vingt ans plus tard. Pouchkine est devenu chef du parti syncrétiste, il vient d'être élu imperator et l'on apprend qu'il va introduire au gouvernement trois ministres appartenant au parti confusionniste. La stupeur règne. Certains accusent puérilement Pouchkine d'être une taupe ; moi, je vois les choses autrement.

« Depuis deux siècles, la Galatie glisse graduellement et inéluctablement à gauche. Une fausse note apparente : le parti confusionniste, le plus sinistre des senestres, a commencé à dépérir. La droite, gobe-mouches comme d'habitude, s'en réjouit, ne voyant pas que le confusionnisme officiel dépérit comme la peau d'un serpent qui en a changé, que le syncrétisme d'aujourd'hui est le confusionnisme d'hier, que l'adage " toujours plus à gauche et jamais au-delà " continue à être appliqué, en d'autres termes que le confusionnisme ne semble avoir perdu que parce qu'il a gagné. Vous êtes sceptiques ? N'oubliez pas que ce qui compte, dans le confusionnisme, c'est sa philosophie. Peu importe. La stupeur tourne au scandale pour les uns ; les autres, pour qui Pouchkine a toujours raison, cherchent et trouvent une explication flatteuse : s'il a donné des portefeuilles aux confusionnistes, c'est pour mieux les manger, mon enfant. A la sauce maroquine.

« Ici entre en scène Lagardère, directeur de la Machine, et, avec Pouchkine, principal personnage de cette histoire. La suite, d'ailleurs, ne se comprend que si l'on accepte l'hypothèse d'un duel prolongé entre Pouchkine et Lagardère.

« Le directeur Lagardère ne ressemble pas à son prédécesseur Aucune-Gueule. D'une taille gigantesque, d'une fortune colossale, c'est un dilettante qui saute par-dessus les professionnels. Il a une capacité rare : " spéculer, comme il dit, avec la cervelle de l'autre ". En dix ans de règne, il a fait de la Machine galate l'égale de ses homologues anglo-saxons. Avec ses navires de pêche naviguant sous pavillon neutre et dotés de l'équipement électronique le plus perfectionné, il a des oreilles dans le monde entier. Avec son commando de cent cinquante hommes d'élite — un candidat parachutiste sur dix était retenu — il dispose d'une unité qui exécute des missions dont aucun autre service spécial ne serait capable. Et le sien a la réputation d'être le seul de l'Alliance à n'avoir pas été infiltré. Vous pensez peut-être, mon général, mes colonels, savoir mieux que moi ce dont je parle, mais, avec les devoirs et les respects que je vous dois, je suis probablement l'homme du monde, avec Lagardère lui-même, à avoir le mieux connu ce mécanisme étonnant d'efficacité qu'il avait créé — pour la Galatie bien sûr, aussi par goût de l'exploit et de la gageure. Durant cette aventure, j'ai été près de lui à chaque instant. A mon humble échelon, je peux dire que la Machine de Lagardère est aussi mon œuvre.

« Pouchkine et lui se connaissaient depuis longtemps, parce qu'ils hantaient l'un et l'autre les couloirs du pouvoir, mais ils ne s'aimaient pas, j'irai jusqu'à dire qu'ils se méprisaient. Pour Lagardère, Pouchkine était un maquignon, un caméléon, le chef vénal d'un parti pourri, tout sauf un homme d'Etat. Pour Pouchkine, Lagardère était un mondain, intègre par coquetterie, courageux par frivolité, capable de charger en casoar ou d'empoisonner un puits d'eau douce, selon l'humeur du moment. Les deux hommes étaient cyniques, mais pas du même cynisme. A la limite, Pouchkine ne voyait que l'objectif, et Lagardère que le style : pour le malheur de Pouchkine, le style de Lagardère, c'était l'efficacité.

« Pouchkine élu, Lagardère vient réglementairement se présenter à lui. L'imperator le reçoit debout, affectant de contempler par la fenêtre les arbres du parc et prenant soin de bien détacher son profil sur le fond des doubles rideaux vert amande. Le dialogue fut à peu près celui-ci :

« — Lagardère, me servirez-vous loyalement ?

« — Monsieur l'imperator, c'est une question insultante.

« Pouchkine noue ses mains derrière son dos.

« — Lagardère, me servirez-vous ?

« — Pas si vous avez des confusionnistes au cabinet.

« — Je veux être servi sans conditions.

« — Je ne suis l'inconditionnel de personne.

« Le dialogue aurait pu s'arrêter là. Il ne restait plus à Lagardère qu'à démissionner, et il le savait. Il marcha vers la porte de son pas éléphantesque. Mais pouvait-il mettre la Machine à la disposition de cet amibe qui en ferait n'importe quoi, au gré des flatulences de l'Histoire et de ses propres ambitions ? Il revint à l'imperator. Ni l'homme ni la fonction ne l'impressionnaient. Il le regarda dans les yeux en l'appelant par son nom :

« — Pouchkine, lui dit-il, nous tolérerons quelques incartades. Dans certaines limites. Rappelez-vous que nous savons à peu près tout sur à peu près tout le monde.

« Avec ce panache que d'aucuns trouvent excessif et de mauvais goût, mais qui lui a valu d'être suivi comme peu d'hommes pratiquant son métier l'ont été, il souligna :

« — A bon entendeur, salut.

« Et il sortit.

« Il arrive à la Machine, affectant le calme. Cette institution, vous le savez, était anti-confusionniste par nature. D'abord, les officiers ne se recrutent pas généralement parmi les confusionnistes ; ensuite, ils étaient filtrés à l'entrée ; enfin le danger que nous craignions et par conséquent le combat que nous menions étaient presque entièrement axés sur le confusionnisme. Oh ! nous faisions bien quelques crasses à nos chers alliés et nous essayions de maintenir un peu de présence dans nos anciennes colonies : à côté de l'anti-confusionnisme, cela ne comptait guère. Nous n'étions donc pas moins choqués que notre directeur de voir des confusionnistes ministres. Lagardère comptait là-dessus et tenta de nous rallier contre l'imperator : lui serait forcé de démissionner, naturellement, mais il continuerait à diriger la Machine du dehors ; nous n'obéirions qu'à lui ou alors nous cesserions, d'un commun accord, de travailler. Ne vous y trompez pas : Lagardère n'agissait pas par amour-propre. Il se refusait à livrer un bazooka à un chenapan.

« Pour une fois, il avait mal spéculé avec notre cervelle collective. Nous le respections, certains d'entre nous l'aimaient, mais nous n'étions pas prêts à déclarer la guerre à la République. Loyalisme ou carriérisme, les chefs de section refusèrent d'obéir, certains prirent une retraite anticipée. J'aurais peut-être marché, moi. A quoi aurais-je servi tout seul ? Je me contentai de déchiqueter sur ordre des dizaines de kilos d'archives. Lagardère partit en refusant de serrer des mains — dont la mienne, pour ne pas me compromettre aux yeux des autres.

« Pouchkine avait bien joué. Il s'était débarrassé d'un homme dangereux et l'avait, croyait-il, rendu inoffensif. Il s'empressa de nommer une de ses créatures à la tête de la Machine.

« Certains pensèrent dès ce moment qu'il voulait la détruire, car la Créature procéda immédiatement à " une restructuration complète du service ". L'appellation fut changée : il se nomma désormais Centre d'Information, de Renseignement et de Coordination : CIRC. Mutations, mises à la retraite, épuration générale se succédèrent. Dans ce monde du mensonge où tout, en fin de compte, tient par la confiance, ce fut la débandade : les honorables correspondants coupèrent les ponts, les Alliés interrompirent les contacts, les vétérans qui avaient échappé à la hache prirent leurs cliques et leurs claques et se reconvertirent dans le civil.

« Les choses allèrent si mal pour un temps que Pouchkine se ressaisit et remercia la Créature, ce qui m'amène à penser qu'il n'entendait pas saboter la Machine mais plutôt la prendre en main. Un homme comme lui, quels avantages n'aurait-il pas tirés de la possession d'un outil pareil ! C'est à frémir ! Seulement, vous le savez mieux que moi, le renseignement nécessite à la fois du génie et du métier, et le ciel avait heureusement privé la Créature de l'un comme de l'autre.

« Tout ce qui restait de sain dans le service fit bloc autour du nouveau directeur, le général Scipion, homme honorable et même doué. Pouchkine constata alors que la Machine avait beau s'appeler le CIRC et avoir perdu une part de son efficacité : elle lui échappait toujours autant.

« C'est le moment que Lagardère, spéculant toujours avec la cervelle de l'autre, choisit pour agir. Il m'invita à déjeuner, moi qui vous parle, dans un des clubs les plus élégants de Galatie — les baignoires y sont en argent et les robinets en or — et me demanda devinez quoi ? Du papier à en-tête du CIRC.

« Je dois dire que nous étions assez amis, lui et moi (Lionel semblait suçoter un bonbon en nous mettant dans la confidence), depuis que je lui avais fait un assez joli cadeau, qu'il faut que je vous raconte.

« C'est que, avec son arrogance naturelle, ses tics nobiliaires, ses " drôle, non ? " à la fin d'une phrase sur deux, son côté éléphant faisant à un magasin de porcelaine l'honneur d'y entrer, il avait le truc pour s'attacher la bonne volonté des petits, des sans-grade. Nous mourions d'envie de lui faire plaisir. Tant qu'il était en exercice, il lui arrivait souvent d'inviter dans son bureau quelque adjudant du matériel ou quelque sergent des transmissions, de les mettre à l'aise, et, sans jamais les interroger sur leurs chefs — il ignorait cette bassesse —, de leur tirer assez proprement les vers du nez. Au cours d'une de ces séances, il m'avait fait parler du passé de la Machine :

« — Vous devez en avoir vu, vous, des vertes et des pas mûres !

« Je savais bien qu'un homme dans sa position ne pouvait que collectionner les renseignements comme des papillons, et je lui avais aussitôt offert quelques raretés. Entre autres, je lui contai l'histoire de Cacetti. Je fis plus : je lui révélai que Cacetti vivait sous un faux nom à Miami Beach où il avait investi son butin et d'où, étant bon garçon, il nous servait d'HC pour les affaires de drogue, de Cosa Nostra, et, naturellement, de Cuba. Il écrivait à son traitant des lettres où il m'arrivait de jeter un coup d'œil et dans lesquelles, tout en se disant heureux comme un pape, il laissait percer une ombre de nostalgie pour la Galatie et le service actif de l'Etat. Ce n'est pas après avoir offert à Lagardère un Cacetti sur un plateau d'argent que j'allais lui refuser du papier à en-tête.

« Revenons à la suite des événements.

« Les trois ministres confusionnistes s'étaient d'abord tenus assez tranquilles et le public s'était habitué à leur présence au gouvernement, mais, pour qui savait lire le dessous des cartes, elle devenait d'autant plus gênante. Ce n'est un secret pour personne que les confusionnistes, faisant passer leurs préférences politiques avant leurs fidélités nationales, reçoivent leurs ordres de l'étranger. Les Alliés de la Galatie s'inquiétaient, les échanges de renseignement étaient taris, il était devenu impossible de discuter de secrets d'Etat en conseil des ministres. Peut-être Pouchkine trouvait-il matière, dans ce cloisonnement ésotérique, à des jouissances conformes à son tempérament byzantin, mais les Sports, les Transports et les Télécommunications entre les mains des confusionnistes leur permettraient, s'ils le voulaient, de paralyser le pays et, simultanément, de mobiliser une partie de la jeunesse. Or, ils commençaient à insinuer qu'ils n'hésiteraient pas à le faire, si les syncrétistes continuaient à les snober.

« On en était là lorsque, entrant un matin dans son cabinet de travail, l'imperator Pouchkine trouva sur son bureau une feuille de papier à en-tête du CIRC où il lut ces mots écrits au stylo à bille rouge, en caractères d'imprimerie :

RENVOYEZ LES CONFUSIONNISTES

— Vous n'allez pas nous faire croire que du coup il a cédé ? fit Pompée, incrédule, interrompant pour la première fois.

— Non, mon colonel. Il n'a pas pris la chose au sérieux. Il a probablement froissé la feuille de papier et peut-être l'a-t-il lancée en l'air d'un coup de pied avant d'ordonner à ses chers gendarmes de vérifier ce qui était vérifiable. Les gendarmes se sont mis au garde-à-vous, ont introduit la marque du stylo dans leur ordinateur, et, trois jours plus tard, Pouchkine trouvait sur son bureau une autre feuille avec le même en-tête. Le message, tracé par le même stylo, était libellé en ces termes :

RENVOYEZ LES CONFUSIONNISTES
DEUXIEME AVERTISSEMENT

et cette fois signé E. C.

« Les complicités intérieures devenaient évidentes, mais Pouchkine eut l'intelligence de comprendre que faire interroger le frotteur, la dactylo, le laveur de vitres, prendrait beaucoup de temps et ne conduirait jamais qu'à une boîte à lettres morte. Ce serait fait, bien sûr ; cela ne changerait rien à l'essentiel : l'ennemi de Pouchkine, c'était la Machine, déguisée en CIRC et toujours aussi redoutable, comme la Gorgone dans les plis de l'égide de Minerve.

« Pouchkine convoqua Scipion, lui mit le papier sous le nez. Un imprimeur aurait pu imiter l'en-tête, mais les filigranes prouvaient que le papier provenait bien du CIRC. L'honnête Scipion fut embarrassé : il ne pouvait recompter toutes les feuilles distribuées à toutes les sections. Pouchkine émit quelques bruits plus menaçants que concluants. Naturellement, il soupçonnait Lagardère, et il savait qu'il ne le pincerait jamais. En attendant, qui était donc cet E. C. qui s'adressait à lui sur ce ton ?

« Trois jours encore et un nouveau message, écrit cette fois-ci en cursive, d'une écriture naturelle, à l'encre bleu nil, avec les hampes et les jambages terminés en massues :

Et alors, Pouchkine, ça vient ?

C'était signé *Ettore Cacetti* et il y avait un post-scriptum :

Achille te donne le bonjour

« La signature, avec l'E éminemment majuscule, tracé en ronde, comme un boa dressé sur sa queue, et le C, esquissé en anglaise, comme un lasso jeté à la tête du boa, n'était pas difficile à imiter ; cependant je préfère imaginer Lagardère prenant l'avion pour Miami, allant entreprendre Cacetti sur place, faisant revivre en lui ses loyautés et ses rancunes, lui montrant le rôle qu'il aurait à jouer si Pouchkine ne pliait pas, l'empaumant.

« Or, Pouchkine pouvait s'inquiéter à bon droit. Les Galates avaient passé l'éponge sur le faux attentat de l'Assistance publique sous prétexte que, dans ce domaine, le doute est toujours permis. Avec Cacetti ressuscité, il ne le serait plus. L'allusion à Achille était du bluff, mais Pouchkine ne le savait pas : il imaginait les deux condottieri réconciliés.

« — Supposons, se dit-il, qu'ils donnent ensemble une conférence de presse ?...

« La concussion, la prévarication, s'amnistient aisément quand ce sont les prévaricateurs et les concussionnaires qui font les lois, mais il ne s'agissait plus de ces péchés véniels que nous commettrions tous si nous pouvions le faire impunément : l'imperator risquait d'apparaître comme un fripon friponné, et les syncrétistes eux-mêmes se détacheraient de lui pour faire parade de vertu. Le moment était venu de céder.

« A la réflexion, ce ne fut peut-être pas d'aussi mauvais gré qu'on pourrait l'imaginer. Les trois mulets confusionnistes, entravés par une idéologie qu'ils partageaient avec les syncrétistes, ne pouvaient que gêner les pirouettes et les chassés-croisés de Pouchkine qui se moquait de l'idéologie comme de son premier bavoir. D'ailleurs, ayant déjà constaté l'échec de sa politique économique, il était en train d'amorcer un virage en épingle à cheveux sur la droite, et la force centrifuge devait naturellement emporter les gêneurs. Ils furent donc démaroquinés en douceur. Mais Pouchkine savait maintenant que la Machine, toujours noire et brillante d'huile malgré sa baisse d'efficacité, lui demeurait impénétrable, qu'elle était plus forte que lui, qu'il lui fallait trouver un moyen de la mettre hors d'état de nuire.

— Ça, c'est une bévue de Lagardère : il aurait dû y penser, fit Henguerrand avec autorité.

Kernavo le regarda, surpris :

— Justement, mon général, il y avait pensé, dit-il doucement.

Lionel lui jeta un coup d'œil d'intelligence et puis me regarda, pour voir si j'avais saisi cet échange de répliques. Je feignis de ne rien voir. J'étais abîmé dans la contemplation de nos reflets dans le mur marbré et moiré du Berkeley, presque un miroir et pourtant pas une glace : cette surface sombre, polie, châtaigne foncé, réfléchissant les mouvements plutôt que les silhouettes, me paraissait être, je ne sais pourquoi, allégorique des activités du club.

— Nous entrons maintenant, reprit le chancelier, dans l'avant-dernière phase de mon récit.

« Quelque temps s'étant écoulé et le spectre de Banquo, je veux dire de Cacetti, satisfait de l'exclusion des confusionnistes, n'ayant plus reparu, l'imperator demanda au CIRC un briefing sur les mesures de protection des essais nucléaires que la Galatie poursuivait à cette époque dans les parages les moins fréquentés de l'océan Austrique. Scipion se fit briefer lui-même, prépara ses cartes, ses rhodoïds, ses projecteurs et se transporta avec armes et bagages au Château. Il exposa pendant une bonne heure les difficultés prévues et les parades envisagées, conclut que le secret était étanche, et mentionna, pour terminer, un autre aspect de la question.

« — Je dois évidemment ajouter, monsieur l'imperator, encore que ce soit en dehors de mon domaine, que ces essais nous rendent impopulaires dans la région. Les Austriens, en particulier, nous mènent la vie dure. Cependant, je peux vous assurer que nous maîtrisons la situation.

« — Je me trompe peut-être, dit l'imperator supposant l'impossible. N'y a-t-il pas un groupe international qui dresse les Austriens contre nous ?

« — Affirmatif, monsieur l'imperator. Un groupe d'écologistes qui s'appelle S.O.S. Terre. Ils disposent d'un yacht, *Le Rameau d'olivier*, qu'ils envoient croiser dans les parages chaque fois que nous tirons un pétard.

« — Parlez-moi d'S.O.S. Terre.

« — S.O.S. Terre s'est d'abord rendue célèbre par la sauvegarde de l'écureuil roux, lequel est, comme vous le savez, décimé par l'écureuil gris. Ensuite, l'organisation s'est orientée vers des causes plus étroitement liées à la politique. Elle exige le désarmement unilatéral de l'Occident, milite puissamment contre le programme dit de la Guerre des Etoiles, critique l'utilisation même pacifique de l'énergie nucléaire, monte en épingle les moindres incidents dans notre industrie atomique et n'a pas une fois mentionné Tchernobyl.

« — D'où vient l'argent ?

« — Des " idiots utiles ", monsieur l'imperator.

« — Il a bien fallu amorcer la pompe.

« — Nous n'avons pas de preuves, mais il semble que les premiers fonds aient été fournis par des banques de l'Allemagne de l'Est.

« — En d'autres termes, nous avons là des crypto-confusionnistes en train de mettre en péril notre programme nucléaire, et vous, Scipion, vous restez là, les bras croisés ?

« — Négatif, monsieur l'imperator. Vous remarquerez que, sous le prédécesseur de mon prédécesseur, *Le Rameau d'olivier* n'est pas une seule fois arrivé au rendez-vous. Une hélice tordue, un gouvernail faussé, un réservoir d'essence discrètement sucré...

« — Ça, c'est sous vos prédécesseurs. Pour la protection des prochains tirs, que me proposez-vous ?

« Le général Scipion ne manquait pas d'idées. S.O.S. Terre se vantait généralement d'envoyer *Le Rameau d'olivier* dans la zone dangereuse, de manière à empêcher le tir. Tirer tout de même n'était pas imaginable. Interdire la zone au moyen d'une escadre coûterait trop cher. Arraisonner le yacht ferait mauvais effet. On pouvait, comme naguère, recourir à des bricolages à bord du *Rameau*. Une campagne de presse visant à déstabiliser S.O.S. Terre donnerait peut-être des résultats. Ou bien, pourquoi ne pas noyauter l'organisation, y créer des zizanies... ? Ou encore proposer une solution monnayée ? Racheter *Le Rameau* dix fois son prix ?...

« L'imperator écoutait, le menton dans le poing, l'index le long de la mâchoire, et, à chaque proposition, il faisait la moue. Le brave Scipion, craignant que ces moyens ne parussent trop expéditifs, cherchait des mesures de plus en plus lénitives, lorsque l'imperator l'interrompit :

« — Et si on l'envoyait par le fond ?

« Ses lèvres minces d'intellectuel s'arquaient vicieusement.

« Scipion, mettez-vous à sa place, n'en crut pas ses oreilles. Il fut un temps où les nations recouraient sans fausse honte à la violence quand on venait les asticoter d'un peu trop près, mais qu'à notre époque un chef d'Etat proposât une solution aussi saine paraissait inimaginable.

« — L'envoyer par le fond, monsieur l'imperator ?

« — Eh bien oui, le couler, le torpiller. N'est-ce pas le genre de mission pour lequel vous existez ?

« — Euh... affirmatif. C'est ce que nous appelons *anticiper*, dans notre jargon.

« — Alors pourquoi n'*anticiperiez*-vous pas ?

« Scipion fut très bien. Il se fit l'avocat du diable, expliqua qu'on ne faisait pas donner l'artillerie lourde contre les moustiques, montra les dangers de l'entreprise : même si ce n'était pas une action *homo* que préconisait l'imperator, un accident était toujours possible ; de notre côté, nous pouvions perdre des " personnels " ; et, si l'affaire se découvrait, quel scandale !

« — Sans doute, sans doute, disait Pouchkine avec une impatience croissante, mais la Galatie ne peut tolérer pareille ingérence.

« Intérieurement, Scipion était partagé entre la jubilation de mener une opération d'une pareille envergure et la certitude qu'il y avait là quelque chose de non-professionnel, de contraire même à l'esprit des services spéciaux qui, par vocation, font plutôt dans l'euphémisme que dans l'hyperbole.

« — Combien coûtera l'opération ? demanda l'imperator.

« Scipion demanda la permission de préparer un devis détaillé, puis, sur ordre, hasarda un chiffre considérable que le budget ordinaire du CIRC ne pourrait en aucun cas assumer.

« — J'aurais cru davantage, dit Pouchkine. Et combien de temps pour tout mettre en place ?

« Scipion ne voulait pas se commettre. Il ne voulait pas non plus déplaire. On allait devoir resserrer la surveillance autour du *Rameau*, préparer des couvertures, forger des légendes, acquérir du matériel dont l'origine ne pourrait être identifiée, entraîner les personnels sur une cible identique, dans un environnement comparable... Il faudrait trouver un moment où l'équipage entier aurait quitté le bord... Il finit par dire :

« — Un minimum de six mois.

« Pouchkine se leva.

« — Je veux, dit-il, que d'ici soixante jours le *Rameau d'olivier* soit au fond de l'océan Austrique. Vous me rendrez compte personnellement. Personne autre ne doit savoir.

« — Même pas mon ministre ?

« — Surtout pas votre ministre.

« — Mais alors, moi, bégaya Scipion en bon militaire, je ne suis pas couvert...

« L'imperator de la Galatie le regarda de son air de sphinx et ce fut tout.

« Nous montâmes l'opération à la hâte et j'en eus ma part, car ce qui était papiers et faux papiers passait par les mains que voici. Six équipes furent montées : Observation, Action, Recueil, Liaison et Commandement, Intendance, Sécurité. Le choix des personnels était évidemment crucial.

« Pour Action, Scipion choisit deux nageurs de combat expérimentés, et Pouchkine ratifia son choix. Il ne fit aucune difficulté non plus sur l'équipe d'intendance, chargée de fournir les équipements, d'organiser les voyages, de transférer les fonds. C'étaient là des techniciens qu'il aurait été difficile de remplacer. Cependant, à plusieurs reprises, il modifia les ordres, acceptant d'abord que l'on fît passer les fonds par Zurich, puis les faisant transférer à Tanger ; que le bateau de plaisance des observateurs fût acheté à Noumea, puis décidant de le louer à Barbacane.

« Ces changements de programme laissaient des traces et rendaient Scipion nerveux. Il faillit donner sa démission quand Pouchkine refusa d'entériner son choix pour le commandement de l'opération :

« — Untel a de l'expérience, je sais, mais vous avez mal lu son dossier : c'est un anticonfusionniste primaire. Il risque d'outrepasser les ordres.

« Malheureusement les Scipion ne donnent pas leur démission. Ils tiennent avec trop d'ingénuité à la servitude militaire, pas assez à la grandeur. Le commandement fut donc donné à un tout-fou que Lagardère avait décidé de renvoyer en corps de troupe et que son successeur avait maintenu par esprit de contradiction. L'adjoint au chef de mission, les radios, les membres de l'équipe de recueil et les responsables de la sécurité choisis par Scipion demeurèrent inchangés.

« Restaient les observateurs, qui seraient nécessairement les plus exposés. Ici, Pouchkine n'en fit qu'à sa tête. Il exigea non seulement les dossiers, mais des films montrant les candidats dans la vie courante et à l'entraînement. Il finit par choisir un jeune lieutenant de chasseurs alpins et une capitaine, je dis bien une, sortie de Polytechnique. Il décida de les “ marier ” : un couple passe toujours plus inaperçu que deux individus isolés, maintenait-il.

« Le garçon et la fille, qui s'appelaient Adam et Eve, avaient été recrutés par le successeur de Lagardère, et c'étaient de sympathiques représentants de la jeunesse galate, pleins de gentillesse, de cran, de dévouement, de tolérance. Cela dit, culture politique : zéro ; culture historique : moins cinq ; spiritualité : moins dix. Adam ne buvait pas, ne fumait pas, aimait le ski, la plongée sous-marine, le jus d'orange et les filles. Eve, studieuse et brillante, parachutiste pour le plaisir de se faire peur, aimait Beethoven et son fiancé, aristocrate, myope, marginal, inventeur malheureux, metteur en scène raté, anarchiste, sédévacantiste, tout pour plaire.

« Il était évident qu'Adam et Eve n'avaient pas la moindre chance de s'entendre, et Pouchkine expliqua doctement à Scipion qu'ils formaient donc le couple idéal pour l'action :

« — De mon temps, dans la Réluctance, nous appariions toujours deux camarades qui ne risquaient pas d'avoir de distractions ensemble. Vous savez, mon cher Scipion, que j'ai, moi aussi, quelque expérience de l'action clandestine.

« Plusieurs fois, Scipion osa rendre compte qu'on ne serait pas prêt à temps, et Pouchkine répliqua qu'on ne pouvait déplacer la date des tirs nucléaires et qu'il importait dès maintenant de donner à S.O.S. Terre une leçon définitive.

« Vous connaissez mieux que moi la complexité des préparatifs dans ces sortes d'affaires, les fils tendus dans toutes les directions, les diagrammes, les photos, les numéros de téléphone, les vacations radio, les passeports, les griffes de robes, les reçus, les quittances, les mots de passe, les valises diplomatiques, les testaments (dont j'avais la garde), les étiquettes de caleçons et les explosifs achetés d'occasion sur le marché libanais. Tout cela improvisé, comme je vous l'ai dit, avec, en outre, les aléas inévitables de la nature humaine : sans manquer aux obligations du service, Adam pensait surtout à se bronzer gratis au soleil des antipodes ; Eve était triste à l'idée de quitter son anachronisme ambulant sans lui confier le but de son voyage.

« Je l'ai assez bien connue, la petite capitaine Eve, et je la vois, avec son chemisier bleu et son short blanc, débarquant, après quelque vingt heures de vol, dans un paradis terrestre aux couleurs lavées comme nous n'en connaissons pas sous nos climats, un ciel tilleul et une mer safran, l'un et l'autre luminescents. Elle se fait conduire à l'hôtel cinq étoiles où une chambre a été réservée pour Mr and Mrs Adam. Elle parle anglais avec une pointe d'accent irlandais parce que Mrs Adam est censée être née dans les îles d'Aran où Eve a longtemps passé des vacances.

« Elle se rend sur le port, elle flâne, elle se rapproche insensiblement du bassin séparé où est amarré *Le Rameau d'olivier*, entouré de barbelés et gardé par un policier qui chique, assis sur une chaise pliante, un chien d'attaque à son genou. On voit mal. Elle remonte dans la ville, cherche un endroit d'où elle pourra revoir de plus loin le yacht à la coque marron qui se balance à l'ancre, sous un drapeau bleu orné d'un rameau vert : ce sont les couleurs d'S.O.S. Terre.

« — Voilà ma cible, se dit-elle avec un mélange de fierté et d'appréhension.

« Elle n'a ni doute ni scrupule ni crainte : elle est en mission. Elle appartient à une génération pour laquelle tout serait si compliqué si on essayait de comprendre que, finalement, tout est simple parce qu'on n'essaye pas.

« Elle dîne seule, échange quelques mots avec la femme de chambre : elle attend son mari qui doit arriver demain.

Pourquoi demain ? Pourquoi séparément ? On reconnaît là les fausses astuces d'un chef de mission débutant.

« Le lendemain, en effet, arrive le lieutenant. La différence de grade ne simplifie pas les relations. Adam et Eve se tutoient, et se défient l'un de l'autre. Il craint l'intellectuelle, elle le tombeur. Pourtant la journée ne se passe pas trop mal. Ils prennent livraison d'un Eros IV avec couchettes de peluche rouge, ils font un tour en mer, ils nagent, Adam fait des prouesses aquatiques et reste content de lui. Le soir, le conflit éclate.

« Pour Adam, ils sont de jeunes mariés, il y a peut-être des micros ou même des caméras dans la chambre (bien que l'équipe de sécurité se soit assurée du contraire), et, par conséquent, ils doivent continuer à sauver la Galatie au lit.

« — Tu sauveras la Galatie au lit avec quelqu'un d'autre, lui répond la capitaine.

« Plus expérimenté, le chef de mission aurait réglé d'avance ce litige qui était à prévoir. Le lendemain, les jeunes mariés boudent, ce qui n'est pas, en soi, invraisemblable.

« Ils boudent, mais ils font leur travail. Comme *Le Rameau d'olivier* appareille, ils larguent aussi leurs amarres, le suivent de loin, l'observent à la jumelle, agrémentent la filature nautique par des parties de nage et de plongée. Adam grogne parce qu'Eve ne veut pas se mettre nue ni même demi-nue.

« — Ce serait plus vraisemblable, je te dis.

« — Non, puisqu'on est Irlandais.

« Ils décident de pêcher, et c'est elle qui prend tous les poissons. On n'apprend pas le tact à Polytechnique.

« Ils constatent qu'il aurait fallu deux bateaux pour une filature véritablement discrète, et Scipion, bien sûr, l'avait fait remarquer à Pouchkine, lequel était revenu sur la générosité de ses intentions premières :

« — Vous croyez, mon vieux, que j'ai des ressources illimitées à mettre à votre disposition ?

« Le jour suivant, il y a du nouveau. Adam apprend que le

yacht voisin du *Rameau* va quitter le port. Il court à la capitainerie et obtient le mouillage convoité. Par-dessus la tête du policier et de son doberman, on va pouvoir échanger des salutations gesticulées, des *hi* et des *hello*. Le soir même, le jeune couple invite l'équipage du *Rameau* à bord de l'Eros IV.

« Adam parle correctement anglais, mais il n'a jamais pu maîtriser les accents toniques, si bien qu'on lui a confectionné une légende sur mesure qui tient avec des ficelles : il est Américain d'origine cubaine, et il a surtout vécu en Suisse.

« L'équipage du *Rameau* est composé de deux dames américaines, pas très jolies qui semblent avoir des tendresses l'une pour l'autre, d'un capitaine alcoolique et vénézuélien plus vrai que nature, d'un adolescent suédois en rupture de lycée et d'une jeune Allemande à lunettes, aux aisselles poilues, en qui Eve reconnaît immédiatement le commissaire politique de la bande. On visite *Le Rameau* ensemble : c'est un *cabin cruiser* spacieux, bien aménagé.

« Les membres d'S.O.S. Terre se montrent d'abord moralisateurs et pincés, mais se détendent bientôt. Ce sont de gentils bons à rien, à qui leurs connaissances maritimes ont procuré cette superbe planque qu'est *Le Rameau*, et qui voguent de site de chasse à la baleine en champ de tir nucléaire, profitant de ces croisières qui ne leur coûtent rien. Ils sont bien un peu fatigants avec leurs brochures de propagande et leurs prétentions à réformer le monde, mais Adam trouve le ton juste pour leur parler : mi-convaincu mi-ennuyé d'être convaincu. “ Et si on allait faire un plongeon ? ”

« Dès le troisième jour, on organise une partie de pêche sous-marine en commun. La commissaire fait des avances à Adam. Est-ce luxure ou méfiance ? Comme elle n'est pas jolie, il ne l'encourage pas.

« Il ne reste plus que dix jours jusqu'à la date limite fixée pour “ l’anticipation ”. Tous les soirs, au téléphone, le chef de mission exprime, à mots couverts, son impatience, qui se communique à Adam. Eve demeure calme, puisqu’il leur est interdit de créer des circonstances favorables à l’action.

« — On ne nous demande que de rendre compte : rendons compte !

« Plus que neuf jours, que huit, que sept. Adam est devenu un expert sur les écureuils roux et les bébés phoques. La date exacte des tirs nucléaires est secrète, mais l’équipage du *Rameau* sait qu’elle approche, qu’il va bientôt falloir cingler vers le lieu où ces salauds de Galates vont perpétrer leurs criminelles expériences. De nouveaux membres du mouvement arrivent tous les jours : un pasteur norvégien qui sourit sans cesse, deux malabars du genre garde du corps, un photographe Noir, une sainte albinos, un intellectuel philippin, seul à porter une cravate à mille milles marins à la ronde.

« — Je trouve ces gars plutôt sympa, dit Adam.

« — Et qu’est-ce que ça change ? réplique Eve.

« Enfin, le coup de chance. Un Austrien nationaliste et milliardaire, habitant à une vingtaine de milles au nord, invita l’équipage du *Rameau* à venir fêter chez lui la campagne anti-nucléaire qui s’ouvrirait dès que les tirs recommenceraient. Il promettait, pour sa part, de financer un programme de télévision où les turpitudes des Galates seraient dénombrées. L’équipage se partagea : certains trouvaient indigne de s’associer à un nationaliste, d’autres à un milliardaire, d’autres avaient entendu parler des réceptions fastueuses qu’il donnait et prêchaient la tolérance.

« Les derniers eurent gain de cause, et, en fin d’après-midi, *Le Rameau* quitta le port. L’Eros IV suivait à bonne distance. *Le Rameau* mouilla au large de la plage privée de l’Austrien. En plusieurs rotations de youyou, l’équipage fut transporté à terre. Onze, le compte était juste. Adam et Eve qui observaient à la jumelle échangèrent un regard de soulagement.

« Un appel radio sur la fréquence d'urgence. Le chef de mission exulte. Il donne aux observateurs l'ordre de quitter la zone d'action. Ils regagnent le port et font plusieurs restaurants avant de rencontrer un couple qu'ils ont aperçu plusieurs fois sur la plage et en compagnie de qui ils dînent pour s'assurer une espèce d'alibi.

« Cependant les deux nageurs de combat, censés être des représentants belges en bijoux français, étaient terrés dans un motel de troisième catégorie. Leur rang réel dans l'armée — c'étaient des sergents — devait être à l'origine de cette discrimination. Le chef de mission leur avait commandé de se montrer le moins possible. C'est pourquoi, en caleçon du matin au soir, assis chacun sur son lit, ils s'étrillaient au quatre vingt-et-un, au poker, à la belote — la prime d'opération non encore payée avait déjà trois fois changé de main — deux six-packs de bière périodiquement renouvelés carrés entre leurs mollets. Ne croyez pas que j'aie rien contre les sous-offs. J'en viens. Mais, sauf exception, nous avons besoin d'être commandés.

« Enfin, un soir, le téléphone sonna.

« C'est toujours une question de savoir ce qui est plus sûr : la radio ou le téléphone. Je ne sais pas quel est votre sentiment là-dessus : en principe, si l'on n'a éveillé les soupçons de personne et s'il n'y a pas de puce dans l'appareil, le téléphone a l'avantage d'échapper aux balayages aléatoires. Le chef de mission donne les coordonnées du *Rameau* et l'heure H, codées naturellement.

« Les nageurs dessaoulent, consultent la carte, prennent la voiture. Dans le crépuscule qui crépite d'insectes, ils gagnent un lieu de la côte abrité des vues, s'équipent et se coulent dans l'eau tiède. Ils ont leurs palmes, leur boussole, leur radio, leurs mines. Ils font leur métier. Ils sont heureux. Les poissons volants tourbillonnent autour d'eux.

« La nuit est tombée. Pas de lune. Les étoiles de l'autre hémisphère répandent quelque lumière. Un feu vert à tribord et un feu blanc dans la mâture signalent *Le Rameau d'olivier*. L'océan Austrique clapote sous l'étambot.

« Un des nageurs se hisse à la petite échelle de coupée. L'eau ruisselle sur sa combinaison de caoutchouc noir. Il passe la tête par-dessus le plat-bord. Personne dans le cockpit, personne sur le rouf. Il est interdit aux nageurs de monter à bord, de crainte qu'ils n'y laissent des traces révélatrices. Là encore, il y a excès de précaution selon moi, mais vous êtes peut-être d'un autre avis. Le nageur se laisse retomber dans l'eau. L'autre le regarde à travers son masque. Le premier lève le pouce. Ils plongent. Ils sont sous la coque. Les bouteilles d'oxygène fonctionnent. Ils appliquent les mines magnétiques à l'emplacement qu'ils ont déterminé pendant leurs exercices sur une coque du même type. Il est 21 heures 10. Elles sauteront à 23 heures 05. Les nageurs regagnent la terre ferme, se rhabillent, enterrent leurs combinaisons (de fabrication galate, parce que c'est celle dont ils ont l'habitude) et rentrent joyeusement au motel.

« Cependant Adam et Eve, ayant dîné un peu vite, disent bonsoir à leurs amis sous prétexte d'une promenade romantique au bord de la mer et prennent leur Capri de jeunes mariés : je me rappelle que la publicité prétendait que c'était “ une auto sexy ”. A 22 heures 30, ils sont en haut d'une falaise et se disputent les jumelles à infrarouge : on ne leur en a fourni qu'une paire. *Le Rameau d'olivier* se détache indistinctement sur la luminescence de la mer, mais on repère bien ses feux, le vert sur le côté et le blanc dans les hauteurs.

« A 22 heures 45 arrive ce à quoi personne ne s'attendait : ni le chef de mission qui aurait pu s'organiser autrement, ni Scipion, ni Pouchkine, ni même Lagardère. Je me suis laissé dire qu'il y avait toujours de l'imprévu dans ce genre d'opération...

— Ouais, fit Pompée. Mais l'imprévu... il faut savoir le prévoir.

— Dans les jumelles à infrarouge, Eve voit une silhouette humaine traverser la plage, détacher le youyou amarré à un pieu planté dans l'eau et faire force de rames vers *Le Rameau d'olivier*. Qui est-ce ? Mystère.

« — Qu'y a-t-il ? Qu'y a-t-il ? demande Adam.

« Eve le lui dit et appelle le chef de mission qui est naturellement en écoute permanente. Plus question de codes :

« — Je vois un homme là-bas... Il aborde le yacht... Il amarre le youyou... Il monte à bord.

« Le chef de mission panique. L'explosion doit avoir lieu dans un quart d'heure. Pas le temps d'envoyer les nageurs défaire ce qu'ils ont fait. Et l'allumage des mines se déclenche par un système d'horlogerie et non par radio, puisque les ondes radio ne cheminent pas sous l'eau. Une solution : appeler *Le Rameau d'olivier*, prévenir le passager mystérieux. Notre prévoyant chef de mission n'a pas le numéro de téléphone du *Rameau* ni aucun annuaire qui lui permette de le trouver ! Il doit appeler les informations. C'est évidemment mettre en péril la sécurité de l'opération, surtout avec son accent galate. De l'autre côté, il sait que, s'il y a mort d'homme, sa carrière est finie. Il décide en fin de compte d'essayer. Le numéro des informations sonne, sonne interminablement... Enfin un préposé répond. Il ne comprend pas ce qu'on lui veut. Le chef de mission crie :

« — C'est une question de vie ou de mort !...

« A 23 heures 05, *Le Rameau d'olivier* est secoué d'un gros hoquet : le feu blanc bascule et se couche sur la mer. Une détonation sourde roule, répercutée de vague en vague. Eve rappelle le chef de mission qui vient d'obtenir son numéro, le numéro ne répond pas, et pour cause.

« Adam et Eve rentrent. Adam a d'abord été secoué. Il n'avait encore jamais tué. Mais il se calme rapidement : il n'a toujours pas tué, lui, hein ? C'est les gars d'Action. Ce serait peut-être différent s'il avait vu le cadavre, mais il ne sait même pas qui c'est ! Ce n'est pas pour un écolo de plus ou de moins dans le monde !... Et l'opération a brillamment réussi. Il commence à croire qu'il est l'espion du siècle. Il a préparé une bouteille de champagne dont ce tempérant exemplaire boit les trois quarts. Et il considère qu'il mérite une récompense sentimentale *hic et nunc*.

« Ce n'est pas l'avis d'Eve qui se couche le nez vers le mur. Adam n'arrive pas à s'endormir, ivre de jactance. Eve ne dort pas non plus : ce n'est pas que la mort de l'inconnu l'obsède ; elle sait qu'elle fait la guerre et qu'il n'y a pas de guerres sans pertes. Simplement, les yeux ouverts sur la nuit, elle pense avec une tendresse passionnée à son fiancé aux lunettes grosses comme des loupes. Lui, espère-t-elle, il est bien vivant.

« Il est onze heures du matin en Galatie lorsque Scipion téléphone au Château sur la ligne qui lui est réservée et donne le saint du jour, ce qui veut dire " opération réussie ". Il ajoute prudemment qu'il y a peut-être eu un accident, qu'il n'en est pas certain.

« — Nous verrons, répond Pouchkine. Déclenchez la phase de repli comme je vous l'ai prescrit.

« Les techniques de repli peuvent varier, bien entendu, et Scipion avait été d'avis de faire éclater " les personnels " dans toutes les directions, dès que la phase action aurait été menée à bien. Pouchkine avait imposé au contraire un repli par échelons pour ne pas attirer l'attention des autorités autrichiennes.

« Les premiers à partir furent l'équipe Commandement et l'équipe Action, parce que leurs membres risquaient les plus grosses peines. Je ne trouve pas que ce soit un point de vue très professionnel. Après avoir fait le tour du monde, ces braves gens se retrouvèrent au CIRC, s'attendant à une réception de héros : Scipion leur fit grise mine ; le mort était de trop.

« Car il y avait bien un mort. Le photographe Noir s'était vexé d'une remarque faite par le milliardaire austrien et avait décidé de rentrer seul à bord. Il avait sauté avec le bateau et avait été tué par l'effet de souffle. Les *media* se déchaînaient, surtout les austriens, et aussi, dans le monde entier, les amis d'S.O.S. Terre. L'affaire prenait des proportions que Pouchkine n'avait pas prévues ; pourtant, il ne s'en affectait pas : il n'aurait pas sacrifié cette vie délibérément, mais il savait que cette mort lui profiterait quand il allait accuser le CIRC de négligence et d'impéritie.

« Il ordonna que l'équipe de recueil fût la suivante à se replier. Scipion poussa poliment les hauts cris : c'était mettre la charrue avant les bœufs. D'ailleurs Adam et Eve étaient complices d'un meurtre. Justement, argua l'imperator : déplacer Adam et Eve avant la fin de leur voyage de noces éveillerait inutilement les soupçons des Austriens. Scipion s'inclina. Pouchkine se carra pour attendre. Il restait dix jours avant la fin du voyage de noces. Les tirs nucléaires ne furent pas décommandés : ils serviraient d'aiguillon à la police austrienne.

« Soutenue par les abois de la presse, l'enquête marcha à pas de géant. L'appel du chef de mission cherchant le numéro de téléphone du *Rameau d'olivier* ne passa pas inaperçu. Les combinaisons de plongeur furent retrouvées par des chiens policiers. L'équipage du yacht fut interrogé entre autres sur ses fréquentations les plus récentes, et ces fréquentations interrogées à leur tour. Eve eut la présence d'esprit de perdre son passeport, Adam exhiba le sien. C'était un vrai faux que la CIA avait mis à la disposition du CIRC à l'occasion d'une opération commune. La Galatie était irrémédiablement compromise.

« — Ouf, dit Pouchkine.

« En Galatie, les *media* s'enrouaient à poser une question absurde : qui avait pu prendre la responsabilité de donner un ordre pareil ? Le dernier des ânes savait que seul l'imperator aurait eu l'autorité nécessaire, mais, par un reste de pudeur monarchique, on cherchait le coupable un peu plus bas : le chef du service Action ? le général Scipion ? le ministre de la Défense ? le Premier ministre ?

« L'opposition interpellait le gouvernement. Jamais Pouchkine n'avait été si content d'avoir une opposition. Et un gouvernement. Le Premier ministre — un physique de garçon coiffeur et un calme de mafioso — monta au Château :

« — Mais je ne sais rien, moi, monsieur l'imperator !

« — Eh bien, démentez. Si *vos* services spéciaux étaient impliqués, je présume que vous seriez au courant ?

« Le Premier ministre convoqua le ministre de la Défense :

« — Vous savez quelque chose, vous ?

« — Rien de rien.

« — Si *vos* propres services spéciaux étaient dans le coup, je suppose que vous le sauriez, non ? Démentez en vitesse.

« Le ministre de la Défense fit comparaître Scipion :

« — Non mais ! Qu'est-ce que c'est que ce sac de nœuds, Scipion ? C'est *vous* qui avez fait ce mauvais coup ? Sinon, démentez !

« Situation cornélienne. Mais il fallait demeurer fidèle à l'imperator. Scipion démentit. Le ministre de la Défense démentit. Le Premier ministre démentit. L'imperator ne démentit pas. Il n'avait pas à démentir. Il restait intouchable.

« Cependant, dans sa cellule, Eve tenait tête aux interrogateurs. Elle était bien Mrs Adam, native d'Irlande. On l'amenait à se couper, à se contredire, elle inventait de nouvelles échappatoires, écrivait à des cousins imaginaires, improvisait des grèves de la faim, se défendait comme une belle diablesse.

« Adam s'effondra dès qu'il eut appris que le gouvernement galate dégageait sa responsabilité : " Je suis un officier du CIRC en mission ! " On le confronta avec la petite Eve qui continua à nier effrontément : “ Mon mari doit être un provocateur confusionniste ! ” Elle exigea le divorce. N’importe quoi pour protéger sa mission le plus longtemps possible. De la bonne graine d’agent, cette petite.

« Quand ils eurent été condamnés à de sérieuses peines de prison et que les démentis galates ne furent plus tenables, le gouvernement limogea Scipion ; il eut la magnanimité — ou la sagacité — de continuer à se taire. Le ministre de la Défense fit à l’imperator la faveur d’une démission. Le Premier ministre disparut peu après comme dans une trappe, et l’imperator demeura en place, exhalant, comme disent les Anglais, un parfum de rose.

« Il se frottait les mains. Maintenant, il allait pouvoir démonter la Machine pièce à pièce, et peut-être même retrouver la trace de Cacetti.

« Alors toutes les commissions imperatoriales, gouvernementales, sénatoriales, parlementaires se ruèrent sur nous, chacune voulant sa part de la curée. Que de dossiers disparus dans la tourmente, surtout ceux des amis syncrétistes de l’imperator ! Que d’affaires en cours bloquées par soustraction des preuves ! Que d’indiscrétions rattrapées au dernier moment ! Nous autres, nous vivions dans la terreur. Investis d’autorités supérieures, des enquêteurs anonymes déambulaient dans nos couloirs, se faisaient ouvrir nos coffres-forts, expliquer nos codes, prétendaient apprendre le vrai nom de nos agents protégés par leurs pseudos. Ce fut un carnage comparable à celui de la CIA, lorsque, sous la présidence de Jimmy la Cacahuète, William Colby livra en pâture aux parlementaires américains et, par contrecoup, au KGB, ce que les anciens du service appelaient sans paillardise les Bijoux de Famille.

« Cependant nous résistâmes mieux, n’ayant pas l’idolâtrie de la démocratie, qui est innée chez les Américains. Après tout, les Galates ont longtemps vécu dans un Etat dont le chef n’était pas d’abord un chef de faction. Et nous apprîmes bientôt à distinguer quatre espèces d'enquêteurs : les simples curieux — qu'il était facile de berner ; les inquiets, soucieux de se blanchir ou de blanchir leurs amis — qu'il était aisé de satisfaire ; les espions des services rivaux — contre lesquels nous trouvions plus difficile de nous protéger ; et une poignée de spécialistes d'origine indéterminée qui fouillaient, fouillaient, fouillaient notre fumier avec leurs longs nez, à la recherche d'une perle particulière. Laquelle ? Nous ne savions pas. J'étais probablement le seul à deviner.

« D'abord ils ne songèrent pas à m'interroger : un lieutenant de chancellerie, pensez donc, alors qu'ils pouvaient se gausser de commandants, intimider des colonels, faire la morale à des amiraux ! Cela ne dura pas : ils devaient aussi avoir des chanceliers dans leur boutique. J'avais beau me faire transparent, translucide, tourner et retourner mon anneau de Gygès autour de mon doigt, un jour l'un d'eux me fit signe avec le sien : “ Par ici, mon petit ami. ” Il fallut y aller.

« Les fouineurs commencèrent par me faire des chatteries.

« — Vous qui êtes au CIRC depuis sa création, qui étiez à la Machine depuis si longtemps, vous devez en savoir, des choses...

« Je me pourléchais et j'attendais le nom qui ne pouvait manquer de tomber tôt ou tard. Il tomba à peu près comme je le prévoyais. L'interrogateur qui me faisait face m'en avait envoyé une vingtaine à la tête, connus et inconnus, et soudain l'interrogateur qui me tournait le dos et maltraitait sa Japy fit :

« — Minute. Où c'est que vous disiez que vous l'avez rencontré, Cacetti ?

« Voilà. Je savais maintenant de science certaine à quoi avait servi le torpillage du *Rameau d'olivier*. Je répondis avec sang-froid.

« — Je ne vous ai pas parlé de Cacetti. Vous confondez peut-être avec Archetti, monsieur l'inspecteur.

« Je leur donnais des grades au hasard.
« — Ouais, mais Cacetti ?
« — Le capitaine Ettore Cacetti ?
« Et je lâchai ma petite bombe :
« — Il y a vingt-cinq ans qu'il ne fait plus partie de la maison.
« Je sentis la tension monter. “ De la maison ” ? ! Ils ne s'attendaient pas à cette surprise-là. Mais ils auraient fini par découvrir le pot aux roses rien qu'en lisant nos vieux index de téléphone : il valait mieux les renseigner gentiment.
« L'un, très vite :
« — Cacetti a fait partie de la maison ?
« L'autre, encore plus vite :
« — Cacetti était à la Machine ?
« — Vous ne saviez pas ? Il est entré après la guerre. Il a quitté vers 63.
« Une pause.
« — Où est-il maintenant ?
« — Aucune idée. Il doit toucher une retraite. Voyez le payeur.
« Je savais pertinemment que Cacetti ne touchait aucune retraite, et, lorsqu'on eut retrouvé son dossier derrière des piles d'autres dans un grenier presque inaccessible, on n'y découvrit rien d'intéressant sinon peut-être la date de sa démission qui coïncidait à quelques jours près avec celle de l'attentat de l'Assistance publique. Inutile de vous dire que rien ne mit les intrus sur la trace de notre HC de Miami. Il ne leur restait plus qu'à se retirer.
« Le pillage du CIRC continua encore quelques jours. Les pièces de la belle vieille Machine de Lagardère gisaient par terre, incohérentes, inutilisables. On en rassembla quelques-unes pour essayer de la faire rouler encore. Des fuites la déshonorèrent. Puis un directeur — “ sabre-au-clair ” comme aurait dit Aucune-Gueule — la ridiculisa. Il

avait été choisi pour cet emploi. La Machine qui avait osé défier Pouchkine était morte.

D'un geste délicat, Lionel tira un mouchoir à fins carreaux de sa poche et essuya ses lèvres sucrées.

— Si vous voulez mon avis, fit Pompée, le père Lagardère a payé trop cher l'éviction de quelques confusionnistes.

Lionel ne cilla pas. Un sourire à peine perceptible se jouait sur les traits de Kernavo.

— Mon colonel, dit le chancelier en repliant son mouchoir avant de le remettre dans sa poche, vous n'avez peut-être pas suffisamment réfléchi au sens du mot *anticiper* qui ne veut pas toujours dire assassiner. Il me reste encore une scène à vous raconter.

« Je vous ai annoncé que mon histoire était celle d'un duel et le décor s'y prête. Nous sommes dans un château Renaissance récemment acquis, décoré et meublé par un des meilleurs amis syncrétistes de l'imperator. Vous savez quelles fortunes colossales ils sont en train d'accumuler, et c'est d'ailleurs ce qu'ils font de mieux car, dès la deuxième génération, cette racaille basculera du côté des élites.

« L'imperator avait été convié là pour une chasse au faisan — vous savez, ces faisans qu'on lâche en haut d'une colline parce qu'ils ne peuvent voler qu'en descendant. Quand on lui avait soumis la liste des autres invités, son doigt manucuré glissant sur les noms ne s'était arrêté qu'un instant à celui de Lagardère, son ongle ne l'avait pas rayé et un frisson de plaisir était même passé sur son visage du Bas Empire.

« Et voici qu'après la chasse, ou plutôt la fusillade, le champagne sur la terrasse italienne dominant la Loire, le dîner dans la salle à manger armoriée et le merveilleux petit concert de musique sépharade dans la salle de musique, les deux hommes se retrouvèrent, pour l'armagnac et le cigare, dans la bibliothèque de trois mille volumes anciens achetés avec le château. Personne n'osait rejoindre l'imperator et son interlocuteur. A peine si, voyant la vaste pièce partiellement noyée dans la pénombre par le rhéostat, quelque jeune couple se profilait de temps en temps sous le chambranle en accolade et s'évanouissait précipitamment, ayant reconnu la silhouette éléphantesque de l'un et le profil gommeux de l'autre.

« Les deux champions se tenaient debout, un verre à la main, sous les hures de sanglier et les massacres de cerf suspendus dans les ténèbres. Un projecteur éclairait un échiquier chinois avec des pièces trapues, en jade verdâtre pour les noirs, jaunâtre pour les blancs. Ils suçaient leurs cigares comme des bébés leur biberon, en regardant le parc noir sur lequel se levait Vénus.

« — La vie, monsieur Lagardère, est une chose excitante et amère, prononça enfin l'imperator, qui n'avait jamais su s'empêcher de triompher d'un vaincu. Chacun, il est vrai, subit des défaites temporaires. L'important est de les considérer comme un matériau de construction et de les convertir à son propre usage. Je reçois des tuiles, j'en fais un toit. N'êtes-vous pas de mon avis ?

« — Je m'incline devant votre sagesse, monsieur l'imperator.

« — En revanche... — l'odeur capiteuse des Davidoff rivalisait avec les senteurs du parc mouillé de rosée —, en revanche, il doit être bien dur de voir l'œuvre de toute une vie fracassée à ses pieds. C'est dans ces circonstances qu'on reconnaît “ les vrais hommes, mon fils ”, comme disait l'autre. Savez-vous que j'ai toujours trouvé la traduction de Maurois supérieure à l'original ?

« Lagardère, dont la mère, vous le savez, est Anglaise, ne répondit rien.

« — Oui, reprit l'imperator, malgré les différences qui nous séparent, je peux bien vous dire, mon cher Lagardère, que vous avez toute ma... oui, j'oserai le mot : ma compassion.

« — Vous êtes trop bon, imperator.

« — Si, si ! Vous avez toujours été l'enfant chéri des

dieux, vous avez réussi à construire l'un des services spéciaux les plus modernes, les plus efficaces, et puis, d'un seul coup, crac, vous n'êtes qu'un *has been*, et votre service lui-même s'effrite, ne donne plus satisfaction. (Un tapotement au cigare, pour faire tomber la cendre, puis un bon suçon.) Oui, mon pauvre ami, cela doit être bien triste.

« Lagardère, les jambes écartées pour mieux supporter son poids, continuait à regarder rêveusement le parc. Mais voilà que, soudain, il expectore de sa cage thoracique monumentale une rafale de fumée, se tourne vers le chef de l'Etat et change complètement de ton :

« — Pouchkine, fait-il amicalement, je suis enchanté d'avoir cette occasion de vous dire que nous ne sommes pas mécontents de vous. Vous aviez démarré avec le feu au derrière, ensuite vous avez mis la bonne proportion d'eau bénite dans votre piquette. Nous finirons par faire quelque chose de vous. Quant à la Machine, vous voulez rire peut-être ? Si vous en aviez pris les commandes, le diable seul sait ce que vous et vos amis auriez fait de notre pays. Il fallait empêcher ça à tout prix. Au pis en la rendant inutilisable. Malheureusement, je n'avais pas les moyens de la saboter moi-même. Mais, vous l'avez peut-être entendu dire, je suis assez doué pour spéculer avec la cervelle des autres. Merci, Pouchkine, d'avoir fait mon travail pour moi.

Le chancelier Lionel se tut et jeta un regard nostalgique dans les profondeurs de son verre vide. Nous ne disions mot.

— Voilà, monsieur Volsky, conclut-il enfin, voilà ce qu'on raconte dans les veillées. Pour quand vous manquerez de sujets de roman... Mais on raconte tant de choses !

Et moi, ne sachant pas qui télécommandait Lionel — à moins qu'il ne fût simplement un romancier qui s'ignorait :

— Comme vous avez raison ! lui dis-je. En Russie, on raconte même qu'on trait les poules et que les vaches pondent des œufs.

LES FILS DE CHIENNE

Bonne franquette, mais bon ton, tel était l'esprit militaire du Berkeley à cinq heures. La grossièreté : à éviter ; la vulgarité : exclue. L'humour, fort bien ; le comique troupier, pas question. Certains d'entre nous buvaient sec, mais seuls ceux qui resteraient sobres. Le respect des opinions de chacun — je dis bien le respect : pas la tolérance — allait de soi. On pouvait ironiser sur l'ONU en l'appelant « le machin » ou sur la République en la traitant de « femme sans tête », mais on ne parlait guère de la France, de l'honneur ou de la mort, parce que la grandiloquence sur ces sujets aurait paru aussi insupportable que la légèreté. Aucun habitué ne contrevenait jamais à ce règlement. Cependant il arrivait que quelqu'un amenât un olibrius qui n'était pas au courant.

L'olibrius auquel je repense aujourd'hui, ni soldat ni policier, était un de ces personnages ambigus — certains d'entre nous auraient dit de SAC et de corde que les gaullistes, sinon de Gaulle, avaient déversés sur la France après le putsch de 1961, et qui ont eu ensuite des carrières diverses : certains ont grimpé haut, d'autres sont rentrés dans les cloisons d'où ils étaient sortis. Celui-ci, avec sa grosse bouille, ses cheveux ébouriffés, sa cravate rouge pâle sur sa chemise rose foncé et sa façon de renverser la tête quand il riait, si bien qu'on lui voyait ses dents de platine, sa grosse langue couverte de pustules et d'aphtes et jusqu'à sa luette, paraissait s'être « recyclé » avec succès et ne conservait de son passage dans les services de sécurité de la présidence que les souvenirs les plus euphoriques.

— Sans nous autres, constatait-il en écartant les doigts de manière grotesque, le pouvoir, savez-vous, aurait été salement embêté. Jusque-là, on avait fait la guerre aux bouniouls, c'était assez clair. On sympathisait, on sympathisait pas, mais enfin c'étaient les bouniouls : les autres, quoi.

— Considérez-vous les harkis comme des bouniouls ? interrompit doucement Kernavo.

— Tu parles ! Et d'un sens c'étaient encore les pires parce qu'ils compliquaient le boulot. Le plus simple, c'était de faire comme s'il y en avait pas. Mais alors, à partir du putsch, pétard ! Pauvres de nous ! (Il se prit la tête à deux mains et se l'ébouriffa encore un peu plus.) C'était plus les bouniouls, c'était les Français, et c'était pas que les pieds-noirs, il y avait de bons Français de métropole, et c'était pas que des civils, il y avait des militaires, et c'était pas tous parce qu'il y en avait de bons, mais les plus bananés, les plus soi-disant honorables étaient ceux qui trahissaient le plus. (*Trahissaient* ne fut relevé par aucun de nous.) Et encore s'il y avait que les hommes ! Les femmes s'y mettaient. Vous auriez vu de ces mignonnes sorties des Oiseaux qui transportaient des grenades en mettant la bouche en cœur quand on les coinçait : " Monsieur, savez-vous à qui vous parlez ? Mon père, le marquis de La Crotte de Bique qui est PDG de Rhône-Poulenc... " (Il imitait ce qu'il croyait être un ton distingué.) Bon, que les bouniouls veuillent être indépendants, c'est une chose. On les trempait quand il fallait, parce que c'était le métier, ou alors la gégène, qui d'ailleurs n'a jamais fait de mal à personne, mais enfin on ne leur en voulait pas, à ces salauds-là. Mais alors les Français qu'il fallait se farcir, des nobles à quatre particules, des anciens officiers, des flics même, et des anciens résistants, des Soustelle, des Bidault, alors là, pétard, que la trahison vienne de là, ça, on supportait pas. Ils étaient peut-être pas heureux, ces gens-là, et privilégiés et tout et tout ? De quoi je me mêle, vous pouvez me dire ça, vous ?

« Alors c'est là que le grand Jules me convoque et qu'il me dit :

« — Paulo...

Notre visiteur ne nous confia à aucun moment qui était « le grand Jules ». Sans doute voulait-il laisser entendre que c'était le général de Gaulle lui-même, mais la Grande Ombre, encore formidable, lui interdisait ce mensonge, et il se contentait de faire planer un doute fallacieux, le véritable « grand Jules » n'ayant probablement été que l'un des chefs des nombreux services de polices dites parallèles qui foisonnaient à l'époque.

« — Mon Paulo, qu'il me dit, fais quelque chose !

« Moi, hein, qu'est-ce que je pouvais répondre ?

« — Bien, mon général. Mais je veux carte blanche.

« — Tu auras carte blanche, mon Paulo.

Il y avait bien sûr de l'exagération et du raccourci dans ce compte rendu, qui n'était pas nécessairement mensonger : ce fut une époque où, pour certains, ni les lois écrites ni les non-écrites ne comptèrent beaucoup.

Paulo déglutit une gorgée de Saint-Raphaël et s'envoya une poignée de cacahuètes dans le gosier.

— Il faut vous dire que moi, j'avais compris un truc : puisqu'on avait en face de nous des officiels et des bourgeois, pour les ratiboiser il fallait pas recruter des bourgeois et des officiels. En Algérie, c'est d'accord, les gendarmes et les CRS restaient à peu près fidèles. A la caserne des Tagarins, la baignoire, ça y allait gaiement contre ces enfoirés de l'OAS qui n'avaient jamais pris de bains aussi fréquents, mais tout ça m'inspirait pas confiance. Quand on porte du galon, on est toujours tenté d'obéir à qui en porte plus : si le putsch avait réussi, vous auriez vu les gendarmes et même les CRS filer doux devant le dernier des commandants à béret vert. Et les bourgeois, c'est pareil : le sabre et le tiroir-caisse, depuis que le goupillon est à la poubelle, c'est tout de même l'alliance des temps modernes.

« Moi, je devais recruter parmi les ennemis naturels du beau monde, et aussi parmi les gars qui n'ont pas froid aux yeux. Où trouve-t-on ces deux espèces-là, je vous le demande ? Eh bien, je vais vous le dire, moi, où on les trouve. On les trouve en taule. J'ai épluché une centaine de dossiers et je me suis fait relâcher une vingtaine de truands dont la vie coûtait pas cher mais pas cher du tout, des qui seraient faciles à remplacer à mesure que l'OAS m'en bouzillerait.

« Je les ai réunis dans un local qu'on m'avait prêté : vous auriez ri, c'était un salon avec des miroirs, et des lustres, et de petites chaises dorées qui craquaient sous mes balèses. Eux, ils se demandaient ce qui leur arrivait. Je leur ai dit :

« — Les gars, je leur ai dit, vous êtes pas amnistiés, vous êtes pas graciés, vous êtes pas renvoyés dans vos foyers, vos matricules ils sont toujours enregistrés et il pourrait leur arriver des bricoles. Ça va changer du tout au tout si vous m'aidez à sauver la République. Vous serez rétablis dans vos droits civiques et vous pourrez recommencer à maquer les gonzesses et à ausculter les coffres-forts. Seulement je vous préviens : si vous tentez la belle et que je vous remette la main dessus, alors là, pétard, vous regretterez le jour où vous êtes sorti du ventre de votre môman. Je le jure sur la tête de la mienne : vous mettrez pas moins d'une semaine à crever. Et ce sont vos copains ici présents qui vous tisonneront par tous les bouts.

« Alors là, je les voyais s'entre-regarder, et comme c'étaient de beaux voyous, avec de belles gueules de voyous, cicatrices-tatouages, ils se faisaient pas beaucoup d'illusions sur leur charité chrétienne réciproque. Je les ai sentis commencer à mouiller un peu.

Il poussa un léger sifflement et fit le geste étrange qui consiste à rapprocher les doigts du pouce, sans doute pour imiter le recroquevillement des parties nobles du mâle sous l'effet de la peur.

« — Sinon, je leur dis, vous aurez la belle vie. Bien nourris, pinard à volonté. Toutes les filles que vous ramassez, vous les couvrez et je vous couvre, même si c'est des femmes de gros bonnets. Ça doit être jouissif, hein, de se payer la femme d'un avocat ou d'un banquier ? Vous n'aurez qu'un mot d'ordre : semer la terreur. Faire comprendre à l'OAS et à ses larbins qu'avec tous leurs concerts de casseroles, ils ont affaire à des méchants, et, quand je dis des méchants, c'est des méchants que je veux dire. Ah ! un détail. Si vous amochez un prisonnier en l'interrogeant, vous me faites signe. Dans certains cas, si c'est spectaculaire, on peut avoir intérêt à le relâcher. Dans d'autres, je me chargerai de lui mettre une balle dans la tête. Pour simplifier, retenez ceci. A mes yeux, vous aurez jamais qu'un seul tort : ne pas avoir fait assez peur. Compris ? A dégager.

« On arrive à Alger par avion spécial, avec le matériel, peinards. Une belle villa mauresque d'où on voyait la grande bleue. Des fatmas pour laver nos calcifs. L'un d'entre nous avait été cuistot au *Chien qui fume*. Qu'est-ce qu'on graillait bien !

« Au début, c'est vrai, on était tout nus tout crus, on n'avait pas de renseignement. On n'a pas hésité. On s'est cravaté quelques petits gosses de riches du Milkbar à l'heure du couvre-feu, quand ils rentraient chez papa-maman. Une cagoule sur la tête. La camionnette. Une cave. Quelques baffes. Le nerf-de-bœuf pour les récalcitrants. Pétard, ça se mettait à table en moins de deux. L'un d'eux était colleur d'affiches : " OAS vaincra " ! Tu parles !

« — Ton chef ? Son adresse ?

« On ramasse le chef. On le plonge. Remarquez, pour plonger, faut l'avoir bien accroché, parce que ça cocote, mais on s'habitue. D'ailleurs, pourquoi je vous dis ça, moi ? Vous êtes des experts ! Le chef tardait pas à donner son contact, et, après quelques heures de boulot à la cave, on ressortait à l'air libre et on s'offrait du bon temps.

« Pour réussir professionnellement, on réussissait. J'avais même pas les pertes que j'avais prévues. Jamais encore un tel vent de terreur avait soufflé sur Alger. Et pourtant, avec les fellaghas, les paras, les gardes mobiles, les bombes, les tortures, les plasticages, les barricades, les ratonnades, qu'est-ce qu'ils s'étaient tapé, les Algérois ! Mais là, voyez-vous, avec des lycéens et des lycéennes tout ce qu'il y a de plus bonne famille qui disparaissaient sans laisser de traces, et des gros durs de Bab-el-Oued qui avaient pas l'air faraud quand ils apercevaient le téléphone de campagne et qu'on leur disait de baisser leur froc, et un député à l'Assemblée algérienne, et une femme toubib, ce qu'on a pu rigoler avec celle-là... Je vous jure qu'ils commençaient à les... (de nouveau le sifflement et le geste obscène). Il y avait que les militaires et les flics qu'on touchait pas, parce qu'avec eux on se méfiait. Y aurait pu y avoir des retours de manivelle.

« Bon, moi, j'ai lancé l'affaire, et je vois qu'elle roule bien. Va me falloir des renforts pour cravater et interroger. Je remonte à Paris, je ressors encore dix truands qui en avaient pris pour vingt ans, et je les ramène à Alger. En première, toujours, on voyageait jamais qu'en première. Et puis j'ai une idée : si on ouvrait des succursales à Oran et à Constantine ? Je soumets le projet. En haut lieu, c'est pas l'enthousiasme, alors je fais des démarches, je tire des sonnettes, j'use des paillassons. Parce que la solution, vous me comprenez, elle était là. On écrasait l'OAS dans l'œuf en filant avant elle les chocottes aux gens. On lui coupait l'herbe sous le pied, quoi. La trahison se serait pas étendue à la métropole, et la petite voisine de Malraux, elle aurait pas à moitié perdu la vue.

« Et puis voilà qu'un jour le grand Jules me fait venir et qu'il me dit :

« — Mon Paulo, qu'il me dit, ça peut pas continuer comme ça.

« Pétard, il avait l'air de mauvais poil !

« — Tes hommes, il me dit, ce sont pas des hommes mais des fauves pervers. Combien crois-tu qu'ils liquident de pieds-noirs par jour ?

« — Je sais pas, moi. Trois quatre. Cinq ou six les bons jours. Il leur arrive aussi de ne buter personne trois jours de suite.

« — Et tu trouves ça normal ?

« — Bof, mon général, il faut savoir ce qu'on veut.

« — Oui, eh ben moi, je veux que ça cesse. De toute manière, l'armée elle est matée, et les pieds-noirs ils vont bientôt être rapatriés que ça leur plaise ou non. Alors ta sale boutique, elle est plus utile. D'ailleurs, tu le sais peut-être pas, il y a un dentiste que tes gars avaient jeté pour mort à la décharge, il a repris connaissance, il a rampé jusqu'à un gourbi, un bounioul l'a recueilli, et il s'est débrouillé pour raconter son histoire à un journaliste américain. Bien sûr on a dit à l'Amerloque qu'il avait rien compris, que c'était l'OAS qui avait torturé ce type, mais tu comprends bien que ça peut plus durer. Débrouille-toi, Paulo. Et que ça fasse pas de vagues, hein.

« Moi, comme d'habitude :

« — Bien, mon général. Seulement après faudra pas venir vous plaindre.

« Remarquez, il avait pas tort, le grand Jules. Les plus belles choses n'ont qu'un temps. Il allait falloir s'arrêter un jour. Mais mettez-vous à ma place. Je pouvais pas réunir mes gars et leur dire : " La fiesta a assez duré. Vous êtes amnistiés. Rendez-moi vos calibres et allez vous faire voir ailleurs. ” Ils m'auraient ri au nez. Rien qu'avec ce qu'ils piquaient sur les personnes et dans les appartements, ils étaient en train de se constituer une honnête aisance. Le truc classique, naturellement, c'était de les faire rentrer en métropole un à un sous des prétextes divers — visite médicale, prime à toucher, mère malade, fille enceinte — et de les reboucler en taule. Mais, vu qu'il fallait faire vite, le truc classique allait pas gazer. Alors vous savez pas ce que j'ai élucubré ?

Après vingt ans, ce qu'il avait « élucubré » le faisait encore rire aux larmes. Il se renversa en arrière, et, à la grande surprise des autres clients et du personnel, il se livra à une crise d'hilarité qui rendait amplement justice aux termes populaires « gondoler » et « tire-bouchonner ».

— Tiens, dit-il au serveur, quand il put de nouveau parler, mettez-nous donc la rince. Vous savez pas ce que j'ai élucubré ? De Paris, j'ai fait une belle bafouille, tout ce qu'il y a de plus officiel, sur papier ministre, avec des en-têtes et des tampons et des cachets partout, et je l'ai expédiée sous couvert du Délégué général à Maumau, le gars que j'avais nommé pour commander les gars en mon absence.

« *Le chef d'unité au chef d'unité adjoint. Très secret. Extrême urgent. Objet : envoi de matériel. J'ai l'honneur de vous faire savoir que je vous adresse par le même courrier du matériel d'interrogatoire de la plus haute sophistication. Ce matériel est classé “ très secret ” et ne peut être utilisé que par des unités d'élite telles que la nôtre.* (Gloussements et trémoussements.) *Chacun de vos hommes doit toucher le matériel qui lui est nominativement affecté et, pour éviter toute contestation ultérieure, la distribution doit avoir lieu en une fois, au vu et au su des utilisateurs. Je vous ordonne par conséquent de réunir l'unité au complet avant de procéder, en votre présence, à l'ouverture de la cantine scellée, à vous adressée sous le numéro tant...*

« Maumau les convoque. C'était l'heure de l'apéro. Y en a qui remontent de la cave, y en a qui quittent une planque. Ils étaient là tous les trente, dans le patio de la villa, avec les arcades, les mosaïques et la petite fontaine qui marchait plus. Au milieu, la cantine. Une honnête cantine, verte, avec une tige et un cadenas, une cantine, quoi. Et des scellés dessus. Les scellés, voyez-vous, c'était ça l'idée de génie. Parce que ça impressionne, les scellés. Je les entends d'ici se demander ce qu'il y avait à l'intérieur. Qu'est-ce que ça peut bien être que du matériel d'interrogatoire " de la plus haute sophistication " ? Ils buvaient l'apéro et ils discutaient :

« — Ça doit être des électrodes branchées sur magnétophone.

« — Est-ce qu'on saura seulement s'en servir ?

« — C'est peut-être des polygraphes.

« — Qu'est-ce que c'est, un polygraphe ?

« — Un détecteur de mensonge.

« — Qu'est-ce qu'on en a à faire, d'un détecteur de mensonge ? Tu les plonges une fois de *pus* et y mentent *pus*.

« — Allez, défais l'emballage, Maumau, qu'on regarde ce qu'il nous envoie comme cadeau, le boss.

« Maumau brise les scellés, et introduit la clef dans le cadenas...

« Pétard ! Y a pas que la villa mauresque, les deux voisines y ont passé aussi, rasibus, et le plus marrant — Ici, rire homérique pendant une demi-minute —, le plus marrant, c'est que le lendemain l'OAS revendiquait l'attentat ! Gonflés, les gars. Perdaient pas le nord. Inutile de vous dire qu'on n'a pas démenti, le grand Jules et moi. Pourtant, ça nous faisait mal au cœur. Enfin, on s'est consolé en se disant qu'il y aurait peut-être des tueurs de l'OAS qui en prendraient pour dix ans de plus pour s'être vantés de ce coup-là.

Nous ne fûmes guère amusés par ce récit d'un cynisme que nous trouvâmes exagéré parce qu'il était différent du nôtre.

Je fus le seul à en rire un peu. En partie par respect humain, en partie parce que, n'ayant vécu qu'à la limite du monde de l'ombre, j'étais curieux de toutes ses variétés, sans être solidaire d'aucune.

Lorsque le sieur Paulo eut enfin emmené ailleurs son gros rire et sa chemise lie-de-vin, le colonel Pompée résuma l'impression générale d'une formule lapidaire :

— Hé oui ! Il faut reconnaître que les moustaches, et les barbouzes, ça fait deux.

★

Et pendant tout le temps que j'écoutais ces histoires et des lambeaux de beaucoup d'autres, j'en taisais une, qui me semblait bien plus étonnante et qui m'était arrivée à moi.

De temps en temps, je jouais avec l'idée qu'un jour ma bouche se descellerait et que je pourrais moi aussi épater les clubmen. Je me répliquais aussitôt que cela n'arriverait jamais, que je devrais mourir avec mon secret, la loyauté et la prudence se conjuguant, car si ce n'était pas avec lui, je pourrais bien mourir de m'en être séparé.

A mes heures de lucidité, je convenais que cela valait mieux : les conteurs ne sont pas des écouteurs et les professionnels n'aiment pas les récits d'amateurs. Si je racontais mon incroyable aventure, les clubmen s'ennuieraient avec urbanité, feindraient de me croire et finiraient par me faire comprendre que, mon royaume étant la fiction — et, sur ce terrain, ils me rendaient volontiers les armes —, je ne devais pas m'égarer sur les chemins rocailleux de la réalité. Chacun son métier, non ? Qui croyais-je tromper ? Un bon sujet de roman peut-être. Encore que parfaitement invraisemblable. Oui, mais la vraisemblance, dans les romans... Bref une bonne plaisanterie, quoi ? Une excellente plaisanterie. Maître d'hôtel, un White Horse pour Monsieur.

Cela n'aurait pas été très agréable et cela ne fut pas. Je continuai quelque temps à jouer le gamin attentif parmi les grandes personnes et à glaner de petits faits vrais en récompense, et puis je cessai peu à peu de fréquenter le Berkeley à cinq heures. Voyez-y du dépit, si vous voulez, mais aussi je passais moins de temps en France ; en outre, je commençais peut-être à me lasser. L'espionnage n'est si fascinant à tous les niveaux, de l'anecdotique au métaphysique, que parce qu'il nous fait prendre conscience de ce que le monde n'est pas ce qu'il a l'air d'être. Une fois qu'on en est bien persuadé, on se dit que n'être jamais ce que l'on est, c'est une autre façon de l'être toujours, et que, avec ses masques superposés, ses jeux de miroirs, ses chausse-trapes, ses « je sais qu'il sait que je sais qu'il sait », l'espionnage est aussi bourrelé de routines et barbelé de préjugés que la philatélie. Que reste-t-il de la prestidigitation quand on connaît les trucs ?

Qu'on ne voie nulle amertume dans cette distance que je prenais à l'époque par rapport à un métier dont certains s'obstinent à faire mes premières amours. Je persiste, moi, à penser qu'il n'est pas de plus riche domaine à exploiter pour le romancier chrétien en quête de héros modernes, comme l'a si bien vu Graham Greene. Nous ne sommes, après tout, que les agents de Dieu lâchés dans le froid pour y accomplir une mission, aspirant à rentrer dans le chaud, et ne pouvant réussir, dans un monde hostile, que sous le couvert de l'humilité. Tradition clandestine, risque du martyre... Le poisson que les disciples des disciples traçaient sur les murs des catacombes n'était-il pas un message codé ? Le « Vieux » ou « *Control* » n'est-il pas un avatar du *starets* ? Différence principale : le christianisme n'est pas une gnose. S'il en était une, comme certains l'ont cru, si le Royaume devait triompher par la connaissance et non par la charité, la religion et l'espionnage ne seraient plus des triangles semblables mais égaux.

C'est pourquoi, après cette période d'éloignement, me voici de nouveau à cinq heures au Berkeley, poussé dedans par les giboulées glacées, espérant retrouver l'atmosphère inquiétante-rassurante qui me fut si familière. Il y a à cela une raison précise sinon consciente : je suis délié de mon serment et si je trouvais une oreille sympathique ou du moins courtoise… Kernavo, par exemple…

Les maîtres d'hôtel me reconnaissent :

— Ça commençait à faire un bail, monsieur Volsky !

Les choses ont changé : la moquette n'est plus léopard, les abat-jour ressemblent à des ombrelles orientales et de hautes photos — Dean et Monroe — ornent les murs. Au fond de la caverne, là-bas, à droite, je ne vois ni l'élégant et râpé Kernavo, qui a regagné sa Bretagne pluvieuse, ni Henguerrand, qui est allé blanchoyer de la chevelure et rougeoyer de la face chez son émir, ni Pompée le mal embouché, ni le rongeur Rat crachotant dans son Martini, ni l'insaisissable Lionel sirotant sa Suze. Personne. La table est libre.

— Votre table, monsieur Volsky.

Je pourrais interroger le personnel, sauf que le personnel doit toujours croire qu'on en sait plus que lui. Ou le feindre. Et, s'il est de bonne volonté, on doit l'aider à feindre.

— Votre White Horse, monsieur Volsky ?

Après tout ce temps, ils se rappellent ! J'en pleurerais. On peut se moquer. J'aime ces fidélités dérisoires parce qu'elles en évoquent d'autres. Dans Anouilh, le maître d'hôtel de grande maison dit avec mépris au maître d'hôtel de grand restaurant : « Vous servez des clients. Je sers des maîtres. » Or, on se faisait allégrement tuer pour un maître, et traiter comme un maître un simple client est un bon début. Quelqu'un écrira peut-être un jour quelque chose sur la signification théologique du service et sur ce que le bon Dieu a perdu quand nous avons transformé les serviteurs en serveurs et les domestiques en employés de maison.

— Oui. *Mon* White Horse, s'il vous plaît.

C'est l'indice d'une bonne maison d'avoir du White Horse. Ils en avaient aussi au Pont-Royal.

Je regarde autour de moi. Ça papillonne, ça papote, le socialisme est censé avoir ruiné la France, mais le Berkeley ne désemplit pas. Dans les gares françaises, dans les postes, dans le métro, on se croirait en pleine démocratie populaire ; pas ici. Ici, on peut continuer à jouer la comédie.

Jouons.

Et d'abord, puisqu'il est cinq heures passées et qu'aucun des autres acteurs n'est en vue, je vais me le jouer tout seul, le *Berkeley à cinq heures*, mon *Berkeley à cinq heures* que personne ne connaît, qu'aucun des clubmen n'aurait supporté d'entendre et qui a cependant modifié ma vie, dans la mesure où il a rappelé au plumitif qu'il avait aussi été un homme.

★

Avant de commencer, il faudrait peut-être d'abord noter ceci. Un romancier qui n'a pas trop mal décrit un certain milieu s'y assimile dans l'esprit non seulement de ses lecteurs mais quelquefois de ce milieu même.

Balzac a été reçu par le Faubourg Saint-Germain, malgré sa fausse particule et à cause de ses fausses duchesses. Nos maîtres Abry et Crouzet — je ne sais pas pourquoi on oublie toujours Audic — écrivaient à propos de Paul Bourget : « Il avait eu l'audace, en plein naturalisme, de revenir à la peinture des gens du monde. Ce public l'adopta, et ils se sont gardé depuis une fidélité réciproque. Il n'est même pas impossible que Bourget ait subi une certaine influence de ces milieux qui désormais lui étaient ouverts. »

L'intéressant, c'est quand l'influence a lieu dans le sens contraire : combien de Sudistes américains ai-je connus qui portaient métaphoriquement les bottes de Rhett Butler ou les mitaines de Scarlett O'Hara ! Et je ne passe jamais devant un complexe d'appartements situé dans une banlieue d'Atlanta et appelé, en toute simplicité, Manderley sans admirer la puissance de la littérature.

Je n'ai pas ces prétentions-là. Il n'est pas à la portée de tout le monde de créer des mythes. N'empêche : le bon accueil des orfèvres est toujours plaisant, parce qu'ils ont au départ, et à juste raison, un parti pris de réticence. Les chasubles bleues, les marquis d'Empire, les officiers de Légion en képi blanc, les mandats de perquisition en France et les crans de sûreté sur les revolvers créent chez l'initié une juste irritation qu'un bon artisan cherche à éviter. J'ai reçu quelques récompenses littéraires ; peu m'ont fait autant de plaisir que le témoignage du colonel commandant le premier REC :

— Dans vos romans militaires, il ne manque pas un bouton.

C'est comme cela que j'aime témoigner mon respect à mon lecteur.

Et ce n'est pas en pure perte. Certes, seuls quelques journalistes ont joué à me prendre pour un professionnel du renseignement — j'aurais servi, à les en croire, le défunt SDECE, la CIA et le KGB à peu près simultanément — mais les professionnels eux-mêmes, en tout cas ceux du Berkeley, m'ont fait une petite place parmi eux. La littérature anoblit. La littérature accrédite. La littérature est magicienne. Voilà ce dont il faut se persuader avant d'aborder la suite de mon récit.

*

Nous fêtions cette année-là le millénaire approximatif du baptême de la Russie, et la Ville de Nice avait organisé à ce propos diverses festivités présidées par le Grand-Duc de Russie qui avait eu la bonté de m'emmener dans ses bagages. Par la même occasion, j'avais été invité à faire une causerie au CUM. Le matin où nous débarquâmes, nous trouvâmes les organisateurs perplexes parce qu'un diplomate soviétique avait officiellement demandé à être invité. Nous étions encore, je précise, sous le règne de Gorbatchev. Que faire ? Comment le Grand-Duc prendrait-il la chose ?

Consulté, j'assurai les sympathiques organisateurs que le Grand-Duc en avait vu d'autres, et je donnai ce qu'on appelle, en termes d'agent de la circulation, le feu vert. Veut-on la vérité ? Je m'imaginais que Rozotchkine avait lu mes interviews dans la presse soviétique et qu'il souhaitait me rencontrer. Je me flattais : le diplomate n'honora point ma causerie de sa présence. Si ma vanité de gens-de-lettres en souffrit, mon vieux cœur monarchique fut satisfait : c'était apparemment le Grand-Duc que Rozotchkine souhaitait apercevoir. En effet, les salons réservés au cocktail avaient à peine ouvert leurs portes que l'excellent professeur Daudat me souffla à l'oreille :

« Le voilà ! »

avec cette expression de voluptueux épouvantement qu'on prenait pour parler des Soviétiques tant qu'il y en avait encore.

Nikolaï Ivanytch Rozotchkine était grand, laid, avec de longs bras, sa lèvre inférieure pendant sur son menton, qui dégoulinait sur sa poitrine, qui se déversait sur son ventre, qui ballonnait. Il portait une veste bouffie aux poches comme s'il avait l'habitude d'y tenir les poings et son pantalon pendouillait à la mode arabe. Ses grosses lunettes et sa lippe lui donnaient cet air naïf qu'affectionnent les diplomates soviétiques les plus rusés. Avec cela, il regardait l'assistance, assez élégante, d'un air d'affolement : on aurait dit le grand méchant loup à la fête du village.

Le professeur Daudat prononça un discours où il rendit

hommage aux hôtes de la Ville, effleura l'occasion historique pour laquelle nous étions réunis, et, sous ce double prétexte, se lança dans une critique acerbe du régime soviétique. Pas un seul mot dans cette critique à quoi je ne souscrivisse, mais je trouvais qu'il aurait été plus courtois de les nuancer en présence de notre invité. De plus en plus mal à l'aise à chaque clausule, je me promis de faire quelques grâces à Rozotchkine si j'en avais l'occasion. Je fus devancé. A peine Daudat eut-il terminé sa diatribe que la Grande-Duchesse, qui considérait le Soviétique d'un air apitoyé, me dit :

— Pauvre homme ! Il a dû souffrir ! Que peut-on faire pour le consoler ?

J'arrachai donc deux coupes au buffet et je me précipitai vers le diplomate. Imperturbable, il répondait à Daudat dans une langue de bois durci au feu : il se réjouissait de la compréhension qui unissait les peuples démocratiques et vantait les mérites universels des idéologies du progrès toujours favorables à la paix dans le monde et au dynamisme explosif des jeunes générations. Dès qu'il eut fini — les applaudissements furent minçots —, je lui fourrai une coupe dans la main en me présentant. Mon nom ne parut lui faire aucun effet.

— Souhaitez-vous, lui demandai-je en russe, parler au Grand-Duc ?

Il me regarda de haut en bas et me suivit sans mot dire.

Une scène piquante — et très photographiée — eut alors lieu : le couple impérial, un diplomate soviétique et un écrivain taxé d'anti-communisme « viscéral » par les journalistes indulgents et « professionnel » par les hostiles, devisèrent agréablement pendant un quart d'heure. D'un commun accord, nous levâmes nos quatre coupes au bonheur futur de notre patrie commune. A cette occasion, je remarquai que les doigts de Rozotchkine étaient noircis, brûlés comme ceux des marchands de marrons, mais je ne saisis pas la signification de ce détail.

Avec une curiosité amusée, je me demandais comment Rozotchkine allait s'adresser aux princes : leur donnerait-il de l'Altesse Impériale ? Utiliserait-il familièrement le prénom-patronyme ? Eviterait-il toute appellation ? Il ne tomba dans aucune de ces facilités. Simplement, alors que nous parlions russe, il entrelarda ses répliques de quelques « *Monseigneur* » et « *Madame* » accompagnés d'une légère courbette et prononcés dans un français approximatif. Je rendis mentalement hommage à la diplomatie, fût-elle soviétique, et, comme le Grand-Duc n'avait plus besoin de moi, je me laissai happer par un autre groupe.

Pas pour longtemps. Au cocktail devait succéder un dîner, et il fallait se changer. Or, je suis l'homme du monde qui noue le plus mal ses cravates (je ne parle pas des régates, mais des *cravates* proprement dites, celles qu'on appelle vulgairement « papillons »). Il me faut une demi-heure pour réussir un nœud qui tiendra dix minutes. Je m'éclipsai donc rapidement pour regagner mon hôtel et avoir le temps de nouer et de dénouer autant de fois qu'il faudrait. Je descendais l'escalier qui menait des salons au rez-de-chaussée, lorsque je m'entendis appeler d'une voix étouffée :

— Kiril Lavrovitch !

Je me retournai et je répondis avec cette concision qu'autorise le russe :

— Je.

Le camarade Rozotchkine se tenait deux marches plus haut que moi, la main posée sur la rampe de marbre. Il me regarda un instant à travers ses lunettes et prononça à la hâte, de ses lèvres lippues :

— Je demande asile politique. Arrangez.

Le petit Volsky : souffle coupé.

Ce n'était pas seulement la surprise, ni l'immense responsabilité, dont je ne pris conscience qu'un peu plus tard. Toute ma vie — je peux bien l'avouer ici, dans mon *Berkeley à cinq heures* solipsiste — j'avais rêvé de deux choses : me battre en duel (l'éventualité s'en estompe de plus en plus à mesure que nous vieillissons, la civilisation et moi), et ménager le passage à l'Ouest d'un citoyen soviétique. D'une citoyenne, de préférence, s'il faut tout dire.

La première fois que j'avais été interviewé à la télévision, j'étais passé dans la même émission qu'une danseuse soviétique faisant ses jetés battus sous l'œil soupçonneux d'une demi-douzaine d' « interprètes » qui pesaient un total de quelque sept cents kilos, et, depuis ce jour-là, je rêvais d'une occasion de sauver une — ou à la rigueur un — compatriote, pas seulement par compassion, je l'avoue, mais aussi pour faire la nique aux argousins idéologiques.

Et voici que l'occasion se présentait !

Un peu tard, il est vrai, et un peu diluée, car le purgatoire gorbatchevien n'était pas plus l'enfer lénino-stalinien que le camarade Rozotchkine n'était une danseuse du Bolchoï. Une occasion néanmoins de reprendre du service, de me démontrer à moi-même que je n'étais pas complètement rouillé, et de marquer peut-être un point sur mes supérieurs du Berkeley.

Je ne pus m'empêcher de demander, trahissant l'amateur :

— Vous : sérieusement ?

Toujours la concision russe.

Sur la peau épaisse et terreuse du gros visage de Rozotchkine — elle paraissait mal rasée malgré quelques entailles bien intentionnées sur la pomme d'Adam — la sueur perlait. Il haussa les épaules, agacé par ce qu'il crut être une légèreté d'Occidental plaisantant de tout.

— *Nou* bien sûr sérieusement. Pouvez ?

« *Nou* » est une de ces particules inutiles dont certaines langues font une grande consommation.

Je me prenais au jeu :

— *Nou* bien sûr je peux.

Je réagis vite. Je ne conseillai pas à Rozotchkine d'attendre le lendemain pour se présenter à la préfecture. Je savais déjà que nous jouions avec la vie et la mort et j'acceptai cela de gaîté de cœur. Pour le reste, de vagues souvenirs de la méthode de raisonnement tactique au niveau du chef de section remontaient du fond de ma mémoire cherchellienne : Qui ? Quoi ? Où ? Quand ? Contre qui ? Avec quels moyens ? En liaison avec qui ?

— Vous : seul ?

— *Nou*... non. Avec femme et avec belle-mère.

— Vous voulez aujourd'hui ?

— *Nou* bien sûr aujourd'hui.

J'improvisai :

— A 11 heures. C'est-à-dire 23. Devant l'hôtel Westminster. A deux pas.

— Je connais.

— Vous avez voiture ?

— BMW marron.

— Soyez prêts à changer vite. Laissez clef sur contact. J'aurai une autre voiture en... en...

Je ne savais pas comment on dit « double file » en russe et j'avais honte de l'avouer.

— Elle stationnera devant l'hôtel. Côté plage.

— Compris.

— Serez-vous filé ?

— Toujours possible. Pas que je sache.

— *Paka.*

Paka est du russe relâché, mais d'une concision inégalable. Littéralement, *poka,* prononcé *paka*, signifie « pendant » et la nuance de cette forme d'adieu est approximativement celle-ci : « pendant que nous ne nous verrons pas, nous ne nous verrons pas, et quand nous nous verrons, nous nous verrons ».

Je descendis deux marches. Rozotchkine me rappela :

— Kiril Lavrovitch ?

— Nikolaï Ivanytch ?

Il hésita :

— Sûr : pouvez ?

Apparemment il n'avait pas été favorablement impressionné par ma réaction. Je n'avais pas posé les bonnes questions, évoqué les bons obstacles. Ce fut à mon tour de hausser l'épaule. Aider un diplomate soviétique à passer à l'Ouest sous le nez du Guébé ? Mais voyons, je faisais cela une fois par semaine !

Je descendis l'escalier. Rozotchkine remonta.

Il fut un temps où j'étais homme d'action, et j'ai raconté ailleurs que je ne réussissais pas trop mal dans cet avatar, mais cela remonte, mon Dieu, à un quart de siècle pendant lequel je me suis contenté de tenir un stylo ou de pianoter sur un ordinateur. Je consultai ma montre. Il était 19 heures 55. J'avais trois heures devant moi.

Mi-courant, je regagnai mon hôtel, le Westminster. Il n'y avait aucune raison pour que le Guébé eût mis mon téléphone sur table d'écoute et je décidai de faire une impasse sur ce risque : je ne connaissais pas de téléphone public ; me renseigner paraîtrait suspect, prendrait du temps.

Dans ma chambre, je fermai les yeux un instant, et puis je formai LE NUMERO. Je le formai, je l'avoue à ma honte, les doigts mal assurés.

LE NUMERO était le dernier cordon ombilical qui me reliât encore à la Grande Maison, et j'avais été assez romanesque pour l'apprendre par cœur. Il correspondait au domicile d'un petit homme avec lequel nous avions échangé deux ou trois fois des vues sur le bloc soviétique, échange où nous n'avions rien gagné ni perdu, ses vues et les miennes étant aussi erronées les unes que les autres.

Le téléphone sonna et sonna.

Je paniquais : si personne ne répondait ?

On répondit. Une voix de femme.

— Pourrais-je parler à « Jacques », s'il vous plaît ?

— De la part de qui ?

— « Victor ».

« Victor » avait été mon pseudonyme quand je jouais au petit soldat en Algérie, et je l'avais ressuscité pour mes relations épisodiques avec « Jacques ».

— Jacques est en voyage. Il rentrera mardi. Vous voulez laisser un message ?

Non, je ne voulais pas laisser de message.

Je remerciai et je raccrochai.

J'étais seul.

Seul devant la mission que j'avais si légèrement acceptée.

Je songeai aussitôt à vous, mes amis du Berkeley, *sacerdotes in aeternum* que vous êtes. Ne niez pas : la plupart d'entre vous auraient encore pu me donner accès à ce que nous appelions pudiquement « les services ». Mais nous ne nous rencontrions jamais qu'avenue Matignon et je ne connaissais pas vos adresses. Naturellement, vos numéros de téléphone étaient sur la liste rouge. Et je n'avais pas le temps d'aller sonner au portail du boulevard Mortier, à supposer qu'il s'ouvrît pour moi, surtout un vendredi soir.

Rarement me suis-je senti aussi démuni, aussi stupide, qu'à ce moment-là, scribouillard incompétent, gaffeur quinquagénaire, responsable d'un homme et de sa famille. Le gémissement que je poussai était une prière. Il ne fallait pas que mon idiotie coûtât la vie à ces gens qui s'étaient, Dieu sait pourquoi, fiés à moi.

★

Peut-être convient-il de récapituler ici les motifs qui me faisaient agir.

Je ne m'étais jamais pris au sérieux comme espion, mais l'adoubement par l'épaulette avait compté dans ma vie, et, bien que tristement réduit à l'honorariat de mon grade, je me flattais encore d'avoir l'obligation de servir, si jamais la chance s'en présentait. Or, elle était venue, et il y a de l'impiété à ne pas saisir aux cheveux une chance noble.

Mon anticommunisme était sanguin, utérin et intellectuel. Je savais parfaitement pourquoi je haïssais un système que j'avais toujours aspiré à déstabiliser, et il n'y a pas de petites victoires contre le diable.

Il faut tenir compte aussi de mon tempérament fait pour l'action, de mon goût du jeu, de ce démon de midi du risque qui s'empare des meilleurs d'entre nous à l'automne de notre vie. L'un de mes amis s'est mis au parachutisme à cinquante ans, un autre rêve de ski à soixante-cinq.

Pour contrebalancer — faiblement — ces mobiles, un seul frein : la réticence que j'éprouve à l'égard des renégats. Autant les émigrés ou, pour mieux dire, les réfugiés, de la première vague ont été loyaux jusqu'à la candeur, autant les dissidents de tout poil — si honorables, si héroïques que soient certains d'entre eux — m'ont souvent paru naviguer sous le drapeau ambigu de l'apostasie. Nikolaï Ivanytch Rozotchkine était né après la Révolution, dans un Etat qu'il avait sûrement tenu pour légitime, placé sous la coupe d'un parti auquel il avait sûrement adhéré : qu'il le trahît n'était pas nécessairement estimable.

Mais, bien sûr, cette méfiance ne pesait pas lourd à côté de l'exaltation qui s'emparait de moi à l'idée de la partie qui m'était proposée.

Bien. Alors, que faire ?

★

J'écartai d'abord un certain nombre de possibilités : m'adresser au commissariat de police, au maire, à l'exquise député du département, à la droite de qui je devais dîner ce soir. Aucune de ces autorités n'était compétente pour faire aboutir le ralliement du camarade Rozotchkine, toutes risquaient donc de le faire rater. Il vaut mieux faire appel à un rebouteux que se tromper de spécialiste. Temporairement, je serais ce rebouteux.

D'abord, il me fallait une voiture pour remplacer celle des Rozotchkine, trop facile à retrouver en cas de poursuite. J'appelai le directeur de l'hôtel, l'homme le plus obligeant du monde, et je le priai de me trouver d'urgence une grosse Mercedes à louer : sachant que le monde de l'espionnage n'est pas absolument différent de l'image qu'on s'en fait, je me voyais déjà rivalisant de vitesse avec des poursuivants ou faisant basculer des agresseurs dans le fossé. Le directeur m'assura qu'il ferait tout pour m'être agréable.

Et d'une.

Maintenant, pour attendre le retour de « Jacques », je devais trouver une « planque », au sens non pas commun mais technique du terme. Moins les fugitifs se seraient montrés, moins ils courraient de risques d'être retrouvés : pas question, donc, de prendre des bateaux ou des avions pour gagner une retraite éloignée chez des amis sûrs ; il fallait que la planque fût proche du lieu de l'évasion. Un hôtel ? Comment échapper à la surveillance des détectives privés, policiers, indics, concierges, portiers, chasseurs, chauffeurs, qui trouvent leur avantage à savoir ce qui se passe dans les hôtels ? Je songeai à tels amis à Cotignac, à Fayence, à Celony, dans l'extraordinaire maison persane de Monte-Carlo (ils se reconnaîtront), tout cela était trop loin... Grasse, bien sûr, aurait fait l'affaire, mais j'étais sûr de tomber sur un téléphone écouté... je déplorai la décadence et la vente de la chère Petite Garenne où nous aurions été si bien, après tant de Juifs pendant la guerre... Au fait, dans quelle mesure avais-je le droit de compromettre des gens ? En leur disant ? Sans leur dire ?... Cela n'était pas réaliste.

Réaliste ? Vous avez dit « réaliste » ?

Max.

J'appelai Max qui tient une auto-bateau-école à quelque cinquante kilomètres de Nice.

— Max ? Bonjour. Kiril ici.

— Salut, mon frère.

— Tu es un faux frère. Tu n'es pas venu à ma conférence.

— Hé, *akhkarbi*, qu'est-ce que tu veux, j'avais cette mignonne qui prenait sa leçon... Quand est-ce que tu viens bouffer à la maison ? On aura la fougasse comme tu aimes.

Ah ! l'accent (soigneusement entretenu) de Max ! Ce mélange d'Algérie et de Maroc ! De virilité et de chaleur ! A Max, je pouvais tout dire et tout demander — officiers l'un et l'autre, nous avions fait notre dernière opération en Algérie ensemble —, mais il n'était pas question de loger les Rozotchkine chez lui ; notre vieille amitié n'est un secret pour personne (il m'a assez promené par toutes les associations qu'il préside) et, si on me soupçonnait, c'est chez lui qu'on serait venu chercher les fuyards en premier lieu.

— On bouffera la fougasse quand tu voudras. Pour le moment, c'est autre chose. Il faut que je loue un appartement dans le coin pour quelques jours. Discret. Bien. Trois-quatre personnes. Tu me trouves ça ?

Max gloussa :

— Hé, chef, c'est les parties carrées maintenant ? Alors là, Kiril, je ne te connaissais pas comme ça.

— Il ne s'agit pas de partie carrée.

— Eh bien amène tes copains chez moi. Evelyne ne dira pas non.

— Hors de question.

— Un hôtel ?

— Je t'ai dit : discret.

— Bon. Je cogite. (Il avait déjà compris qu'il ne fallait pas m'interroger.) Tu es au Westminster, comme d'habitude ? Je te rappelle.

J'appelai le Negresco pour m'excuser auprès du Grand-Duc : j'aurais une attitude bizarre pendant la soirée, mais ce serait, en quelque sorte, pour son service. Il ne s'émut pas :

— Que Dieu vous aide, Kiril Lavrovitch.

Je ne savais rien de Rozotchkine : ses supérieurs, ses surveillants, ses subalternes pouvaient suspecter sa fidélité. Il ne fallait leur mettre aucune puce à aucune oreille. Je jugeai donc qu'il serait prudent de respecter, dans la mesure du possible, l'emploi du temps prévu. L'heure étant venue de me changer, je me livrai devant la glace à ma danse de Saint-Guy coutumière pour nouer mon fameux nœud. Pourquoi est-ce si facile d'attacher ses lacets de chaussures ? Ou indécent de porter un nœud tout fait ? Je finis par réussir à peu près.

Il était 20 heures 10. Que faisait donc Max ? ! Le téléphone sonna.

— Salam alékoum, mon frère. Un de mes collègues du Rotary t'a trouvé ça. Il s'y connaît, le salaud. A Cimiez. Les Nyctagines. Mi-maison de repos, mi-de passe, si c'est conciliable. Discrétion assurée. Un appartement pour quatre pour quatre jours : dix mille par jour de midi à midi, tout compris, sauf les partenaires. Labès ?

J'espérais que ce ne serait pas moi qui payerais.

— On emménage... ?

— Quand c'est ton plaisir. Larbins : toujours là. Service en chambre : vingt-quatre heures sur vingt-quatre. Gibier, truffes, huîtres, cantharides. Belle cave. Un parc entouré de mur : deux entrées, dont une sur impasse. J'ai réservé à mon nom. Tu me veux où et quand ?

— Au Westminster. A 22 heures 30.

— Avec la bagnole ?

— Oui, sauf qu'elle risque d'être endommagée.

— T'inquiète pas pour ça. Les assurances, ce n'est pas fait pour les klebs.

Je raccrochai. Le téléphone sonna. On m'amenait la Mercedes. Je descendis en prendre livraison et, me voyant pressé, l'aimable directeur mit à ma disposition un espace de parking qui, d'ordinaire, lui était réservé. C'était la première fois de ma vie que je conduisais un véhicule de luxe, et je touchai au volant avec des doigts révérencieux. Que la transmission fût automatique me déplut, mais je n'avais pas le temps d'ergoter, et la puissance du moteur compenserait cet inconvénient.

Je passai à la réception, tenue pour l'heure par un simple chasseur.

Le manque de personnel des grands hôtels m'attriste, surtout lorsque je pense à tous les chômeurs, vagabonds, dépenaillés divers, qui seraient si bien là, au chaud, sous la férule d'un portier paternaliste, à me cirer mes chaussures et à me porter mes valises dans le dos de la Sécu, plutôt qu'à me mendigoter deux francs à l'entrée du métro sans ôter le mégot de leur bouche.

Pardon pour cette parenthèse socio-philosophique.

— Monsieur, dis-je au chasseur que j'avais déjà trouvé serviable dans la journée, j'ai un service personnel à vous demander.

Je constatai avec agacement que je bégayais un peu ; lui ne parut pas s'en apercevoir et me présenta une oreille compréhensive en penchant de côté sa tête d'origine ethnique indéterminée. Je tirai de ma poche le billet de cinq cents francs que j'y avais préparé. Pourquoi cinq cents ? Parce que je n'avais pas de billet de deux cents et que cent paraissait trop peu.

— Vous êtes de service ce soir ?

— Jusqu'à minuit.

— Tout à l'heure, à 23 heures, une BMW marron s'arrêtera en double file en face de l'hôtel, côté plage, tournée vers la vieille ville. Le conducteur descendra. Vous conduirez cette voiture dans n'importe quel parking sauf celui de l'hôtel et vous me rapporterez la clef. Vous la mettrez dans ma chambre, avec l'adresse du parking. Où pourriez-vous la cacher ?

— Eh bien... dans le sachet plastique du bonnet de bain ?

— Parfait. Bien sûr, vous ne dites rien à personne. Ne vous inquiétez pas : vous n'aurez pas d'ennuis avec la police. C'est plutôt une histoire... comment dire ? sentimentale.

— On sait que vous êtes un client sérieux, monsieur Volsky. Vous faites pas de souci, fit le chasseur avec — étrange contradiction dans les termes — un clin d'œil déférent.

En quelques sauts, je fus dans la rue.

Au-delà des relents d'essence, l'air méditerranéen sentait bon. Il ventait. J'ai toujours aimé la Promenade des Anglais. Y flottent les souvenirs d'une époque où, dans une Europe civilisée, les Européens les plus chanceux connurent encore quelques reflets de la douceur de vivre. Cette nuit-là, les froufroutements des palmiers au-dessus de ma tête avaient redoublé de charme parce que je me sentais de vingt ans plus jeune. Je courus au Negresco.

On était en retard pour servir le dîner, et les maîtres d'hôtel passaient du punch. Plusieurs lectrices m'entourèrent et me félicitèrent sur mes romans. Ce fut d'autant plus agréable que je pouvais me dire en moi-même : « Oui, c'est vrai, mes bouquins ne sont pas mal, mais si vous saviez ce dont je suis capable dans la réalité ! » On passa à table à 22 heures, et, à peine placé, je m'éclipsai en pressant ma serviette contre ma bouche comme si j'avais un malaise. Je pris la précaution de faire un détour par les toilettes. En pure perte. Personne ne faisait plus attention à moi.

Je regagnai le Westminster à grande allure et je m'installai dans la Mercedes. La portière claqua avec opulence. Il y avait un plan de Nice dans la poche latérale. J'ouvris la glace. J'étais content de moi. L'action pouvait commencer.

Une silhouette amie sur le trottoir : c'était Max. Je l'appelai d'un délicat coup de trompe.

— Alors ? On retourne en opé ? Mais nous sommes des chibanis, mon frère ! C'est le baroud d'honneur ou quoi ?

Max a une tête de plus que moi, et il est taillé en conséquence. Un surprenant bien que presque imperceptible collier de barbe rousse, d'un millimètre de largeur et de longueur, fait une fine auréole à son visage boucané qui ne vieillit pas.

— Max, nous n'avons pas beaucoup de temps. Montre-moi ton bobinard sur ce plan. Non, ne marque rien au crayon.

Je repérai l'avenue et l'impasse, tout là-haut, du côté des thermes de Cemenelum.

— Tu vas me suivre et empêcher que je sois suivi.

Ses pattes d'oie se plissèrent profondément et il me darda un regard où perçait une question. Il aimait la vie, il avait sa famille, il ne savait pas si j'allais lui faire courir des risques et lesquels. Il avait envie de me demander de quoi il s'agissait, ou, au moins, si j'étais sûr de savoir ce que je faisais. Il ne demanda rien. Il eut un sourire ironique et laissa tomber :

— Quand tu auras un moment, tu m'expliqueras.

J'aurais pu résumer, mais, pourquoi le nier, j'étais fier qu'il me fît confiance à l'aveuglette. Cela ajoutait à la poésie de l'aventure. Je lui dis simplement ce qu'il devrait faire plus tard et je lui remis la clef de ma chambre. Il tira de sa poche un paquet de billets de banque.

— J'ai pensé que tu n'aurais peut-être pas de liquide.

— Merci, Max.

— Allez, ciao.

Je démarrai prudemment, j'allai tourner au boulevard Gambetta, et je revins me placer face au Westminster. Max fit la même manœuvre, s'arrêta cinquante mètres avant moi et posa sur son toit le panonceau redoutable AUTO-ECOLE. Il était 23 heures moins 7. Mon moteur ronronnait si discrètement que je donnai un coup d'accélérateur pour m'assurer qu'il tournait bien.

A ma droite, j'apercevais le drap noir de la mer, surmonté du drap à peine moins noir et légèrement froissé du ciel. La présence de ces ténèbres vides à côté de moi m'inquiétait et me rassurait à la fois. Je me figurais que toutes les choses graves, la vie, la mort, Dieu, le grondement inaudible du silence, tout ce qui fut avant nous et sera après nous et dans quoi nous nous inscrivons tant bien que mal, se trouvait de ce côté-là.

De l'autre, régnait l'agitation du quotidien : les voitures montaient et descendaient la Promenade, freinant, repartant, cachant et découvrant alternativement les vitrines et les façades. Mon chasseur traînait, vigilant, sur le perron du Westminster.

A chaque instant, je regardais mon rétroviseur. Quand il y avait une pause dans la circulation, j'apercevais les codes de Max qui montait la garde. Les conducteurs des voitures qui me dépassaient me jetaient des regards hostiles. Je me rencognais sur mon siège et je me cachais le profil avec la main. A un moment, je fis glisser la glace de droite et je me penchai pour respirer la mer.

Il n'était pas 23 heures, et je me disais déjà que Rozotchkine n'arriverait sûrement jamais : il avait eu un empêchement, ou avait été enlevé, ou m'avait tendu un piège. Peut-être même n'était-il pas soviétique. C'était simplement un confrère jaloux ou un journaliste inventif qui avait voulu me faire une farce. Ne devais-je pas prendre le large avant l'arrivée des rieurs ?

La BMW marron, après une embardée pour éviter Max, déboula et bloqua derrière moi si brusquement qu'elle dérapa et faillit me heurter. J'avais déverrouillé les quatre portières et je n'eus pas à descendre. Rozotchkine avait bien briefé son monde. Il se jeta lui-même sur le siège arrière par la gauche, une dame le rejoignit par la droite, et une autre dame s'échoua à côté de moi avec un petit chien orange en collier rouge sur les genoux. Je constatai sans plaisir qu'il appartenait à la seule race de chiens avec qui j'ai des relations difficiles : les Yorkshire terriers.

Je démarrai en souplesse. J'eus le temps de voir mon chasseur traverser la chaussée en zigzaguant entre les voitures, au risque de se faire écraser. Apparemment cinq cents francs était la bonne somme.

Je roulais vite.

Ou bien Rozotchkine était suivi, ou il ne l'était pas. S'il ne l'était pas, parfait. S'il l'était de loin, le transfert avait pu passer inaperçu, et les poursuivants iraient se perdre dans je ne sais quel parking où ils s'expliqueraient avec mon chasseur. Mais si le transfert ne leur avait pas échappé, alors, malgré la protection de Max que je m'étais assurée, je pouvais bien avoir fait la plus grosse bêtise de ma vie, peut-être même la dernière. Je n'avais ni l'expérience nécessaire, ni la fonction officielle, ni même une arme pour protéger les trois êtres humains dont la sécurité m'incombait.

Je suppose qu'avant l'arrivée des Rozotchkine je n'avais pas vraiment cru à cette histoire. Les écrivains ont de ces travers : ils s'imaginent qu'ils pourront faire ressusciter le héros à la dernière page si l'héroïne verse une larme de plus. Ils le savent bien pourtant — du moins les écrivains artisans, sinon les industriels — que nos héros meurent sans nous en demander la permission et que nous pouvons tout au plus espérer la visite de leur fantôme. Il est vrai que la frontière entre le réel et l'imaginaire n'est pas la même pour le bourgeois et pour l'artiste, et il s'ensuit que l'artiste fait plus de bêtises que le bourgeois.

Il s'ensuit aussi beaucoup de désagréments pour les familiers de l'artiste, qui vit tellement par l'imagination, qu'elle remplace en lui l'intelligence et la sensibilité : à la limite il ne peut compatir avec une personne qui a mal aux dents que parce qu'il est capable d'imaginer un personnage ayant mal aux dents.

La vérité, c'est que l'artiste aime croire que l'occasion fait le larron et l'habit le moine. Dans *Kagemusha*, le héros se révèle tel qu'il est par l'exercice d'une fonction qui n'est pas la sienne, et, si Anthony Hope n'avait pas, comme saint Pierre, flanché par manque de foi à l'avant-dernière page,

Rudolf Rassendyll serait devenu le vrai roi de Ruritanie dans mon bien-aimé *Prisonnier de Zenda.*

Comment vous dire ? C'était la nuit. J'arrivais au Jardin Albert-Ier, avec, dans la voiture que je conduisais, un diplomate soviétique en fuite, sa femme, sa belle-mère et son chien. Je savais que cela était réel, que cela risquait de me causer des désagréments pouvant aller, qui sait, jusqu'à ce que les Américains appellent pudiquement le préjudice suprême. Et, en même temps, j'avais la sensation de décoller du réel sur lequel je m'appuyais, de pénétrer dans un monde autre, dans un tissu onirique où tout était possible : ce que, du temps où j'écrivais de la science-fiction, j'aurais appelé un univers parallèle.

Au bout de quelques minutes, la belle-mère me demanda en russe :

— Vous parlez russe ?

— Je parle.

— Et les chiens, vous ne les aimez pas ?

— Pourquoi pensez-vous ainsi ?

— Parce que Fifotchka a le poil dressé. Fifotchka sait quand on ne l'aime pas.

La belle-mère avait le type oriental : une Géorgienne ou une Arménienne. Je regardai mon rétroviseur. A cinquante mètres derrière moi, AUTO-ECOLE. S'il y avait un suiveur, il suivait Max. Je demandai :

— Avez-vous été suivi, Nikolaï Ivanytch ?

— Rien remarqué, répondit-il du fond de la voiture.

Et puis :

— A quel service appartenez-vous ? Nous ne vous avons trouvé dans aucun fichier.

Il avait donc lui aussi, comme une part de mon public, succombé à la magie ambiguë des mondes fictifs. Parce que j'avais parlé d'espions de manière compétente, il me prenait pour un espion. Révélateur, le « nous ». A un certain moment, les spécialistes soviétiques s'étaient donc excités sur mon cas : « D'où sort-il, ce Volsky ? » C'était flatteur. Et le moment n'était certes pas venu de détromper le poisson qui avait mordu à un appât imaginaire, créé par la rumeur publique.

— Je n'ai pas le droit de vous donner cette indication.

Il trompeta un reniflement ironique, dont je crus saisir le sens : « Les Occidentaux font toujours des chichis hors de saison. Des professionnels, ça ? Laissez-moi rire. »

Et il dit, avec une simplicité affectée :

— Et moi, je suis du Guébé.

Choc.

Enlever une danseuse, un diplomate, passe. Mais un guébiste ? J'eus envie de me retourner pour voir quelle tête il avait, comme si les guébistes étaient une espèce à part. Mais je ne laissai rien paraître de mon émotion. Je décidai de jouer à un petit jeu, et je prononçai avec indifférence :

— *Nou* oui. Lieutenant-colonel.

— Colonel.

— Ah ! Vous avez fini par être promu ?

Nous arrivions au vieux Nice. C'était là que, de rampe en venelle, de ruelle en cul-de-sac, Max allait pouvoir bloquer toute poursuite. Maintenant, il collait au pare-choc arrière de la Mercedes, cherchant un étranglement propice, tandis que je roulais au hasard entre les vieilles maisons joliment lépreuses qui semblaient vouloir s'effondrer sur nous. Tout cela n'est plus guère que touristerie. Un ami américain m'assure que les locataires sont payés pour suspendre leur linge au balcon. Mais il suffit de dépasser les apparences pour que les arcades bancales et les escaliers tordus se peuplent de personnages colorés, pour qu'on entende les mandolines dans la nuit et que, dans les manches effrangées, on devine les stylets. Le moteur de Max cala soudain, à l'endroit le plus étroit de je ne sais quelle ruelle. L'auto-école barrait le passage. Suivis ou pas, nous étions hors d'atteinte. J'accélérai.

Ne croyez pas que j'aie abandonné Max sans remords. Il aurait eu les mêmes, et m'aurait abandonné aussi.

Je demandai à Rozotchkine, sans tourner la tête :

— Personne ne se doute ?

— Ils n'ont pas de raison.

Il ajouta plus bas :

— Sinon, je ne serais pas là.

Je ne savais plus où je me trouvais. Je m'arrêtai sur la Moyenne Corniche pour consulter le plan.

— Si vous êtes perdu, dites-le franchement, fit le camarade. Je pourrai sûrement vous indiquer la bonne direction.

Je reconnus l'instinct didactique irrépressible de l'*homo sovieticus*. Nous avons tort de lui en vouloir : il vit dans un monde fondamentalement gnostique, où l'on ne peut être sauvé que par la connaissance, qu'il s'agisse de savoir qui est l'ennemi du jour ou à quelle adresse on trouve du saucisson. C'est pourquoi il veut toujours vous apprendre quelque chose : c'est sa forme de charité à lui. En outre Nikolaï Ivanytch Rozotchkine parlait le russe avec cet accent vulgaire et pédant, dit « soviétique » par les émigrés, qui s'estompe de plus en plus dans les milieux cultivés, mais auquel les vieilles générations demeurent condamnées : il va avec la langue de bois et l'endoctrinement systématique. Je répondis froidement, les yeux rivés sur le plan :

— Allez donc au diable.

Il ne se formalisa pas. Il remarqua seulement, avec une ombre d'amusement :

— Tiens, vous avez l'accent de Léningrad.

Demi-tour, rue Barla, boulevard Carabacel, boulevard de Cimiez : je retrouvai mon chemin sans difficulté. Sur les hauteurs, il n'y avait guère de circulation et de toute évidence nous n'étions pas suivis.

L'air printanier fraîchissant, nous avions fermé les glaces, et le pare-brise commençait à s'embuer. Je cherchai la commande qui le nettoierait, et, ne la trouvant pas, j'essuyai le verre avec mon mouchoir. D'une voix sépulcrale, le camarade Rozotchkine m'instruisit :

— Ouvrez la vitre. Ça fait partir la buée.

★

Il fallut parlementer par interphone avant que ne pivotât le portail qui donnait sur l'impasse, par où j'avais préféré accéder aux Nyctagines. La Mercedes fut enfin autorisée à franchir un mur enguirlandé de bougainvillées pour accéder à un parc étroit hérissé de cyprès et d'ifs, au milieu duquel, frappée par des projecteurs qu'avait sans doute actionnés la température du moteur, s'érigea soudain une architecture bizarre, tenant à la fois du gothique, du mauresque et du Louis-XVI-Napoléon-III, avec des portes-fenêtres, des arcs surbaissés, des arcs outrepassés, des tourelles octogonales, des marquises, des balustres, des gargouilles, des clochetons, un mélange architectural de Labiche et de Huysmans.

Un domestique en gilet apparut dans la porte. Il avait un visage charnu, aux joues rouges hachurées de filets bleus, avec de petits yeux et de grandes dents, qui me déplut aussitôt parce qu'il me rappela celui de l'Ogre dans un volume de contes de Perrault que j'avais possédé enfant. Il nous dévisagea l'un après l'autre, comme s'il nous photographiait ou comme s'il se demandait à quels plaisirs coupables nous allions nous livrer ensemble.

Puis il s'inclina, dans une parodie de la considération que nous étions en droit d'attendre de lui, et, sans un mot, nous précéda dans un vestibule planté de quatre statues de femmes à peu près nues, brandissant des torches et représentant les quatre races, la colonisatrice et les colonisées, auxquelles croyaient nos ancêtres. Un escalier de porphyre à la rampe lourdaude grimpait le long d'un mur plaqué d'un gigantesque miroir au cadre de bronze tarabiscoté.

Nous ne l'empruntâmes pas : notre appartement était au rez-de-chaussée, au fond, à gauche.

L'Ogre ouvrit une porte, alluma, s'effaça.

J'entrai le premier, par je ne sais quel sentiment de responsabilité pour la sécurité de mes hôtes. Je visitai rapidement un vaste salon, deux chambres, une salle de bain, un cabinet de toilette. Les plafonds, les moulures, les cheminées, les parquets dataient de 1890 ; les lits et les divans étaient modernes, les chaises Louis-XV de style. Dans une des chambres, au-dessus du lit circulaire, s'arrondissait une coupole doublée d'une glace.

— Ces dames et ces messieurs ont des bagages ? demanda l'Ogre ironiquement.

— Seulement les sacs-vaïache, dit Rozotchkine en un français lourdement accentué, ajoutant d'un ton pitoyable, comme s'il sollicitait un sourire (qui lui fut refusé) : Et lé péti chienne.

Le domestique — ou peut-être devrais-je dire, à notre époque, l'homme qui était payé pour tenir le rôle du domestique — jeta un coup d'œil aux sacs de voyage de Prisunic que tenaient les trois visiteurs, et un sourire dédaigneux infléchit ses lèvres incarnadines. Il semblait dire :

— J'en étais sûr.

Lé péti chienne flairait les pieds galbés des chaises.

— Fifotchka a besoin de faire promenage, dit la belle-mère.

— Elle veut dehors, précisa Rozotchkine.

L'Ogre souriait toujours d'un air de plus en plus effronté. Je lui demandai :

— Comment vous appelez-vous ?

Il me considéra avec une hautaine surprise :

— Albert.

J'arrachai la laisse rouge des mains de la belle-mère et la fourrai dans les siennes :

— Albert, allez promener le chien.

Il détailla mon smoking, dont le nœud pendouillait depuis longtemps, s'étonna d'obéir... et obéit. Mme Rozotchkine, dame basanée au visage agréable enrichi de deux ou trois larges grains de beauté, me jeta un regard admiratif. La belle-mère suivit d'un œil angoissé son petit chéri qui disparaissait à l'horizon, dans un tintinnabulement de clochettes. Rozotchkine, lui, avait senti un conflit, et, comme il ne savait pas si le domestique était sergent ou colonel, il crut bon de me demander :

— Kiril Lavrovitch, puis-je savoir quel est votre grade ?

Je faillis sottement lui répondre la vérité. Je n'hésitai une fraction de seconde que parce qu'il y a deux mots en russe qui signifient le même grade : *poroutchik*, lieutenant sous l'ancien régime ; *léténant*, lieutenant soviétique. Le premier me venait naturellement, le second serait mieux compris. Cette hésitation me donna le temps de prendre conscience de mon âge, et, pour satisfaire à la vraisemblance, je mentis ; mais telle est la magie de la hiérarchie militaire pour quiconque a été élevé dans son respect qu'aucun mensonge, je crois, ne m'a autant coûté :

— Je suis colonel.

Je repensai à Kernavo, à Si Arezki. Pour moi, c'était comme si j'avais déclaré être prêtre quand je ne l'étais pas, gentilhomme sans l'être. Où l'intégrité va-t-elle se nicher ? Que signifient cinq passements de métal sur un bout de carton enrobé d'un tissu de couleur ? Et Rozotchkine ne songea même pas à mettre ma parole en doute !

Je repris l'initiative :

— Vous êtes chez vous. Mettez-vous à l'aise. Nous parlerons demain.

Il y avait très longtemps, au début de la soirée, je m'étais imaginé que je pourrais retourner au Negresco après avoir parqué mes ouailles ; je savais maintenant que je resterais ici, à les garder, le temps qu'il faudrait.

Rozotchkine regarda autour de lui. Il cherchait les caméras.

— Quand serai-je interrogé ?

— Quand l'équipe de débriefing sera arrivée.

— Vous ne comprenez pas. C'est urgent que j'aie tout dit. Alors seulement je serai en sécurité.

La porte s'ouvrit. Albert, d'un air dégoûté, ramenait le petit chien orange.

— Monsieur désire autre chose ?

La troisième personne frisait l'insolence. Le mufle de l'Ogre puait l'aftershave.

— Merci, Albert. Je vous appellerai.

Il se retira, se demandant sans doute quel avantage il pourrait tirer de cette équipe hétéroclite composée d'un Français pète-sec en smoking et de trois étrangers ahuris, dont deux dames d'un certain âge faites apparemment pour porter le sari ou le tchador. La luxure ne semblait pas être au programme. Fallait-il chercher du côté du terrorisme ou de la drogue ? Et quelle était cette langue qu'ils parlaient ?

— Allez, les bonnes femmes, dit Rozotchkine. Au lit ! J'ai à parler à Kiril Lavrovitch. Ça fait assez longtemps que vous me bassinez pour faire le grand saut.

Elles n'avaient pas l'habitude de discuter. La belle-mère disparut avec son Yorkshire sans un mot de bonsoir. Mme Rozotchkine murmura « Bonne nuit, Nikolacha » et me tendit sa main tavelée, mais encore très embrassable : « Bonsoir, monsieur le colonel. »

Les deux colonels restèrent seuls.

— Que donnes-tu à boire ? demanda le vrai.

Je passai derrière le bar. Le réfrigérateur était bourré jusqu'à la gueule. Il y avait aussi, dans un casier, un joli assortiment de bouteilles.

— Le cognac, il y en a ?

Je versai du cognac dans un verre à cognac et, sur deux glaçons, un peu de whisky dans un verre à whisky.

— On ne peut pas éteindre la lumière ?

J'éteignis. Rozotchkine ricana :

— Bien sûr. Elles sont à l'infra-rouge ! Ça ne fait rien. J'aime le clair de lune.

Il écarta les doubles rideaux et tira les panneaux de mousseline. Nous nous installâmes dans deux fauteuils club face à la baie qui ouvrait sur un balcon. Le clair de lune entra à flots dans la pièce. Au-delà de la cour sablée, nous voyions ondoyer devant nous les frondaisons du parc.

— Kiril Lavrovitch, commença Rozotchkine en projetant ses grosses lèvres en avant pour chaque consonne et en les arrondissant pour chaque voyelle, je parlerai distinctement pour les micros. Comme cela, vous me ferez peut-être répéter la même chose une fois de moins. Je suis le colonel Nikolaï Ivanytch Rozotchkine, né à Mytichtchi, région de Moscou, le 3 septembre 1939. J'appartiens au Premier Directorat du Guébé. Jusqu'au 1er février dernier, j'étais en poste à Paris. Depuis quinze jours, j'ai été muté à Marseille comme consul général. Telle est ma couverture. En réalité, je suis chargé de l'observation des mouvements de bateaux dans les ports Marseille et Toulon. Telle n'est pas ma spécialité. Avoir reçu de but en blanc cette affectation, qui comportait une promotion, méritée certes mais inattendue, m'a fait réfléchir. Ils ont peut-être voulu endormir ma méfiance, ou m'écarter de mon ancien emploi, ou me rapprocher d'un endroit d'où il serait plus facile de m'enlever pour me ramener là-bas.

Il but la moitié de son cognac. Un scrupule me prit.

— Nikolaï Ivanytch, vous comprenez bien que je n'ai pas qualité pour vous débriefer ?

Il ricana, et fit un geste circulaire de sa main tenant le verre. Il désignait les micros qu'il croyait cachés partout. Comme je n'aurais jamais pu le persuader qu'il n'y en avait pas, je me laissai aller à mes diverses curiosités : celles de l'homme, de l'espion amateur, et, par-dessus tout, de l'écrivain.

— Ils veulent vous punir ?

Il rectifia sévèrement :

— Pas encore. Peut-être ils veulent savoir si je sais ce que je sais et si j'ai partagé mon savoir avec quiconque.

— Vous craignez d'être torturé ?

Il fit une moue d'indulgence.

— Pas du tout. Nous avons les drogues les plus perfectionnées. Les meilleures dans le monde. Ensuite, bien sûr, je serai expéditivement liquidé.

— En d'autres mots, c'est cette mutation imprévue qui vous amené à... vous rallier ?

— Elle m'en a donné l'occasion. A Paris, je ne sortais pas de mon bureau, sauf pour rentrer chez moi. Je n'allais pas taper sur l'épaule de l'agent de la circulation ! Ici, dès que j'ai appris par la presse que vous veniez à Nice...

— Moi ?

— *Nou* bien sûr, vous. Je me suis demandé si vous veniez pour moi. Cela m'a inquiété. Parce que cela signifierait que vous vous doutiez de... J'ai décidé d'en profiter tout de même.

Je n'en croyais pas mes oreilles.

— Mais, Nikolaï Ivanytch, pourquoi moi ?

Il ricana encore une fois, agacé de me voir surestimer sa naïveté.

— Voyons, Kiril Lavrovitch, nous savons bien ce que vous êtes : un rabatteur.

Une fois de plus, il était inutile de nier : il ne m'aurait pas cru. D'ailleurs, je me sentais flatté. J'essayai de montrer que j'étais de la partie, sans rien avouer.

— Madame Rozotchkina et sa mère n'ont pas fait de difficultés ?

— Elles ? Elles voulaient depuis longtemps. Elles m'arrachaient la cervelle : " Quand, Nikolacha, quand ? " C'était à cause des soldes de chiffons. Elles ne se doutent de rien. Et, de mon côté, je tiens à vous dire que je n'ai pas quitté mon poste pour une raison idéologique. Je ne suis pas un dissident. Je suis favorable à la politique de Mikhaïl Serguéitch. Mais ma vie est en danger, et je comprends que je dois payer le prix de l'asile politique que je sollicite. Je donnerai les renseignements qu'on me demandera sans restrictions mentales. Quand votre équipe arrive-t-elle ?

Je n'avais jamais entendu parler d'un transfuge aussi désireux de se mettre à table. Peut-être aurais-je dû lui dire la vérité : « Mon pauvre ami, je n'en sais rien, je ne suis qu'un romancier qui a joué avec le réel, j'espère malgré tout vous tirer de là. Cela dit, vous avez fait une gaffe en vous ralliant aux Français pendant un week-end. » Mais il aurait cru à des jeux, il se serait rebellé, ou peut-être aurait-il décidé de retourner à son poste, et je n'allais pas perdre le seul transfuge de ma vie ! Je préférai répondre à sa question par une question, d'ailleurs maladroite :

— L'idée ne vous est pas venue de vous livrer aux Américains ?

Il s'était mis à fumer, et me lança un regard apeuré, véritablement apeuré, par-dessus sa cigarette. On aurait cru qu'il se demandait si je me moquais de lui.

— Aux Américains ?

Et il vida son verre. Cul sec.

— Ecoute, dit-il, donne-moi encore du petit cognac. Mais laisse donc la bouteille ici, je vais tout te raconter.

C'est une malédiction d'être né à la fois discret et curieux. Je me doutais bien qu'il n'était ni légitime ni prudent que je susse ce qu'il souhaitait m'apprendre, et je balançai un instant, un instant seulement, au bout duquel je me levai pour aller chercher le Rémy Martin. A cet instant un événement inattendu se produisit. Des ombres et des lumières tournèrent au fond du salon et un personnage de plus se trouva parmi nous.

Il avançait lentement, sans bruit, avec quelque chose de spectral.

Je me rappelle m'être demandé si, ayant fait un rêve, je n'allais pas me retrouver à la table du Grand-Duc, où nous aurions tous été endormis par un conférencier prédînatoire. Mais un commutateur claqua, la lumière se répandit dans le salon et, dans mon dos, Rozotchkine, ne se doutant pas de ce que cette irruption avait d'insolite, se leva simplement pour fermer les rideaux.

L'homme qui était entré de façon si mystérieuse — il sortait d'un placard qui devait aboutir à une porte dérobée — était de taille moyenne, avec ces joues rose foncé des bruns qui se rasent trois fois par jour. Il portait une chemise lilas sans cravate et un costume bleu marine déboutonné. Il arborait une bedaine excessive pour ses quelque trente-cinq ans, mais, sous l'excès de graisse, on le sentait souple et musclé. Son visage grassouillet avait cette douceur factice qu'on voit aux gardes du corps, aux videurs, à certains policiers spécialisés, à ceux qui vivent de la violence et s'en trouvent bien.

— Alors vous êtes monsieur... ?

Il me donna le nom de Max. Il parlait d'une voix feutrée, comme castrée, que j'avais presque du mal à saisir. Je le toisai. Je me sentais responsable de mes gens, donc dix fois plus fort :

— Vous êtes qui, vous ?

Il alla tranquillement au bar, et je le laissai sottement se servir un Coca-cola avec un zeste de citron. Pour couper le citron, il tira de sa poche un couteau à manche de bois noir clouté de cuivre, qui s'ouvrit avec un déclic. Que pouvais-je faire contre ce monsieur ? Me colleter avec lui ? Il s'accouda au bar.

— Moi, dit-il, qui je suis, aucune importance. Vous, vous êtes dans un drôle de bizness, et laissez-moi vous dire que vous avez besoin de protection. Nous, ici, à Nice, on est bien outillé pour vous protéger.

Il sirotait son immonde Coca-cola. Moi, je n'en menais pas

large. Comment ferais-je croire à ce racketteur que je représentais ici les services spéciaux français et qu'il avait intérêt à rentrer dans son placard ? Je me rappelai que, lorsque j'avais exprimé quelque intérêt pour le métier du renseignement, un de mes chefs (que j'ai déjà évoqué dans ces pages) m'avait gentiment répondu : « Ouais, mais c'est pour des gars qui ont du sang-froid. » Saurais-je faire croire que j'en avais, ce qui équivaut presque à en avoir ? J'assurai ma voix.

— Nikolaï Ivanytch, dis-je en russe, ce qui me donnait un avantage sur l'intrus, il y a un malentendu. Rentrez dans votre chambre le temps que je m'explique avec monsieur.

Rozotchkine eut un soupir excédé.

— J'espère seulement, dit-il, que le désordre de votre Organe de renseignement, quel qu'il soit, ne dépasse pas le seuil d'insécurité.

Il sortit. J'essayai de reprendre la situation en main. Je regardai la chemise lilas dans les yeux.

— Monsieur, je dois vous mettre en garde. Je suis...

La chemise lilas m'interrompit aussitôt.

— Minute. Vous demandez un appartement d'urgence, vous arrivez par l'impasse, vous donnez un nom qui ne doit pas être le vôtre, vous parlez une drôle de langue, vous êtes une drôle d'équipe. C'est clair : vous avez besoin de protection. J'en fournis. La loi de l'offre et de la demande. Il n'y a qu'à s'entendre sur le prix.

Il me regardait accoudé sur son bar, et je me tenais comme un sot devant lui, sentant que la maîtrise de nos relations m'échappait, que je n'étais qu'un écrivailleur face à un homme. Et cet homme, qui ? Un petit racketteur niçois avec des mocassins blanc et noir comme dans les films de gangsters.

— Tarif minimum, laissa-t-il tomber avec mépris : à la journée. Dix sacs. En espèces. Payables d'avance. Mais pour ça, on n'a pas beaucoup de protection. C'est nominal.

Et il tapa de la paume de la main sur le bar, comme pour dire : « Assez flirté ».

D'un côté, je n'avais pas dix mille francs.

De l'autre, je constatais, non sans satisfaction, que je ne ressentais aucune peur physique devant cet individu qui avait vingt ans de moins que moi.

D'un troisième côté, il ne s'agissait pas, en l'occurrence, de prouver ma bravoure, mais de veiller à la sécurité de mon transfuge, de sa femme, de sa belle-mère et de son Yorkshire terrier.

Je ne suis pas très doué pour penser à trois choses en même temps ; cependant je décidai de faire de mon mieux.

— Monsieur, dis-je avec assez de flegme, il se trouve que vous avez commis une petite erreur. La protection, nous n'en achetons pas. Nous en vendons quelquefois.

Nos yeux ne se quittaient pas. Les siens se plombaient peu à peu.

— Sans chercher à vous menacer, lui dis-je — et, cette fois, je ne bégayais pas —, c'est vous qui pourriez avoir besoin de protection si vous nous dérangez dans ce que nous faisons.

Il ne fut pas impressionné.

Il hocha la tête d'un air sagace, je dirai presque compatissant. Il reposa son verre de Coca-cola sur la plaque de verre qui recouvrait le bar, tira de nouveau son couteau noir, le déplia posément, toujours avec le déclic du cran d'arrêt, contempla le tranchant et chuchota, sans me regarder :

— Va me chercher le chien.

Je fis un pas en arrière et j'empoignai une chaise par le dossier. Nous sombrions dans l'amateurisme. Que voulez-vous ! Je n'avais pas mieux à ma disposition. Or, à cet instant même, l'une des portes menant aux chambres à coucher s'ouvrit, et le petit chien, avec un regrettable à-propos, se précipita dans l'ouverture. Agile, l'homme se pencha et l'agrippa par son collier rouge à clochettes. Il le hissa jusqu'à son propre nez et appuya la pointe de son couteau sur le petit ventre rose.

— Je commence toujours par le chien, dit-il. Quand j'ai du mal à me faire comprendre.

C'était le moment de l'assommer avec la chaise, mais la vie moderne nous fait perdre nos réflexes les plus sains. Nous espérons éviter la violence, ce qui donne un sérieux avantage aux violents.

Sans doute les deux dames avaient-elles ouvert la porte parce qu'elles avaient entendu le mot « chien ». En tout cas, elles se ruèrent dans le salon, la belle-mère orientale en pyjama :

— Fifotchka !...

Et la fille basanée en chemise de nuit à volants :

— Fifotchka !...

Allons, Kiril, tu n'as pas peur de ce petit couteau, fonce.

Non, je n'avais pas peur du petit couteau, mais quelque chose me retenait encore : le savoir-vivre. Ce n'est pas très poli de casser des chaises sur la tête des gens. Et puis je n'ai pas l'habitude. Résultat : j'ai manqué ma chance.

C'est alors que Rozotchkine paraît. Il a tombé la veste, sa chemise blouse et bâille sur sa bedaine. Il a l'avantage fondamental de l'*homo sovieticus* : il ne se soucie pas de politesse. Il voit Fifotchka en péril d'être désentripaillée, il baisse la tête et se lance en avant. Le racketteur lui jette Fifotchka à la tête. Rozotchkine s'arrête, le sang des griffures coule sur ses joues. Le chien tombe au sol. D'une volte, la chemise lilas est derrière le bar. Ma chaise devient dérisoire. Le racketteur porte deux doigts à sa bouche et pousse un sifflement perçant, comme je n'y suis jamais arrivé de ma vie, malgré les efforts que j'ai dépensés enfant pour acquérir cette expertise.

Personne ne vient.

Rien ne se passe.

Sauf que les femmes hurlent, le chien hurle et Rozotchkine

geint, se tenant la tête à deux mains. Le racketteur, qui nous menace de son couteau qu'il tient comme une épée, à hauteur des yeux, siffle encore. Rien.

Il est armé, mais nous sommes deux. Et même quatre en comptant les femmes qui feraient n'importe quoi pour défendre Fifotchka. Privé de la main-forte qu'il espérait, il décide de battre en retraite et bondit vers le placard, resté entrebâillé. Y entre. J'ai à peine le temps de me demander si le moment est venu de l'attaquer, et le voilà qui culbute en marche arrière, son couteau lui échappe, un autre personnage s'effondre par-dessus lui, et ils s'emmêlent sur le parquet, tandis qu'un troisième se montre à l'entrée du placard, grand, vaste, un filet de barbe rousse lui amincissant les joues, et la joyeuse gravité du combat empreinte sur ses traits : Max.

— Et alors, mon frère, on fait la nouba ici ?

Le racketteur est assis par terre et cherche en vain sa respiration : il a reçu le front d'Albert dans l'estomac. Albert essaye péniblement de se relever : il a reçu le pied de Max en plein postère.

— *Nou*, dit Rozotchkine, si c'est comme ça, les fameux Organes de renseignement français !...

— Ne vous hâtez pas de juger, Nikolaï Ivanytch. Vous n'êtes pas les seuls à avoir une mafia. Et, comme vous voyez, nous avons repris la situation en main.

Max désigne le racketteur :

— C'est qui, Tartemolle, là ? Il fait partie de l'organigramme ?

— Je ne crois pas. Il rackette les locataires.

— Bref, on le vide, quoi ?

Je fais oui de la tête.

Max se baisse avec un soupir, relève le racketteur par le devant de sa chemise lilas et le secoue un bon coup.

— Tu as compris la leçon ? Alors dégage. Et emmène ton copain. Il a été un *chouia* malpoli avec moi, alors tu seras peut-être obligé de l'emmener à l'atelier de réparation.

Les deux hommes chancellent vers la porte dérobée. Sur le seuil du placard, le racketteur s'arrête, et, ayant retrouvé un peu de souffle, râle :

— Et mon couteau, alors, vous me le rendez ?

Son couteau, c'est moi qui l'ai ramassé.

Max ouvre de grands yeux.

— Mon pauvre gars, lui dit-il, si tu en es là, tu chercheras l'adresse du père Noël dans le Bottin. Allez, débine-toi. *Fissa*.

Ils sortent.

— Tu ne crois pas qu'ils vont chercher des armes ou du renfort ?

— Hé, non, dit Max dédaigneux. Ce n'est pas dangereux, ça. C'est le petit racket niçois de base. Ça comprend vite.

Je priai les deux dames d'aider Rozotchkine à se nettoyer la physionomie, et, dès qu'ils furent tous sortis, j'exprimai à Max le plaisir que j'avais eu à le voir apparaître inopinément.

— Pas si inopinément que ça, mon frère. Moi, jifais comme mon lieutenant idit. J'ai bloqué la circulation un moment ; comme il n'y avait personne à bloquer, je suis reparti pour le Westminster, j'ai trouvé dans ta chambre les clefs de la BMW, je l'ai conduite et abandonnée à l'aéroport. Puis j'ai pris un taxi, j'ai retrouvé ma bagnole et je me suis ramené ici. Comme l'appartement était réservé à mon nom, le larbin m'a laissé entrer dans la maison ; après, il ne voulait pas que j'entre dans l'appartement. " Monsieur est en conférence. — Très bien, lui dis-je, alors vous et moi, on va aussi avoir une petite conférence tous les deux. "

— Qu'est-ce que tu lui as fait ?

— Pas grand-chose. Un peu comprimé la carotide. Il n'a pas fait trop de manières. Et comme il regardait toujours vers le fond du couloir, j'ai compris qu'il y avait une porte de derrière. Alors là, j'ai dû insister un peu en lui malaxant les klaouis. Pas bézef non plus.

Là-dessus nous nous assurâmes que les deux portes de

l'appartement avaient des verrous intérieurs et j'expliquai brièvement à Max de quoi il s'agissait. Cela le fit rire :

— Comme je te connais, je m'étais douté d'une histoire comme ça. Voilà ce qui vous arrive, à vous autres écrivains, quand vous mentez au plus près. Eh bien, pour la peine, tu vas m'offrir un whisky, après quoi on prendra le quart chacun à notre tour. Des fois qu'Albert retrouverait son courage en t'entendant ronfler.

Ce ne fut pas moi mais Max qui, un quart d'heure plus tard, commença à faire des roulades sur le divan. Moi, toutes lumières éteintes, je m'installai dans un fauteuil. Je n'avais nullement sommeil et le verre que je tenais à la main m'aurait réveillé si j'avais sombré. J'avais de nouveau écarté les rideaux, et, du fond de mon fauteuil, je contemplais le clair de lune sur le gravier et la pelouse, m'humectant de temps en temps les lèvres de whisky et me demandant une fois de plus si ce qui m'arrivait n'était pas le fruit de mon imagination.

La porte d'une des deux chambres s'ouvrit, et Rozotchkine parut, en pyjama. Il jeta un regard à la forme puissante de Max écartelée sur le divan, alla fermer les doubles rideaux sans me demander si cela me convenait et s'approcha de moi. Trois bandes de sparadrap sur le front et les joues lui donnaient un air inquiétant. Je lui demandai :

— Ça fait mal ?

— Un peu. Heureusement, elles liment les griffes de Fifotchka une fois par semaine. M'expliquerez-vous, Kiril Lavrovitch... ?

— Oui, Nikolaï Ivanytch, j'expliquerai. Asseyez-vous. Vous vous êtes visiblement imaginé que je disposais à Nice d'un appartement sûr pour vous loger et vous faire garder. Ce n'est pas le cas. Reconnaissez que votre décision ne pouvait qu'être imprévue pour nous. (Une expression de soulagement passa sur son visage.) J'ai dû louer cette planque-ci dans une maison où tout un monde interlope a ses habitudes. La mafia locale prélève une dîme sur les activités illicites, et si mon garde du corps (Pardon, Max !) n'était pas intervenu, nous aurions eu quelque mal à nous défaire de ces gens. Comment va Fifotchka ?

— Vous voulez dire que vous n'êtes pas armé ?

— Non, Nikolaï Ivanytch. En France, le permis est impossible à obtenir si on n'est pas appelé à utiliser une arme professionnellement. Comment va Fifotchka ?

— Très bien. Elles sont ensemble au lit toutes les trois. Pensez-vous qu'il y ait encore du petit cognac ?

J'allai chercher la bouteille, reprenant notre scène au moment où la visite du racketteur l'avait interrompue. Rozotchkine me prit le flacon, le déboucha d'une main, de l'autre saisit le goulot et versa une rasade dans sa gueule ouverte, sans plus recourir au truchement superflu du verre.

— Oui, reconnut-il, en se carrant dans son fauteuil, pour les parfums et les liqueurs, les petits Français sont assez doués...

Je maîtrisai mon agacement. Les étrangers ne louent les petites spécialités françaises que pour dénigrer les grandes. C'est une forme d'envie, je suppose, courante chez les Soviétiques, les Américains, les Allemands, les Anglais.

L'incident du racket ne semblait pas avoir beaucoup émotionné le camarade Rozotchkine. Il avait dû participer à des coups durs plus dangereux.

— Pour résumer, reprit-il, on pourrait dire, colonel, que vous êtes, somme toute, un rouage relativement mineur de votre Organe ?

— On pourrait dire cela, colonel. On le devrait même.

— Bien. Surtout n'allez pas vous imaginer que, pour cette raison, je renâclerai à vous raconter la découverte qui m'a amené à trahir ma carrière, ma patrie, mon parti et le communisme international. Il y avait pour moi un espoir d'en réchapper en ne me confiant jamais à personne, mais cela seulement si personne ne découvrait jamais que j'ai découvert ce que j'ai découvert. Pendant trois jours, je n'ai pas vécu, j'étais prêt à me suicider à la première convocation. Apparemment, je connais mon métier, et ils ne se sont aperçus de rien. Mais est-ce que je sais ? Peut-être attendent-ils simplement un moment favorable, et alors, pour moi, c'est le couvercle ! Ou bien ils conservent l'objet pour le cas où, et si jamais quelque chose venait à clocher, ils le repasseraient au microscope ? Peut-être, à cet instant même, dans les laboratoires du boulevard périphérique...

Il eut un hoquet, qu'il apaisa par une nouvelle descente de cognac. Il ne restait plus grand-chose dans la bouteille, qui, soit dit à la décharge de Rozotchkine, n'avait pas été pleine à notre arrivée. Max fit entendre une nouvelle série de vocalises, et Rozotchkine lui jeta un regard désabusé.

— Il feint mal de dormir, votre garde du corps. Apprenez-lui : cela peut être utile. Pour moi, c'est tant mieux si vous êtes deux à m'entendre, sans compter les micros. En revanche, la mafia, si elle écoute aux portes... Mettez-nous donc de la musique, colonel.

J'allumai la radio et trouvai une symphonie germanique de la fin du siècle dernier qui nous ferait sûrement la nuit.

— Vous n'avez évidemment pas besoin que je vous dise quelle est ma spécialité, reprit Rozotchkine en allumant une cigarette. Comme je ne suis pas marchand de crêpes, vous devinez d'où vient cette noirceur au bout de mes doigts. Ce que vous ne savez pas, c'est que je vais dès l'abord vous faire un joli cadeau : oui, je vais immédiatement vous livrer un traître américain, et rien ne fait autant plaisir aux gens des Organes que de trouver un traître dans les Organes de leurs alliés.

« Pendant des mois, colonel, j'ai dirigé une des innombrables missions commerciales soviétiques en France. La *perestroïka* a ceci de bon qu'avec toutes les *joint ventures* qui sont nées d'elle, on a pu multiplier ces missions à l'infini, et comme ce sont les meilleures couvertures... Bref, j'avais mes bureaux à Clichy, et c'est là que le capitaine Tuttings —

voilà : je vous ai donné son nom, ça fera un deuxième ruban à votre boutonnière —, que le capitaine Tuttings venait m'apporter les sacs de courrier de l'ambassade américaine avant de les remettre aux divers commandants de bord à Roissy. Il m'en laissait certains pour vingt-quatre heures — son chauffeur Noir était dans le coup —, plus souvent, je ne choisissais qu'une enveloppe ou deux par sac, et nous les ouvrions, moi et mes hommes, pendant que Tuttings attendait en buvant de la *root beer* — j'en faisais venir spécialement pour lui car il était anti-alcoolique — et en étudiant de près mes magazines pornographiques. C'était un bon méthodiste qui trahissait pour de l'argent, exclusivement. Il avait eu une enfance misérable et éprouvait un irrépressible besoin de thésauriser. (Rozotchkine racontait d'un ton docte, en prenant son temps, et avec un plaisir visible à donner tous les détails plus ou moins pertinents.)

« L'un des sacs que j'examinais toujours avec le plus de soin était celui qui partait pour l'Union. Cela vous paraît bizarre ? Parce qu'il allait aboutir chez nous ? Vous oubliez qu'une de nos responsabilités est de surveiller nos propres diplomates, industriels, professeurs, écrivains, et surtout — surtout les officiers de nos Organes.

« Or voici qu'un jour — je donnerai la date exacte à votre supérieur hiérarchique, mais sachez d'ores et déjà que c'était à un moment où le courrier avait doublé de volume parce que le président américain se trouvait à Paris — un jour donc, vers onze heures du matin, le capitaine Tuttings m'apporte six sacs : pour l'Allemagne, l'Afrique du Sud, l'Arabie Saoudite, la Grande-Bretagne, Israël, l'Union. Je distribue les sacs étrangers à mes collaborateurs et je garde le nôtre, comme d'habitude. Vous avez déjà fait ce genre de travail, Kiril Lavrovitch ?

Je secouai la tête.

— Je constate, Kiril Lavrovitch, qu'à en juger d'après vous le niveau des Organes français est considérablement plus bas que celui des nôtres. Je vais donc vous expliquer ce que j'ai fait.

« Ce que je voyais devant moi était un sac postal à peu près ordinaire, en tissu gris, avec des œillets métalliques dans lesquels passait une cordelette nattée rouge et blanc. La couleur changeait d'une semaine à l'autre. Les deux extrémités étaient collées avec de la cire empreinte d'un sceau et nouées " en cul de porc double " peut-être, ou en " jambe de chien ". J'employais un matelot rien qu'à défaire les nœuds. " Martyn, lui disais-je, défais-moi ce nœud et sans marquer la ficelle ! " Il riait doucement, Martyn, il avait un de ces rires matois de rouquin, et il commençait à défaire la cordelette avec un petit clou. Je lui proposais des instruments plus délicats, mais lui : " Non, camarade colonel, avec un petit clou, c'est plus pratique. "

« Ce jour-là, donc, comme à peu près tous les jours, je me trouve en face d'un sac de toile, pas plein, un peu boxé, un peu affaissé. La cire ne nous effrayait pas : un débutant la faisait fondre avec un appareillage spécial, et, comme nous avions la même et que nous avions fabriqué le même sceau représentant un aigle avec une étiquette au bec, cela n'était pour nous, comme on dit, qu'un pâté sans farce. La cire fond. Martyn attaque le nœud avec son petit clou tout brillant. Je lui dis sévèrement : " Tu sauras refaire le même ? Exactement le même ? " Il rit. Il lui manquait une dent sur le devant : " Vous en faites pas, camarade colonel, c'est un ' bec d'oiseau ', ce qu'il y a de plus simpliste. Même vous, vous seriez capable d'en faire un comme ça. " Il achève de dénouer le nœud, il enroule la cordelette soigneusement, avec amour. Le sac est ouvert. " A votre service, camarade colonel. "

« Je plonge la main et je ramène trois sacs de nylon bleu gris, brillant. Ces sacs étaient fermés au moyen d'une soudure chauffante qui imprimait sur eux le sigle USA, USA,

USA, et, çà et là, des déclarations émouvantes comme *E pluribus unum* et *In God we trust*. Des sacs pareils, nous en avions un stock, et notre soudure faisait apparaître dessus les mêmes graffiti philosophiques : il suffisait donc d'examiner ceux de l'ambassade pour voir si un truc insolite n'y avait pas été ajouté, et on pouvait ensuite les jeter.

« J'ouvris le premier, étiqueté (les paupières de Rozotchkine battirent, puis ses yeux demeurèrent fixes) *Amembassy Moscow*. Il contenait une cinquantaine d'enveloppes, les unes officielles, les autres privées, adressées à divers fonctionnaires de l'ambassade et des divers consulats américains en URSS. Normal. Le deuxième contenait une douzaine de plis aux noms de personnalités soviétiques. Normal. Le troisième contenait un seul pli.

« Je révélerai le libellé exact de l'adresse à votre supérieur hiérarchique, mais vous saurez dès maintenant qu'il s'agissait d'une suite de chiffres et de lettres ne correspondant à aucun code que nous connaissions ; or, nous connaissions les codes des Américains mieux qu'eux. Moi qui vous parle, j'aurais aisément pu remplacer au pied levé l'officier américain chargé de la réception du courrier à l'ambassade... et pourtant je n'aurais pas su que faire de ce pli-ci. Lorsque le major Briskey — nous savions que c'était le major Briskey — ouvrirait le troisième sac, il ne pourrait s'empêcher, même s'il était religieux lui aussi, de proférer quelque blasphème comme “ *O my God !* ” et de se mettre à trembler pour sa carrière, car il reconnaîtrait à première vue l'importance de cette enveloppe marquée TOP SECRET EYES ONLY, et n'aurait pas la moindre idée de quels EYES il s'agissait. Le cauchemar absolu pour l'officier de chancellerie.

« Deux hypothèses à envisager : soit la sécurité américaine avait tendu un piège à quelqu'un, Tuttings ou nous autres, soit il y avait eu une erreur. Dans la vie, colonel, il ne faut jamais exclure l'erreur. Vous croyez qu'il y aurait une autre bouteille de cognac ?

Je me levai et je retournai au bar. Comme je l'avais prévu, la radio donnait toujours la même symphonie teutonique. Il n'y avait plus de Rémy Martin. Je pris au hasard une bouteille de Jack Daniels.

— Ça vous va ? C'est américain.

— Voyons un peu, dit Rozotchkine, parfaitement sobre : diction claire, teint gris, voix normale.

Il dévissa le bouchon, et déglutit une lampée de bourbon.

— Pas mal, ce cognac américain. Un peu sucré. Je vous disais donc que vous n'avez pas atteint votre âge sans savoir que les Organes les plus délicats, dans les affaires les plus sensibles, commettent quelquefois des bourdes. Le mégot du chirurgien dans les tripes de l'opéré, ce n'est pas une légende. Vous avez commis des erreurs, j'en ai commis. Le plus souvent, elles ne sont pas découvertes, sans quoi notre métier ne serait plus possible, mais il arrive que, l'espace d'un éclair, l'un des adversaires se trouve brusquement nu devant l'autre, et l'autre — ou un tiers — s'en aperçoit.

« Ces hasards sont en définitive malheureux pour chacun, si bien que personne ne cherche à les faire naître, car ils sabotent la règle du jeu, du plus grand jeu de tous. *The Great Game*, disent les Anglais. Il y a, comme vous le savez, des ententes tacites entre Organes pour faire le silence sur certaines révélations et pour détourner les yeux de certaines réalités, sinon les peuples passeraient leur temps à se faire la guerre. En d'autres termes, mon instinct m'a d'abord prêché la réserve absolue.

« — Nikolacha, me disait-il, ne touche pas à ce pli. Si c'est la CIA qui te piège, tu ne vas pas te laisser faire. Et si, par erreur, un pli qui devait être transporté par avion spécial a abouti dans la valise diplomatique, tu as trop d'expérience pour prétendre exploiter toutes les erreurs des Américains.

« J'esquissai donc le geste de jeter l'enveloppe dans le panier *Exploité*... Au dernier moment je m'arrêtai.

« Car, je n'ai pas besoin de vous l'apprendre, mon cher collègue, il y avait une troisième hypothèse, la plus probable. Vous savez laquelle : l'enveloppe avait été glissée dans le courrier pour vérifier ma vigilance. Par qui ? *Nou*, par un de nos agents à l'ambassade. Il ne s'agissait pas de me faire posséder. Je m'attablai donc en face du pli : " A nous deux, mon vieux ! "

Le mot « enveloppe » est masculin en russe — j'y substitue, un peu improprement, le mot « pli » — car Rozotchkine me raconta l'ouverture comme un duel plutôt qu'un viol.

— Le pli était là, sur ma table, en papier fort, brun jaune, de proportions américaines apparemment ordinaires, 12 pouces par 9, tamponné en rouge, comme je vous l'ai dit TOP SECRET EYES ONLY, et portant, en guise de destinataire, cette maudite série de lettres et de chiffres inscrite au crayon à bille bleu. J'ai toujours aimé, Kiril Lavrovitch, l'expression anglaise : *eyes only*, les yeux seulement. Je la trouve dramatique, chaste, convenable à notre métier.

« Je mesurai le pli : il faisait 11 pouces 9 dixièmes par 9 pouces 1 dixième. Ha ha ! Je regardai le papier à la loupe : papier spécial. Des petits malins, donc ! Nous n'avions pas en magasin le double de ce pli-là. Il allait falloir l'ouvrir, et, bien entendu, il était exclu de pratiquer une césarienne sur cet objet unique.

« Je le retournai. Il était scotché en X et portait cinq sceaux de cire non pas rouge, mais orange, d'une coloration que nous ne possédions pas non plus. J'examinai les empreintes : trois représentaient un serpent dans un feuillage ; celles du milieu et de l'angle inférieur droit figuraient le profil de

Lincoln. Nous possédions un sceau au profil de Lincoln ; l'autre, non.

« Je pris donc dans mon tiroir une boîte de mastic et je relevai une empreinte négative du serpent. Je portai le mastic à l'atelier. Je préfère me déplacer plutôt que de sonner, ça me donne l'occasion de surveiller le personnel sans en avoir l'air. Alpatytch fourra un roman de gare sous sa table au moment où j'entrai.

« — Tiens, lui dis-je, tu me fais ça sur plâtre en vitesse, et sur métal quand tu auras fini de te cultiver.

« Je rentrai dans mon bureau et je considérai les cinq sceaux. Je sentais que ce pli brun jaune me donnerait du fil à retordre, et je peux même dire que je pressentais que j'y trouverais quelque chose de fatal. D'une certaine manière mystérieuse, maléfique c'est à moi qu'il était adressé ! Ce n'était pas une raison pour ne pas lui montrer que j'étais plus fort que lui.

Je jetai un regard au camarade Rozotchkine pour m'assurer que cette incursion dans le fantastique n'était pas due au bourbon, mais la fermeté de la main qui tenait le goulot du Jack Daniels me rassura, autant que le regard toujours imperturbable derrière les gros verres.

— Je plaçai le pli sous un projecteur, poursuivit Nikolaï Ivanytch et je le photographiai au Polaroïd. Puis je pris une lame de rasoir emmanchée dans une poignée et je la chauffai sur un petit réchaud de camping. Je coupai chaque sceau le plus près possible du papier, à peu près comme votre pédicure vous coupe vos cors aux pieds. Je jetai les cinq sceaux dans une coupelle. Je ramassai soigneusement les moindres grains de cire éparpillés sur le pli et sur mon bureau. Je les mis aussi dans la coupelle. L'opération s'était bien passée jusque-là. Je sifflai quelques mesures de la Kamarinskaïa et je m'attaquai au scotch.

« J'en vérifiai la largeur et la texture : parfait, nous avions le même. Nous avions à peu près tous les scotchs du monde. J'approchai donc du pli ma lampe à rayons ultra-violets, je l'allumai et je commençai à ramollir le scotch patiemment, au risque de me rôtir les doigts un peu plus, mais au point où ils en sont... Peu à peu, les bandes de scotch commençaient à se décoller et à s'enrouler ; je ne les y aidais pas, je travaillais en douceur. Je vis sans étonnement qu'elles s'étoilaient de granulés jaunes invisibles à la température normale. Bravo ! L'ennemi utilisait les grands moyens ! Heureusement, nous nous étions pourvus des mêmes granulés. Au bout d'un quart d'heure, les deux bandes collantes me restèrent dans les doigts. Elles rétréciraient en refroidissant, et je les mis à la corbeille. Le pli était maintenant désarmé devant moi, désarmé mais résistant toujours, et portant déjà les traces des violences subies.

« D'une part, les emplacements des sceaux étaient comme marbrés par la limaille qui y avait été répandue avant l'application de la cire et quelques grains en demeuraient attachés au papier. D'autre part, des rais de poussière marquaient les bordures du scotch que j'avais enlevé. Rien de cela n'était imparable, n'oubliez pas que nous étions des virtuoses, mais il allait falloir redoubler d'attention. (Rozotchkine passa sa langue sur ses lèvres d'un air presque libidineux.)

« C'était au tour du rabat.

« Je constatai qu'il n'avait pas seulement été collé, très certainement avec de la colle forte qui ne céderait pas à la vapeur, mais aussi agrafé cinq fois avec des agrafes octogonales portant sur le dessus une représentation de la Maison Blanche. Je connaissais le modèle : je savais qu'elles étaient équipées de quatre crampons fragiles, qui se casseraient sûrement si je les redressais. Le cas était prévu. Nous avions fait fabriquer des agrafes semblables ; il faudrait seulement veiller à ne pas agrandir les trous et à remettre les nouveaux crampons exactement à la place des anciens.

« Je choisis donc dans mon tiroir la plus mince de mes aiguilles à tricoter, j'en glissai la pointe sous la première agrafe, et je commençai à relever les crampons. Vous n'avez probablement pas idée de la patience et de la concentration nécessaires pour ne pas abîmer le papier. Cinq agrafes à quatre crampons : vingt crampons. Kiril Lavrovitch, c'est le treizième travail d'Hercule. En miniature.

« Malheur ! Mon sergent frappe à la porte :

« — L'Américain s'énerve.

« — Dis-lui de se calmer : j'en ai encore pour un bon moment.

« Un crampon, deux crampons, quatre, sept, onze, seize crampons... Enfin, terminé. Reste la colle, et, tel que je devine mon adversaire, la colle sera pleine aussi de granulés qui, à la chaleur des UV ne se contenteront pas de prendre une couleur, mais déteindront sur le papier. Je regarde si un angle ne me permettrait pas d'introduire mon aiguille. Non. Le collage est étanche. Voici, Kiril Lavrovitch, que je vais prendre mon premier vrai risque.

« En protégeant le pli avec la main, j'en approche le coin supérieur gauche de la lampe à UV, seulement le coin. Si j'ai de la chance, les granulés n'auront pas été éparpillés jusque-là ; sinon, il y a un espoir qu'une petite tache de couleur ne sera pas remarquée à cet endroit, pourvu que le reste du travail soit irréprochable.

« Dès que le coin du rabat est décollé, j'éteins la lampe et j'introduis dans l'ouverture la pointe de mon aiguille à tricoter. J'agrandis l'ouverture et je remplace l'aiguille par une autre, plus épaisse, que je commence à rouler lentement de manière à soulever le rabat de plus en plus. L'aiguille avance d'un millimètre toutes les dix secondes, mais elle avance : elle déchire doucement la colle, elle ne dérange pas les granulés.

« Voici que j'arrive à la pointe du rabat : c'est l'endroit le plus délicat. J'arrive à décoller la pointe, je fais pivoter le pli pour mieux attaquer l'autre moitié : elle sera plus difficile parce que la patience risque de flancher. Je remonte vers le coin supérieur droit, je m'arrête de temps en temps pour me reposer et pour m'assurer que je n'accélère pas. Encore trois millimètres, encore deux, encore un... Voilà, ça y est, rabat décollé, pli vaincu.

« Alors je me lève, je m'écarte de la table, je fais quelques exercices d'assouplissement des doigts, j'inspire et j'expire profondément.

« Puis je prends le cadavre du pli et j'entre dans la chambre noire. Le document a pu être plongé dans un bain qui, à la lumière, ferait virer la couleur du papier. J'allume la lampe rouge et je me trouve plongé dans cette atmosphère que j'aime, qui est pour moi proprement celle des Organes : l'atmosphère, mon cher colonel, de la *révélation*.

« Dans un instant, je saurai.

« Je soulève le rabat, et je constate qu'il y a une petite tache, bleutée me semble-t-il, à l'angle supérieur gauche : la trace d'un granulé. La tache est près du pli, presque invisible, elle pourrait être accidentelle. C'est la seule. Elle m'inquiète, pas outre mesure. Je sais que j'ai bien travaillé. Dites-moi, colonel, croyez-vous qu'on me donne un emploi d'ouvreur d'enveloppes dans votre Organe ?

Je le regardais, installé devant cette fenêtre obturée par les lourds rideaux verts à ramages noirs et dorés, y jetant de temps en temps un coup d'œil comme si elle était ouverte sur un paysage, fumant et buvant posément, et je m'étonnais.

Cet homme avait, en quelques minutes, inversé son cap de 180 degrés, il courait à l'entendre les pires dangers, il s'apprêtait à servir ceux qui, le matin même, étaient ses ennemis, et il ne laissait paraître aucune émotion. Etait-il un faux transfuge ? Mais alors il se serait cru obligé de se taper la tête contre les murs : je connais les acteurs soviétiques de sa génération. La dernière phrase qu'il venait de prononcer m'éclaira un peu sur son attitude : Rozotchkine était le professionnel absolu. Il incarnait dans sa personne l'idéal romantique de l'art pour l'art. Dans quelques jours, s'il n'était pas complètement fou, il pleurerait sans doute les tournesols et les malossols de son enfance, mais peut-être l'était-il, et, dans ce cas, il suffirait de lui donner des plis à décacheter secrètement et il serait heureux.

— Je ne sais pas, lui répondis-je prudemment, quel emploi mon service fera de vous.

Il aspira beaucoup d'air, en évacua la moitié par le nez, et reprit.

— J'étais donc debout, j'avais le pli à la main, et nous étions tous baignés d'une lumière rouge : moi, le pli... et le deuxième pli que je retirai du premier. Etait-ce une *matriochka* ? Allais-je encore devoir m'escrimer dessus ? Non. Cette enveloppe-ci était d'un honnête format 4 pouces 1 huitième par 9 et demi, faite en papier ordinaire et à peine collée. Pas d'adresse ; derrière, au milieu du rabat, un timbre sec représentant George Washington. J'avais naturellement emporté une aiguille à tricoter dans la chambre noire. Je n'eus pas à chauffer le pli. Il s'ouvrit en quelques secondes. (Rozotchkine était tombé dans un ton différent : il récitait son texte *crescendo* et *accelerando*, les yeux fermés sur une vision intérieure. Je ne devais comprendre que tout récemment la raison de son débit presque chantant et de son attitude de grand sorcier visionnaire.) Il y avait à l'intérieur un papier blanc de bonne qualité. Assez fort, au toucher un Plover Bond de 20 livres. La feuille était pliée en trois. Je la dépliai soigneusement — craignant un piège de plus —un cil dans un repli — un pli de travers — mais non — tout était en ordre — je posai la feuille sur le comptoir qui servait à développer les photos — je la maintins de la main gauche en haut et de la droite en bas pour ne pas casser les plis — et je lus.

Il fuma longtemps sans parler et prit un coup de « cognac » américain. Je ne voulais pas lui donner le plaisir de l'interroger. Enfin il jeta un regard à Max qui faisait une sérieuse concurrence au maestro tudesque de la radio : Mahler ou Bruckner, tels que je les connais.

— Vous voulez savoir ce que je lus, colonel ?

— Si vous voulez me le dire, colonel.

— Oui, je veux vous le dire, parce que vous êtes écrivain, connu, respecté, qu'ils hésiteront un peu à vous passer par profits et pertes, et que ce ne sera plus la peine de me passer par profits et pertes si on vous laisse vivre. Et sans moi — il fit un geste vers la chambre — que deviendraient-elles, ces idiotes ? (Il prononçait “ idiotes ” avec tendresse, une tendresse qui semblait partagée également entre la femme et la belle-mère.) J'ai lu ceci, que j'ai naturellement appris par cœur. J'ai une très bonne mémoire. Je ne sais pas si vous avez une bonne mémoire : dans notre métier, c'est essentiel. Toi, Lavrovitch, tu comprends l'anglais ?

— Je m'efforce, Ivanytch, je m'efforce.

Alors, ayant baissé la voix et fermé de nouveau les yeux, Rozotchkine articula, avec l'accent de Nijny-Novgorod, les trois phrases suivantes :

Dear Mike,

In haste. Thanks to you w've backed those European SOB's into a corner. All you have to make now is tear down the Berlin wall. Find a pretext yourself. Then ask me for half the cows in Texas. A big hug.

George. [1]

---

1. Cher Mike, En hâte. Grâce à vous nous avons acculé ces fils de chienne européens dans un coin. Tout ce qu'il vous reste à faire est d'abattre le mur de Berlin. Trouvez le prétexte vous-même. Alors demandez-moi la moitié des vaches du Texas. Je vous donne l'accolade. George.

Je regardai Rozotchkine avec stupeur. Je répétai :

— Mike ?

— Mike.

— Et c'est signé George ?

— C'est signé George.

— Mais enfin, Nikolaï Ivanytch, ce n'est pas possible. vous vous moquez de moi. Ou on s'est moqué de vous.

Il secoua solennellement la tête, et je vis que des larmes coulaient derrière ses lentilles. C'étaient en quelque sorte des larmes d'attendrissement.

— Imaginez, Kiril Lavrovitch, imaginez ! Le message le plus secret jamais envoyé par un traitant à un agent, depuis que Josué manipula Rahab. Ce message était là, posé sur le carrelage de céramique de ma chambre noire, devant mes yeux à moi, Rozotchkine. Qu'avais-je fait pour mériter une telle grâce divine ? Mais il y avait plus. Ce renseignement, dû pour 50 % à l'erreur qui l'avait fait confier à la valise, pour 50 % à mes modestes talents, ce renseignement unique, inouï, ne pouvait pas être exploité. Il était si précieux qu'il ne servait à rien. J'avais réussi le coup de toute une vie d'espionnage et, non seulement je n'en serais pas récompensé, mais — la chose m'apparaissait de plus en plus clairement, comme un visage dans un bac de révélateur — ce coup, mon cher Kiril Lavrovitch, était mon arrêt de mort. Car bien évidemment les Soviets et les Américains, les uns autant que les autres, les autres autant que les uns, les compatriotes du traitant comme ceux du traité ne pouvaient laisser vivre un homme qui savait que Mike était l'agent de George et George le traitant de Mike.

Je bredouillai :

— C'est invraisemblable.

Et j'allai me servir un autre whisky.

Cependant Rozotchkine éteignait l'électricité et rouvrait

les rideaux. Le clair de lune, de plus en plus intense, baignait de blancheur le parc noir. On l'aurait cru recouvert de neige.

— Oui, colonel, j'étais dans de jolis draps, reprit Rozotchkine en jetant sa cigarette : les rideaux ouverts, il craignait de devenir une cible. J'étais assuré maintenant que le message était tombé entre mes mains par hasard, et je fus évidemment tenté de le détruire. Personne ne pourrait jamais prouver que je l'avais lu. Prouver ? Non. Mais je savais que, si l'on s'apercevait de la disparition du message, comme cela ne pouvait manquer d'arriver, et si les soupçons des amis de George ou de ceux de Mike se portaient sur moi, les uns ou les autres trouveraient sûrement moyen de me faire parler. Ma seule chance dans l'immédiat était de réinfiltrer le message dans le circuit le plus vite possible, en espérant qu'il atteindrait son destinataire malgré l'erreur d'aiguillage qui l'avait fait atterrir chez moi : les intermédiaires, déjà en train de mourir d'angoisse, n'auraient aucun intérêt à faire remarquer l'indésirable détour. Peut-être des spécialistes examineraient-ils le pli au microscope pour s'assurer qu'il n'avait pas été autopsié, mais je me faisais fort de le refermer de telle manière qu'ils ne s'aperçussent de rien.

— Nikolaï Ivanytch, pourquoi avez-vous pris la peine d'apprendre le texte par cœur ?

— Bonne question, colonel. Sur le moment, je ne savais pas moi-même pourquoi je rabâchais ces mots. Il est difficile d'apprendre par cœur dans une langue étrangère. Je suppose qu'une logique subconsciente m'avait amené à conclure qu'un jour ou l'autre je serais contraint de rallier une tierce puissance et que je devrais alors monnayer ma bienvenue.

« M'étant donc forcé à réciter le texte trois fois de suite sans faute et sans hésitation, je repliai minutieusement la feuille de papier, je la remis dans l'enveloppe blanche comme elle s'y était trouvée, c'est-à-dire la partie pliée vers le haut, et je quittai la chambre noire. Mon sergent m'intercepta :

« — L'Américain est fou d'inquiétude. Son avion va partir.

« — Dis-lui d'aller avoir un petit accident pour justifier son retard. Nous avons trouvé quelque chose d'intéressant, nous sommes en train de photographier. Il touchera une prime.

« La petite tache bleue m'inquiétait davantage maintenant, mais je n'y pouvais rien ; on la remarquerait ou on ne la remarquerait pas : il y a une consolation dans le fatalisme. La question était de savoir comment j'allais recoller le pli. Normalement, j'aurais simplement fait fondre la colle avec la lampe UV ; ici je n'osais pas, de crainte de faire apparaître d'autres taches bleues. J'ai donc décidé d'ajouter un peu de colle : nous avions de l'Elmer, que les Américains utilisent d'ordinaire, si bien qu'à l'analyse l'amalgame n'apparaîtrait pas. Ayant ainsi recollé le rabat, je lui ai donné un léger coup de fer à repasser, pour que tout soit bien lisse.

« Ensuite j'ai remis du scotch de la bonne largeur sur laquelle j'avais semé des granulés transparents, qui, chauffés, deviendraient jaunes. J'ai bien pris soin que le bord des nouvelles bandes coïncidât avec les traces laissées par les anciennes.

« J'ai fait fondre la cire dans la coupelle, j'y ai ajouté de la limaille et, comme Alpatytch m'avait fait un sceau de plâtre représentant le serpent dans le feuillage, je l'ai appliqué aux trois coins de l'enveloppe en vérifiant sur la photo que je ne me trompais pas. Au centre et en bas à droite j'ai imprimé la tête de Lincoln.

« Le plus long a été de remettre les agrafes, parce que les crampons devaient entrer dans les trous déjà existants : une faute et adieu la tête !

« Enfin, j'ai eu terminé.

« Je l'ai regardé longtemps, mon chef-d'œuvre, sur ses deux faces, à la loupe... Puis je l'ai posé devant moi et je l'ai contemplé non pour trouver des défauts mais parce que je savais maintenant qu'il n'y en avait pas — sauf la minuscule macule bleue sous le rabat. C'était beau, voyez-vous, Kiril Lavrovitch, qu'un travail d'une telle qualité eût été consacré à un secret d'une telle importance, et pour ainsi dire à rebours : je ne me l'appropriais pas, au contraire, je le protégeais.

« J'ai glissé le pli du destin dans un sac de nylon bleu gris. Quelques autres lettres avaient été visitées par mes subordonnés et attendaient dans leurs sacs respectifs. J'appliquai la soudure chauffante, les sigles USA USA apparurent, je remis les sacs de nylon dans le sac de toile. Le matelot Martyn tira la cordelette de sa poche et refit un nœud identique à l'ancien. J'appliquai les sceaux ordinaires. Le capitaine Tuttings pouvait venir reprendre son matériel qui en serait quitte pour partir par l'avion suivant.

« Alors je consultai ma montre. Il était trois heures et demie de l'après-midi. Je n'avais pas déjeuné et j'avais envie de vomir. Des chattes, comme on dit, me grattaient l'âme. Je me forçai à manger un *Butterbrot* et je me pris à réfléchir.

« Ce que j'avais appris était, comme vous l'avez dit, invraisemblable. Etait-ce possible ? C'était la première chose à déterminer.

« Faisons un petit bilan du règne de Mikhaïl Serguéitch. Le mur de Berlin tenait encore debout à ce moment-là, mais, au Guébé, ce n'était plus un secret pour personne que nous allions procéder à une décolonisation accélérée de nos satellites, et, comme c'est de nos satellites que nous tirons une partie de notre subsistance, il fallait qu'il y eût une raison à une mesure aussi paradoxale. Notre économie ne vaut pas le diable, d'accord ; cela fait soixante-dix ans qu'elle ne vaut pas le diable et pourtant nous ne nous sommes encore jamais ridiculisés de la sorte. Notre retrait de l'Afghanistan, en pleine guerre, en pleine vue de nos alliés, est significatif. Quant à la *perestroïka* dont personne n'a compris dans l'Union à quoi elle servait, et à la *glasnost*, mesure antimarxiste s'il en fut, elles prenaient vraiment tout leur sens, si on posait cette hypothèse absurde : le secrétaire général du PCUS est un agent de la CIA, à moins que ce ne soit de la DIA, de la NSA ou du Secret Service.

« Ça, c'est le premier point. Un autre commence à luire comme un phare aussitôt que l'idée vous en vient. Mike et George appartiennent à la même communauté internationale, la seule corporation de style moyenâgeux, le seul ordre de chevalerie qui subsiste encore au XXe siècle : notre communauté à nous, mon inestimable Kiril Lavrovitch. George et Mike ont la même formation, ils font partie du même club, ce qui est encore plus important. George a été le patron de la CIA, Mike a présidé le département du Politburo qui nous contrôle nous et nos voisins du GRU. Et, sur le plan pratique... n'oublions pas que Lev Yudovitch, par exemple, qui enseigne maintenant aux USA, est un ami d'enfance de Mikhaïl Serguéitch. Je ne suppose pas un instant que le professeur Yudovitch joue le rôle de courrier, mais son existence prouve que les contacts personnels existent, que le recrutement aurait pu se faire... Non, croyez-moi, la chose ne paraît si invraisemblable que parce qu'elle est énorme.

« Je commençai à repasser dans ma tête des faits que vous ne connaissez pas et que je confierai, en temps utile, à votre supérieur hiérarchique. Bien des choses qui m'avaient paru incompréhensibles s'expliquaient soudain.

« Je rentrai chez moi et je dînai avec mes bonnes femmes. Aussitôt après, je prétextai un travail urgent et je retournai au bureau. Là, je m'installai en face de mon ordinateur — vous savez que l'électronique est la fille du renseignement passé et la mère du renseignement à venir — et je déployai sur l'écran les vies parallèles des deux camarades en question. Comme dans Plutarque. Année par année, et puis semaine à semaine. Je sus ce que faisait Mike pendant que George commandait son équipe de baseball, et ce que faisait George pendant que Mike recevait de Staline l'Ordre de la Bannière rouge. C'est lumineux, colonel, lumineux ! Les lieux où ils se trouvaient à divers moments de leur vie sont en eux-mêmes éclairants, et les événements de ces dernières années s'illuminent, si on pose simplement cette hypothèse : George a recruté Mike en tel mois de telle année. Je donnerai la date et le lieu probable à votre supérieur hiérarchique.

« Plus je me persuadais de la vraisemblance de cette relation, plus la petite tache bleue grandissait dans mon esprit. Si elle était découverte, j'étais un homme mort. J'en rêvais la nuit. Je la voyais dans la fumée de ma cigarette, sur le papier peint, sur la nappe, dans le soleil couchant. Elle flottait autour des oreilles de Fifotchka, elle s'introduisait dans le journal que je lisais, elle se détachait de l'écran de télévision et commençait à papillonner dans la pièce. Si je tâtais une pièce de monnaie dans ma poche, je me figurais un instant que c'était elle.

« Lorsqu'elle commença à se matérialiser de la sorte, non plus seulement pour les yeux mais pour le toucher, je compris que je devais songer sérieusement à assurer ma sécurité. Prendre ma retraite n'y suffirait pas. Je ne pouvais ni me dénoncer aux miens ni me réfugier chez les Américains. Londres est devenue une succursale de Washington. Je n'aime pas les Allemands. Je ne connais pas les Chinois... Restaient les Français, qui ont encore quelques sursauts d'indépendance et ne me livreraient peut-être ni à Mike ni à George, rien que pour avoir la satisfaction d'avoir un point d'avance sur eux sans qu'ils le sachent.

« Parvenu à cette conclusion, j'ai commencé à chercher une occasion de prendre contact avec vous autres. Ma mutation m'a donné les coudées un peu plus franches, tout en m'inquiétant considérablement. Quand j'ai appris par la presse que vous veniez à Nice, j'ai commencé à croire à la Providence. Voilà.

L'actualité politique ne m'a jamais beaucoup intéressé. Je suis romancier, et ce qui me déplaisait le plus dans l'hypothèse de Rozotchkine, c'est qu'il serait impossible de l'utiliser dans un roman. Personne n'y croirait. Cependant, à supposer que Rozotchkine fût fou, il y avait une méthode dans sa folie. L'indifférence de l'URSS au moment du coup de force indéfendable des Américains contre Panama, le soutien constant accordé par les USA à l'URSS apparemment engagée sur la voie des réformes se justifiaient. L'entrevue incroyablement romantique de Malte devenait croyable. Je voyais déjà les deux larrons, ayant renvoyé leurs ministres, conseillers, interprètes, gardes du corps, tomber dans les bras l'un de l'autre dans la cabine insonorisée du... comment diable s'appelait ce bateau ?

Il y avait bien dans tout cela un détail, infinitésimal et déterminant à la fois qui démentait cette théorie, mais je n'arrivais pas à mettre le doigt dessus. Ce n'était pas un fait. Un mot plutôt. Quel mot ? Un mot qu'aurait utilisé Rozotchkine ?... Je ne trouvais pas. En revanche une chose m'apparaissait clairement : je devais me décharger le plus vite possible, sur des épaules de spécialistes, de l'inquiétante responsabilité que moi, modeste écrivain, j'avais endossée sans m'en douter.

Soyons juste : le modeste écrivain l'avait bien cherchée, la responsabilité, avec ses réponses ambiguës aux journalistes : « Je ne vous dirai pas si je suis un espion, car, si je vous dis non, vous entendrez oui, et, si je vous dis oui, vous déduirez non. » N'était-ce pas là appâter le poisson ? Ce n'est pas que j'en aie éprouvé des regrets ou du repentir, mais il s'agissait maintenant de survivre à cet imbroglio, et d'y survivre honorablement. Qu'il fût ou non fou, je devais mettre Rozotchkine le plus tôt possible à la disposition de la France.

Il était trois heures du matin. La radio s'était tue. La symphonie alémanique serait-elle déjà terminée ? Je me dis que la femme de Jacques avait peut-être un moyen de le joindre. Je jetai un coup d'œil au téléphone. Non, pas d'ici.

Rozotchkine avait enfin eu raison de la bouteille, ou la bouteille avait eu raison de lui ; en tout cas, s'étant libéré du secret qui l'étouffait, il s'était assoupi dans son fauteuil. J'allai à Max et je le secouai par l'épaule. Il se réveilla aussitôt, alerte et lucide, comme nous nous réveillions dans le djebel :

— C'est mon quart ?

Je lui expliquai ce que je devais faire. Il me fourra de la monnaie dans la main.

— Je parie que tu n'as pas de douros dans ton froc du soir.

L'idée de franchir la porte et de m'aventurer dans le royaume de l'Ogre et du racketteur ne me ravissait pas. Ici, je me sentais sottement en sécurité, parce que j'y avais passé plusieurs heures. Là-bas, je serais sur leur territoire, à leur merci. Mais j'avais un talisman : le couteau. Les superstitions sont fortes dans nos familles : qui a une arme est presque invulnérable. Je dis à Max que je ne risquais rien, je repoussai le verrou. Qu'y avait-il de l'autre côté du vantail ? Une embuscade ? Je tournai la poignée de la main gauche... je repoussai la porte violemment en m'accroupissant, l'arme dans le poing droit, comme on me l'avait appris, il y avait si longtemps déjà... Rien.

Je passai dans le vestibule, brillamment éclairé. Derrière un comptoir dans l'arrière duquel s'enchâssaient quatre écrans de télévision en circuit fermé, l'Ogre en gilet dormait tranquillement : Max ne l'avait pas trop abîmé.

Je traversai le vestibule en étouffant le bruit de mes pas. Une clef de sécurité était engagée dans la serrure de la porte. J'ouvris.

Dehors, la lune couchée, il faisait noir et frisquet. Le gravier crissa sous mes escarpins. Plusieurs voitures stationnaient adossées à une haie d'ifs. Prendrais-je la Mercedes ? Non, il valait mieux marcher. Je sortis par la grande grille, celle qui donnait sur l'avenue. Je marchai longtemps dans Cimiez à la recherche d'un téléphone public. Le vent s'engouffrait sous les pans de mon petit smoking. Dans les jardins privés, les platanes brondissaient au-dessus des murs, au-delà des grilles. Pas une voiture en vue.

Je finis par trouver une cabine. Par je ne sais quelle chance elle n'avait pas encore été la proie des Vandales. Gêné à l'idée de réveiller Mme Jacques en pleine nuit, je me forçai à composer le numéro. Ce fut une voix d'homme qui me répondit. Je doutai un instant de la vertu de Mme Jacques. A tort : c'était bien l'allô plein d'anxiété contenue de son mari.

— Allô, Jacques ?

— Qui le demande ?

— Victor. Je vous croyais parti jusqu'à mardi.

— Pas du tout. C'est Caroline qui protège mes week-ends.

(Heureusement, Rozotchkine n'était pas là pour porter un jugement de plus sur les " Organes " français.) Mais si vous me croyiez parti, pourquoi m'appelez-vous ?

— Une urgence. J'espérais vous joindre d'une manière ou d'une autre. Jacques... Je suis à Nice avec un monsieur étranger qui m'a demandé de l'aider à louer un appartement chez vous.

La qualité du silence changea à l'autre bout du fil. Je précisai.

— Ce monsieur a les doigts noirs comme un charbonnier. Cela vous dit quelque chose ?

— Oui, bien sûr.

Je fus soulagé. Nos femmes protégeaient nos week-ends, mais nous n'étions pas incompétents.

— Il est accompagné d'une partie de sa famille et il vous apporte des cadeaux. L'un est peut-être empoisonné, et il faudrait le... consommer le plus vite possible.

— Dites-moi, Victor, vous n'êtes pas en train d'écrire un de vos romans ?

La qualité de romancier inspire confiance jusqu'à un certain point, méfiance au-delà. Je compris qu'il fallait frapper un grand coup.

— Je pense, dis-je calmement, que vous regretteriez beaucoup de voir mon ami choisir un autre domicile.

— Je vois. Et c'est vous qu'il est allé chercher ? Vous n'êtes pourtant pas dans la location de logements ?

— Non, Jacques, mais à tort ou à raison j'ai la réputation de connaître les bonnes adresses.

Il ne pouvait le nier, et il prit sa décision avec une célérité admirable pour un fonctionnaire. Après tout, si j'avais pris une vessie pour une lanterne, c'était lui qui se ferait taper sur les doigts.

— Où êtes-vous en ce moment ?

Je donnai les coordonnées des Nyctagines et le nom de Max. Il calcula mentalement :

— J'y serai dans trois heures.

Je rentrai en courant la moitié du chemin. Que s'était-il passé là-bas ? Je sonnai. Albert m'ouvrit la grille par télécommande et m'accueillit d'un air maussade. Il s'était mis un bandage autour du cou. Max veillait en relisant un de mes romans qu'il avait apporté avec lui : le comble du tact. Rozotchkine, l'air d'une chambre à air vidée, était prostré dans son fauteuil et soufflait pff, pff, pff. Son cendrier était plein et sa bouteille vide. Le salon avait besoin d'être aéré.

*

Le parc commençait à grisonner quand je vis des mouvements de phares tirer de la pénombre les ifs et les cyprès.

Je fermai les rideaux — nous ne cessions de les ouvrir et de les fermer, comme au théâtre —, j'allumai la lumière et j'allai déverrouiller la porte. Jacques était là, petit homme triangulaire avec une grosse serviette à la main, l'air d'un professeur de médecine, suivi de trois gaillards en combinaisons noires, les cheveux coupés court, les yeux sérieux, les mains demi-closes, prêtes à l'action : judo, karaté, kung-fu à la demande.

— Tout va bien, Victor ?

— Tout va bien, Jacques. Voici votre client.

Rozotchkine s'était réveillé. Il lui fallut un instant pour comprendre où il se trouvait.

C'était le premier matin de sa nouvelle vie.

Il bâilla à se décrocher la mâchoire et sa bouche ouverte répandit un relent pestilentiel. Il avait les dents plombées de noir et jaunes de fumée. Puis il se leva lentement, frissonna de tout son corps aux chairs pendantes et s'étira laborieusement en bâillant encore dans toutes les directions comme le lion de la Metro Goldwyn Mayer. Enfin il se tourna vers Jacques et le dévisagea.

— Vous êtes le supérieur hiérarchique ?

Jacques n'hésita pas :

— Oui.

— Quel grade ?

— Je suis civil.

— Des documents vous avez ?

Jacques exhiba la carte tricolore qui lui donnait le droit de réquisitionner l'aide des autorités civiles et militaires. Je la lui ai toujours enviée.

Rozotchkine prit la carte, la tourna, la retourna, la lut de bout en bout, compara la photo au faciès triangulaire de Jacques, déchiffra la signature. Il me faisait penser à la guenon qui, dans la fable de Krylov, a trouvé une paire de lunettes, les renifle, les lèche, et finit par se les mettre au bout de la queue.

— Bon, dit-il enfin. Je suis vôtre.

A ce moment la porte d'une des chambres s'ouvrit, et la belle-mère arménienne en pyjama fripé, la cigarette au bec, parut avec le Yorkshire au bout de la laisse rouge.

— Fifotchka, prononça-t-elle, veut faire promenage.

Jacques se tourna vers un des beaux jeunes hommes graves qui l'accompagnaient :

— Mon capitaine, vous voulez bien ?

Et le superbe prétorien en combinaison noire se laissa

remorquer par l'horrible petite bête orange tirant frénétiquement sur sa laisse et aboyant en russe :

— Tiaf ! Tiaf ! Tiaf !

★

Je me sentais quelques droits sur Rozotchkine, mais, évidemment, j'étais seul de mon avis. Jacques le fit disparaître comme par prestidigitation, après nous avoir demandé notre parole d'officier, à Max et à moi, d'oublier cette nuit étrange. Ce fut vraiment comme si nous l'avions rêvée, sauf que je dus intervenir pour que le Service remboursât à Max l'argent qu'il m'avait avancé, et que je gardai en souvenir le petit couteau à cran d'arrêt, à manche de bois noir clouté de cuivre.

Sur le fond, je n'arrivais pas à me persuader que Rozotchkine avait bien compris ce qu'il avait lu. Cela aussi semblait tenir du rêve. A me remémorer le texte qu'il m'avait récité, il me revenait un malaise que je n'arrivais pas à cerner. Le message signifiait-il vraiment ce qu'il avait l'air de signifier ? N'y a-t-il pas d'autres Michel et d'autres Georges au monde ?

Cependant, je ne pouvais oublier ce que je savais, et bon nombre de situations politiques prenaient pour moi un sens nouveau.

La complicité entre les USA et l'URSS datait, il est vrai, d'avant Mike et George. Des banques américaines avaient subventionné la Révolution russe, les livraisons de blé américain maintenu Lénine en place, les accords Litvinov sauvé Staline, l'aide matérielle des USA permis la victoire soviétique sur Hitler, Yalta consacré le partage du monde entre les deux grands larrons dont aucun n'était bon mais dont l'un était nettement pire que l'autre. La guerre froide n'avait beaucoup nui ni à celui-ci ni à celui-là, mais au contraire renforcé leur mainmise sur leurs satellites respectifs. Les USA n'avaient pas empêché l'URSS d'écraser la Hongrie, ni l'URSS les USA d'amener l'Amérique du Sud à sa botte ; lorsque la Grande-Bretagne et la France avaient tenté une démarche indépendante à Suez, les USA et l'URSS s'étaient ligués pour leur donner un coup de tord-nez. Les deux géants avaient été d'accord pour forcer les Européens à démonter leurs empires coloniaux, quelles que fussent les catastrophes qui devaient en résulter, et chaque fois que l'un d'eux avait un mauvais coup à faire dans un coin éloigné du monde, l'autre s'arrangeait pour créer une diversion aux antipodes. Ni Mike ni George n'avaient inauguré cette politique.

Mais il y avait des éléments nouveaux, qui ne m'échappaient pas. Il était tentant d'imaginer George décrochant son téléphone rouge pour dire à Mike : « Tu vas commencer par me saboter le communisme chez toi en autorisant la liberté d'expression, puis l'Union elle-même en réprimant mollement les mouvements autonomistes. Tu m'émanciperas les pays du Kominform et tu t'arrangeras pour m'intégrer les troupes de la démocratie populaire allemande dans les armées de l'OTAN. Bref tu vas œuvrer pour " le nouvel ordre mondial ". »

Si séduisante que fût l'hypothèse, il y avait plusieurs points dont elle ne rendait pas compte. Pourquoi, par exemple, l'Armée rouge se modernisait-elle sous prétexte de réduire ses effectifs, sans que l'Amérique y mît le holà ? Fallait-il y voir un exemple de plus de la fameuse naïveté américaine ? Sans doute Mike était-il un agent dont son traitant devait prendre grand soin ; de là à « gagner l'approbation du monde en lui accordant tout avant qu'il ne le demande », comme l'avait écrit la presse américaine elle-même... Les premières fois où je revis Jacques, j'essayai de l'interroger, mais il me snoba :

— Victor, je vous croyais assez professionnel pour savoir qu'un amateur ne pose pas ce genre de questions.

Comme l'hypothèse rozotchkinienne ne changeait rien à ma vie et que j'avais mes propres intrigues à ourdir, je veux dire celles de mes personnages imaginaires, je commençai à oublier la nuit étrange de Cimiez. Encore si j'avais pu la raconter au Berkeley à cinq heures ! Cela était exclu tant que Rozotchkine, où qu'il fût, respirait l'air du bon Dieu.

Pendant quelque temps, évidemment, je craignis — ou feignis de craindre — pour ma sécurité. J'appliquais les vieux trucs pour voir si je n'étais pas suivi : métro à sortie unique, taxi qui attend, cafés à doubles issues, escaliers d'immeubles d'où on a vue sur la rue. Peut-être même, Dieu me pardonne, pris-je des airs mystérieux devant mes amis. Mais, comme visiblement personne ne m'en voulait, je me lassai vite de ces amusements platoniques.

★

Du temps passa, et je ne pensais plus guère à mon aventure, lorsque je reçus chez mon éditeur une lettre écrite en russe d'une main mal assurée. Nikolaï Ivanytch me priait de passer dans un hôpital que je préfère ne pas nommer. Je devais demander M. Noël Rémier.

Je n'arrive pas à me persuader que les hôpitaux sont des lieux où l'on est censé guérir. L'appareil hygiénique de la médecine me répugne presque plus que la putréfaction de la mort, et je dus faire appel à la discipline chrétienne pour accéder à la demande de cet homme avec qui j'avais si peu de choses en commun.

Je traversai Paris en métro et j'émergeai dans une banlieue moderne. L'hôpital aussi était moderne, entouré de gazons tondus et orné de sculptures contemporaines dont les formes tétanisées ne présageaient rien de bon.

On condescendit à m'indiquer la chambre de M. Rémier. C'était au quatrième. La fenêtre donnait sur des rangées d'immeubles en brique jaune. M. Rémier était couché sur le dos, sans ses grosses lunettes, ce qui modifiait complètement son visage. La forme de son crâne, ses joues grasses, son nez en pomme de terre, son double menton pâteux me parurent plus manifestement slaves que dans le temps. La maladie rabotait son individualité, le faisait rentrer dans le rang. Ses cheveux grisonnants et frisottants, ses bajoues et son cou fripé hérissés d'un poil blanc de vieillard m'inspirèrent à la fois du dégoût et de la compassion. Une odeur sure régnait dans la chambre où le crépuscule s'amassait déjà, bien qu'il ne fût que cinq heures de l'après-midi.

— Eh bien, Nikolaï Ivanytch, on se sent patraque? demandai-je en russe, avec ce faux enjouement que l'on prend au chevet des malades.

Evidemment, il ne manqua pas cette occasion de me reprendre :

— Quel Nikolaï Ivanytch ? Ici, je suis Noël Rémier.

Son accent ne confirmait guère son identité, mais c'était son affaire, pas la mienne. Je lui demandai ce que je pouvais faire pour lui.

— Rien. Plus rien. Personne plus rien.

Etait-il bien soigné ?

— Non, c'est-à-dire oui. Au point où j'en suis, ça revient au même.

Je décidai de le prendre au mot et je lui demandai si, étant né russe et probablement baptisé, il souhaitait voir un prêtre.

— Ah ! non alors. Au nom du Christ, pas de pope !

Sa famille venait-elle le voir ?

— Ma femme non. Elle est remariée avec un petit Français de Bordeaux. La vieille vient tous les jours. Elle apporte Fifotchka dans un sac-voyage.

Il bougonnait ses réponses comme à regret, et, lorsque je laissai passer une demi-minute de silence, il ne reprit pas la conversation. Pourquoi m'avait-il fait venir ? Peut-être pour entendre une voix russe. J'éprouve moi-même ce besoin à la moindre des grippes.

Je m'assis sur une chaise auprès de son lit. C'est toujours inquiétant de voir un visage presque horizontal, la nuque enfoncée dans un oreiller. On saisit mieux l'infinie pauvreté de la condition humaine.

— Que disent les médecins ?

Il s'anima un peu.

— Gangrène gazeuse. Ils y ont mis le temps, à la diagnostiquer ! Hémisphère postérieur droit. Quand je bouge, j'entends le tissu infecté crisser. Toutes ces petites boules de gaz qui prolifèrent dans la viande... Une saloperie.

— Qu'est-ce qu'ils vous font ?

Il ricana :

— Pénicilline. Pour ce que ça sert. Oui, mon respecté Kiril Lavrovitch : hémisphère postérieur droit ! Dans le métro. A travers le pantalon et le caleçon.

— Quoi ? Vous plaisantez ?

— Je n'en suis plus à plaisanter, mon bon. Ils ont fini par m'avoir, tout Rémier que je suis. J'ai bien senti quelque chose. Une piqûre de guêpe. Mais il n'y a pas de guêpes dans le métro. J'ai cru m'être trompé. Il y avait ce type derrière moi, avec un grand menton glabre et le regard ailleurs. Je n'ai pas fait le rapprochement. J'aurais dû courir chez le médecin, ils m'ont dit. Si on courait chaque fois qu'on a un bobo...

— Vous voulez dire que ce type...

— Avec une petite seringue. A travers le pantalon et le caleçon, je vous dis.

Je ne savais que répondre. Ces choses-là se font. Elles ne se font pas souvent. Il y a aussi des paranoïaques. Et des simulateurs. Je n'avais jamais entendu parler de gangrène gazeuse.

Il reprit, avec cette vanité dérisoire des grands malades :

— Un truc assez rare. Diablement efficace. Un mélange de clostridium et d'adrénaline. Sans adrénaline ça ne marche pas.

Je l'avoue à ma honte, je ressentis une légère crispation au niveau de l'estomac. Si Rozotchkine ne se trompait pas, s'il avait véritablement été assassiné, et si c'était à cause du secret de Mike et de George, ce secret, je le connaissais aussi, et je n'avais aucune envie de mourir d'une gangrène gazeuse. J'en voulus presque à Rozotchkine de m'avoir fait venir ici.

Pendant un bon moment, il ne dit plus rien. Il respirait avec difficulté sous sa montagne de couvertures. Je lui demandai s'il n'avait pas trop chaud. Il grogna :

— Plus jamais trop chaud.

Le temps passe lentement dans les hôpitaux et j'ai toujours été un exécrable garde-malade. Je regardai ma montre à la sauvette.

— Nikolaï Ivanytch, je suis content de vous avoir revu, et je vous répète, s'il y a quelque chose que je puisse... Je suis sûr que la faculté ne vous permet pas de boire. Est-ce qu'une petite fiasque de vodka ou de cognac vous ferait plaisir ?

Je fis mine de me lever. Il m'ordonna :

— Rasseyez-vous.

Et de nouveau, pendant quelques minutes, il se tut, haletant un peu, le corps parcouru de temps à autre d'un tremblement.

Une infirmière entra et alluma l'électricité. J'allai à la fenêtre par pudeur. Ils manigancèrent ensemble quelque chose d'obscène, ce qu'on manigance avec son infirmière, seringue, thermomètre ou bassin. Des odeurs offensantes m'irritèrent les narines, tandis que je gardais les yeux fixés sur les immeubles de brique jaune, image de la désespérance moderne. Ah ! comme il vaut mieux mourir dehors, me disais-je, dans l'herbe, sous un arbre, sans l'ignominie de l'assistance médicale — à moins qu'on ne souffre trop, bien entendu, car alors la lâcheté humaine doit prendre le dessus. A un moment, je crus l'infirmière partie, et je me retournai, mais elle était encore en train de plier bagages.

Jolie frimousse au demeurant, et qui me fit une assez coquine petite grimace de commisération pour le malade. Puis elle sortit.

— Eteignez, râla Nikolaï Ivanytch.

J'éteignis et je revins près du lit. Il y avait quelque chose de brutal dans le contraste que nous formions, lui horizontal, moi vertical, lui prostré, moi pressé de partir. Je songeai qu'un jour je serais horizontal à mon tour.

Soudain il me parla distinctement d'un ton presque pédant.

— Kiril Lavrovitch, je vous prie instamment de vous rasseoir pour une minute. Il me paraît important que vous sachiez la vérité. Vous. Pas ces bouffons qui m'ont pressé comme une orange, m'ont donné de l'argent, une nouvelle identité, au lieu de m'employer selon mes talents, et m'ont laissé assassiner. Tant pis pour eux. Pourquoi vous ? Je ne sais pas. Peut-être parce que, comme écrivain, vous visez les vérités supérieures. Ou peut-être que, par atavisme, j'éprouve le besoin de me confesser avant de sauter dans la caisse et que je vous ai choisi comme confesseur. Qui sait ? Moi, en tout cas, il faut que je vous avoue une chose : je vous ai menti.

Je me rassis alors, et, comme il s'était mis à grelotter à tel point que ses dents s'entrechoquaient et qu'une nouvelle suée inondait son visage et mouillait ses draps, je me crus obligé de prendre sa grande main velue et suintante, aux doigts moins noirs mais toujours marqués, aux ongles ébréchés. Je cherchai son regard sous les paupières froissées ; je ne le trouvai pas : dans la pénombre, ses orbites ressemblaient à deux trous.

Il se tut encore longtemps, rassemblant ses forces et tâchant de cesser de trembler. Il y réussit enfin.

— Je vous ai menti, proféra-t-il enfin. Tuttings ne partait pas pour Roissy.

Après quelques secondes, il ajouta :

— Il en revenait. J'ai menti aux bouffons aussi, mais aux bouffons, ça m'est égal.

Je pensai qu'il délirait. Je lui dis pour l'apaiser :

— Ce n'est pas un bien gros mensonge.

Il se fâcha.

— Vous alors, comme officier de renseignement !... Il en revenait, vous dis-je. Et moi, j'ai dit qu'il y allait parce que je voulais sauver ma peau et que pour sauver ma peau il fallait qu'on me crût et pour être cru il faut dire des choses que les hommes peuvent entendre. " Dites-leur ce qu'ils veulent entendre " : Ilitch avait raison. Je ne pouvais pas vous dire la vérité parce que vous ne m'auriez pas cru. Vous m'auriez chassé comme imposteur ou cuisiné comme agent de désinformation. *Ce jour-là Tuttings revenait de Roissy !*

— Oui, d'accord, il en revenait. Calmez-vous, Nikolaï Ivanytch.

— Cessez de jouer au petit nigaud avec moi ! gronda Rozotchkine, et essayez de faire travailler ce qui vous sert de cervelle. Il revenait de Roissy avec le courrier de l'ambassade américaine à Moscou pour l'ambassade américaine à Paris. Rappelez-vous, en algèbre, on inverse les signes. Les + deviennent des − et les − des +.

La tête me tourna car j'entrevis soudain ce qu'il voulait dire et, dans un éclair, je saisis le détail qui m'avait si longtemps turlupiné. En anglais « Tout ce que vous avez à faire » ne se dit pas *All you have to make*, mais *All you have to do*. George n'avait pas pu commettre cette faute typique d'étranger. Bien sûr, en inversant les signes, tout devenait logique.

La *perestroïka* elle-même s'expliquait : elle était un gigantesque cheval de Troie destiné à mettre l'Europe hors de combat en l'engrossant des anciens satellites soviétiques sous le prétexte de construire « la maison commune » — géniale opération dans la droite ligne de Sun Tzu : vaincre sans avoir à combattre, menée avec la complicité enfin compréhensible de l'Amérique, chaque fois prête à tout pour sauver, non pas les peuples d'URSS, mais leur dictateur. Les points qui m'avaient semblé obscurs devenaient clairs. Soudain je comprenais même les détails : pourquoi le président des USA, soi-disant homme de droite, avait réclamé la démission de Richard Nixon, pourquoi il avait été protégé par Nelson Rockfeller, l'homme des compromis à gauche, pourquoi il avait adhéré à la Trilatérale et pourquoi il en était sorti : tout cela s'expliquait s'il agissait sur ordre, déstabilisant, s'informant, se dédouanant tour à tour. Ah ! si Rozotchkine ne mentait pas, ou s'il ne souffrait pas d'hallucinations, ce qui, assurément, restait le plus probable, le « nouvel ordre du monde » ne serait pas celui dont rêvaient les optimistes.

Rozotchkine poursuivit :

— C'est ce que j'ai fait : j'ai inversé. La chose demeurait énorme, mais acceptable. J'ai adapté en américain le texte original. Je sais très bien l'américain idiomatique. La moitié des vaches du Texas, tout ça... Ce sont " les fils de chienne " qui m'ont donné l'idée, parce que les Américains sont comme nous autres Russes : ils aiment bien dire " fils de chienne ". Seulement, comme ils sont puritains, ils ne disent pas *son of a bitch*, mais *SOB*. Et nous aussi, sous l'ancien régime, nous ne disions pas *soukine syn*, mais *SS*.

Il s'égarait. Je me penchai sur lui. Je chuchotai :

— Vous vous rappelez le vrai texte ?

Une expression espiègle passa sur sa face molle et luisante.

— *Nou* bien sûr, je me rappelle.

Mon visage était si près du sien que, malgré l'ombre grandissante, je le vis fermer les yeux, pour mieux se rappeler, et puis ses grosses lèvres flasques se mirent à filtrer un peu d'air et à former les mots les plus dangereux du monde :

— *Daragoï Iourka, Na spekh. Bwagodaria tibé zagnali my etikh ievropéïskikh soukinykh synof...*

Ce qui signifiait :

Cher Jojo,

En hâte. Grâce à toi, nous avons acculé ces fils de chienne d'Européens dans un coin. Maintenant il ne te reste plus qu'à me nettoyer le Golfe persique de la racaille irakienne qui a la plus mauvaise influence sur mes Républiques musulmanes. Trouve un prétexte. Après quoi demande-moi la moitié de mon royaume. Je te donne l'accolade.

Micha.

Dix-huit heures trente.

Toujours pas un visage connu.

Dommage. J'aurais bien aimé revoir Kernavo, Pompée, Henguerrand, s'il était rentré de son émirat. Je les aurais de nouveau écoutés humblement, avec gratitude. Il y a, dans le monde qui fut le leur et dont j'ai eu quelques aperçus, une séduction dont on a du mal à se passer une fois qu'on y a goûté.

Je revisse mon stylo, je referme le cahier sur lequel j'ai pris quelques notes pour *Les Fils de chienne*, je règle mon addition à un serveur affable. La dame du vestiaire accourt avec ma toque, mon écharpe, mes gants et mon pardessus qu'elle m'aide à enfiler. Il va falloir sortir, affronter le froid parisien et ce mélange de boue et de neige qu'Henguerrand appelait « la sloche ». Je ne crois toujours pas à l'histoire de Rozotchkine, ni dans la première version ni dans la seconde, mais je dois reconnaître que la chute de Jojo a suivi celle de Micha de bien près... Logique, non ? comme aurait dit le docteur Chto.

Je quitte la caverne et je me dirige vers la sortie. Le Berkeley ! Je ne crois pas au hasard, c'est pourquoi j'aime noter les coïncidences. N'était-ce pas piquant que les professionnels du Grand Jeu, les prestidigitateurs des relations internationales eussent pris l'habitude de se réunir à l'enseigne du vieil évêque idéaliste qui niait que le monde corporel eût une substance, une permanence ni des activités propres ? *Esse est percipi*, disait-il, « Etre, c'est être perçu », ce qui lui valut cette réplique inane du marxiste Politzer : « Si Berkeley s'était fait renverser par un autobus, il aurait constaté que le monde corporel existe. » Notre devise à nous serait plutôt *Esse est cognosci* qu'on pourrait traduire avec insolence : « Etre, c'est faire l'objet d'un renseignement ».

Je m'arrête sur le seuil et j'embrasse d'un regard circulaire la terrasse où, sous les plantes pendantes et dégringolantes, les buveurs de thé commencent à peine à céder la place aux consommateurs de boissons apéritives. Décidément, pendant mon absence, la France s'est mise à l'heure espagnole : on déjeune facilement à 14 heures ; pour un peu on dînerait à 22.

Mais... suis-je bête ! C'est peut-être là l'explication ? Les assises du Berkeley auraient suivi la dérive générale ?

Ce n'est plus à cinq heures que le chancelier Lionel vient prendre sa Suze mais à sept ?

*

Aujourd'hui, je n'ai plus le temps, je suis attendu. Mais je retournerai au Berkeley demain.

A 19 heures.

GLOSSAIRE

ABWEHR : Service de renseignement allemand pendant la Deuxième Guerre mondiale
AFN : Afrique du Nord
AI : Affaires indigènes, administration militaire française au Maroc
AKHKARBI : Je le jure par Dieu
ALLAH KBIR : Dieu est grand
ALN : Armée de Libération Nationale (armée rebelle algérienne)
ANGRC9 : Poste radio émetteur-récepteur
BALAYAGE : Ecoute radio faite plus ou moins au hasard, en « balayant » les diverses longueurs d'ondes
BASE PARIS : Section du SDECE travaillant sur la ville de Paris
BCRA : Bureau Central de Renseignement et d'Action, services spéciaux de la France Libre
BÉZEF : Beaucoup
BIGOPHONE : Radio
BORDJ : Poste, fort
BOUJADI : Jeune, inexpérimenté
BREL : Mulet
BRQ : Bulletin de Renseignement Quotidien
BUNDESNACHRICHTENDIENST : SR de l'Allemagne Fédérale
CACHABIA : Manteau de laine à capuchon
CE : Contre-espionnage
CHAOUCH : Huissier
CHIBANI : Vieux
CHOUIA : Peu
CHRAB : Vin
CIA : Central Intelligence Agency : SR civil américain
CINQUIÈME : Cinquième bureau, chargé de l'action psychologique en Algérie

COUSINS : DST (Direction de la Sécurité du Territoire) vue par le SDECE
COUVERTURE : Activité de façade d'un agent de renseignement
CUM : Centre Universitaire Méditerranéen
DÉFECTEUR : Transfuge
DEUXIÈME : Deuxième bureau, chargé du renseignement, au niveau du régiment et au-dessus dans l'armée française
DIFFA : Festin
DIA : Defense Intelligence Agency, SR militaire américain
DIRECTORAT : Division du KGB. Le Premier Directorat fait office de SR ; le Deuxième de CE et de police politique
DJEBEL : Montagne
DJOUNOUD : Pluriel de djoundi, soldat
DOC : Documentation, euphémisme pour Renseignement (SR en Algérie)
DOP : Détachement Opérationnel de Protection (CE en Algérie)
DOURO : Pièce de cinq francs, argent
DORMANT : Agent laissé temporairement sans activité
DZ : Drop Zone, aire d'atterrissage pour hélicoptères
ESCADRONSS : Escadrons avec le *s* final prononcé pour différencier le singulier du pluriel, plaisanterie de cavalier
FBI : Federal Bureau of Investgation, police fédérale américaine s'occupant entre autres de CE
FELLOUZE : Fellagha, rebelle algérien
FERKA : Section de l'ALN
FISSA : Vite
FLN : Front de Libération Nationale, mouvement rebelle algérien
FM : Fusil-mitrailleur
FOURNITURES : Renseignements fournis par un agent
FSE : Français de Souche Européenne
F6 : Renseignement de valeur incertaine, provenant d'une source mal connue
FSNA : Français de Souche Nord-Africaine
GÉGÈNE : Torture électrique généralement appliquée au moyen d'un téléphone de campagne
GEST : Groupe d'Etudes Scientifiques et Techniques, imaginaire. Voir *Le Retournement* du même auteur
GPRA : Gouvernement Provisoire de la République algérienne, organe de direction de la rébellion algérienne installé à Tunis
GRU : Glavnoïé razvèdyvatelnoïé Oupravlénié, direction principale du renseignement, SR militaire soviétique
GUÉBÉ : Appellation familière du KGB
HC : Honorable Correspondant, agent de renseignement bénévole

HIRONDELLE : Jeune femme ayant mis ses charmes au service du KGB
HLL : Hors-la-loi
HOMO : Homicide
ILLÉGAL : Officier du SR soviétique vivant dans un pays étranger sous une fausse identité
KATIBA : Compagnie de l'ALN
KGB : Komitèt Gosoudarstvennoï Bézopasnosti, comité de sécurité de l'Etat, police politique soviétique responsable aussi du SR et du CE civils
KLAOUIS : Testicules
KLEBS : Chien
LABÈS : Ça va
LÉGENDE : Passé fictif d'un agent de renseignement
MAS 49 : Fusil semi-automatique français
MECHTA : Ferme, hameau
MI 5 : Military Intelligence 5, CE britannique
MI 6 : Military Intelligence 6, SR britannique
MINTAQA : Zone, dans l'organisation FLN
MNA : Mouvement Nationaliste Algérien
MOGHAZNI : Gendarme supplétif
MONTAGE : Opération des services spéciaux
MOUILLER : Compromettre un agent pour mieux l'utiliser
MOUJAHIDINE : Pluriel de moujahed, combattant de la foi
MOUSSEBLINE : Pluriel de moussebel, terroriste dans l'organisation FLN
MOUSTACHE : Appartenant aux services spéciaux
NOUBA : Fête
NSA : National Security Agency, service de sécurité américain
OAS : Organisation de l'Armée Secrète, organisation clandestine hostile à l'indépendance de l'Algérie
OF : Offensive Française (grenade)
OPA : Organisation politico-administrative, administration politique FLN.
OR : Officier de renseignement dans le cadre militaire
OSS : Office of Strategic Services, service d'action américain pendant la Deuxième Guerre mondiale
OT : Officier traitant
PATOS : Français métropolitain vu par les pieds-noirs
PC : Poste de Commandement
PCUS : Parti Communiste d'Union Soviétique
PISCINE : Surnom du SDECE
PLANQUE : Lieu sûr
PM : Pistolet-mitrailleur

RAP : Renseignement Action Protection, les trois missions principales des services spéciaux
R.A.S. : Rien à signaler
REC : Régiment Etranger de Cavalerie
Résident : Chef du réseau de renseignement soviétique pour un pays donné
Retourner : Faire passer un agent d'un camp dans un autre
Roumi : Chrétien, pour les musulmans
SAC : Service d'Action Civique
Salam alekoum : Salut à vous (en principe : quand on s'adresse à plusieurs personnes)
SDECE : Service de Documentation Extérieure et de Contre-Espionnage, SR et CE français remplacé par la Direction Générale de la Sécurité Extérieure
Spetsnaz : Troupes d'élite soviétiques instruites dans les missions de terrorisme et de guérilla
Sonoriser : Equiper d'un système d'écoute
Soverchenno sekretnyie : Très secrets (russe)
SR : Service de Renseignement
Taupe : Agent adverse ayant pénétré les services amis
Torch : Invasion de l'Afrique du Nord par les Alliés pendant la Deuxième Guerre mondiale
Touda : Là-bas (russe)
Traitant : Officier chargé de la manipulation d'un agent
Transfuge en place : Transfuge demeurant à son poste chez l'adversaire mais travaillant pour ses nouveaux maîtres
Treize : Bureau Action du KGB
Troisième : Troisième bureau chargé des opérations, au niveau du régiment et au-dessus dans l'armée française
T6 : Avion pouvant attaquer au sol
UV : Rayons ultra-violets
Willaya : Région, dans l'organisation FLN
Yaouled : Jeune garçon algérien
Zags : Bureau d'état-civil soviétique
Zdèke : Surnom du SDECE, masculin ou féminin selon les utilisateurs

TABLE

Cet ouvrage a été composé
par l'Imprimerie BUSSIÈRE
et imprimé sur presse CAMERON
dans les ateliers de la S.E.P.C.
à Saint-Amand-Montrond (Cher)
en juillet 1993

N° d'édition : 180. N° d'Impression : 2651-1986.
Dépôt légal : juillet 1993.

Imprimé en France